中国散文60强

似　锦

塞　壬 / 著

图书在版编目（CIP）数据

似锦 / 塞壬著. -- 北京 : 北京联合出版公司, 2024. 8. --（中国散文60强）. -- ISBN 978-7-5596-7834-8

Ⅰ. I267

中国国家版本馆CIP数据核字第2024VX9743号

似　锦

作　　者：塞　壬
出 品 人：赵红仕
出版监制：张晓冬
责任编辑：徐　鹏
特约编辑：和庚方　张　颖
封面设计：立丰天

北京联合出版公司出版
（北京市西城区德外大街83号楼9层　100088）
三河市同力彩印有限公司印刷　　新华书店经销
字数150千字　650毫米×920毫米　1/16　14印张
2024年8月第1版　2024年8月第1次印刷
ISBN 978-7-5596-7834-8
定价：65.00元

“中国散文 60 强”丛书

编委会

丛书总策划

张　明　　著名出版人

编委主任

邱华栋　　全国政协常委
　　　　　中国作家协会副主席、书记处书记

编　委

叶　梅　　中国散文学会会长
陆春祥　　中国散文学会副会长
冯秋子　　中国作家协会原社联部副主任
吴佳骏　　《红岩》编辑部主任
张　英　　资深媒体人
文　欢　　作家、资深编辑

中华散文的文脉与发展

——“中国散文60强”总序

邱华栋

中国是诗的国度，亦是散文的国度。

穿越千年时空，从明清至唐宋，再由魏晋南北朝至两汉先秦一路回溯，汉语言文学中的散文实乃根深叶茂，硕果累累。无论是“唐宋八大家”之雄文美文，还是骈俪多姿的辞赋，以及名垂史册的《史记》《左传》，均为中国文学史上的璀璨明珠。“散文”与“诗”一道，成为中国文学的“嫡系”。尽管，后来从西方引进嫁接技术所催生的“小说”，大有“喧宾夺主”之势，终究还得“认祖归宗”，血脉和基因是无法改变的。

在中国散文流变历程中，曾出现过两次鼎盛期。一次是被文学史家所公认的“先秦散文”时期。其时，伴随着春秋时期的思想解放，诸子蜂起，百家争鸣，一大批散文家以饱满的气血、驳杂的学识和破茧的精神，创造出了散文的繁荣和辉煌局面，对后世产生了极大的影响。

到了“五四”时期，中国散文迎来了第二次鼎盛期。白话文如劲风激浪，吹刮和涤荡着神州大地。沉睡的雄狮醒来了，偃卧的小草开始歌唱。许多学贯中西的进步文人，肩扛文化变革的大纛，冲锋陷阵，掀起了一波又一波的新文学浪潮。《新青年》上刊载的散文，犹如一束束亮光，不但给人以希望，还给人以力量。“五四”以来的散文作品，无论是观念和主题，还是形式和风格，都跟以往的散文迥然不同。最具代表性的，当属鲁迅先生的散文（包括杂文），其刚健、凌厉的文质，疗救了中国散文长久以来颓靡不振、钙质疏流的顽疾。此外，周作人、郁达夫、朱自清、萧红、沈从文等一大批作家的散文创作亦各具特色，呈一时之盛，影响深远。

时代的前行催生了文学的发展，然而文学与时代有时并不同步甚至充满了“张力场”。“五四”的个性解放虽然催生了一批个性鲜明的散文精品，但这样的生态并未持续多久，中国散文的波峰出现了向低谷滑行的趋势。有论者指出，“散文在50年代既是对解放区散文文体意识的放大，又是对五四散文文体精神的进一步偏离。这种放大和偏离表现在个体性情的抒发让位于时代共性或者时代精神的谱写，政治标准优先于艺术标准，批判性为歌颂性所取代等诸方面。”（董健、丁帆、王彬彬《中国当代文学史新稿》）1960年代初，散文创作一度出现了活跃，“专业”从事散文创作的作家群凸显出来，刘白羽、杨朔、秦牧相继登场，迅速成为散文界的三位名家。但他们的作品后人评价褒贬不一，认为其中颂歌式的写法较为单向，这种模式化的写作，不但对散文的建设毫无益处，反而扼杀了散文的个性和神采。

“文革”十年，中国散文更是一片凋零和荒芜，乏善可陈。1970年代末，一些历经浩劫的作家开始复血，解除思想枷锁，重新拿起笔来写作，中国散文才又凤凰涅槃，焕发生机。加之各种文学刊物纷纷复刊和创刊，以及大量西方文化读物的译介出版，更为这些饥渴、桎梏太久的散文作者提供了登台亮相的舞台和瞭望世界的窗口。

1980年代初期，伴随改革开放的热潮，思想解放大旗招展，文化随之繁荣，诸多承续“五四”精神的作家以笔为旗，抒发胸中压抑既久之块垒，出现了一批抒情性质浓郁的散文，使得现代散文这块“百花园”芳菲争艳，蔚为大观。特别是1980年代中期，随着作家主体意识的不断强化，中国文学开始呈现出一个崭新局面，作家从“集体意识”中抽身而出，重新返回“个体”，注重对生活的体察和内在情感的表达。这一时期，散文的艺术性得以强化，文本的精神内涵和表现空间得以拓展。

进入1990年代，社会发展日新月异，城镇化进程锐不可当，文化领域亦呈多元格局。各种文学思潮相互碰撞，人文精神的讨论更是打开了作家们的创作思路。“大散文”概念的提出，引发了散文界对散文的内涵和外延的重新讨论和界定。风靡一时的“文化散文”热，成为文坛上一道靓丽的风景。“新散文”“原散文”“后散文”“在场散文”等散文流派“你方唱罢我登场”，争奇斗艳，各领风骚。

及至二十世纪末，一批深具先锋意识和文体自觉的新锐作家，像一头公牛闯入瓷器店，使散文天地发生了激烈的碰撞和变化，形成一股新的散文潮流，提升了散文的审美品质和精神向度。

纵观1978年至2023年四十多年来，中华大地在“改开”的黄金时代中，社会生活奔涌激荡，各种思潮风起云涌，散文创作更是云蒸霞蔚、气象万千，涌现了众多成就斐然、风格各异的散文作家和具有思想深度、艺术上乘的散文作品。岁月的流水冲走了枯枝败叶和闲花野草，中流砥柱却巍然屹立。时间留住了新时代的散文经典，经典在时间的长河中绽放光芒。以沙里淘金的经典散文向“改开”的时代致敬，是我们不可推卸的责任和义务。

别看散文的门槛貌似很低，要真正写好，却实属不易。优质散文是有难度的写作，它不但需要作者的智识、胸襟、眼界、修养和气度格局；更需要写作者的态度、立场、慈悲、良知和批判勇气。遗憾的是，散文创作繁荣和光鲜的另一面，却是大量平庸甚至低劣之作的泛滥，不但败坏了读者的胃口，而且造成了物质和精神的极大浪费。散文作家层出不穷，散文作品汗牛充栋，可真正能让人记住的散文佳构却凤毛麟角。

散文要发展，文学要前行。发展和前行就要从平庸的樊篱中突围。在突围的过程中，散文作家不可太“聪明”，不可太世故，要永存对文学的敬畏之心。一言以蔽之，散文的尊严来自散文作家的尊严。也可以说，要想散文繁荣，首先需要有一批人格健全，品德高尚，铁肩担道义的散文作家。什么样的人写什么样的文章。特别是写散文，最容易看出一个作家的内在品质和境界涵养。一个人格不健全的人，哪怕他作文的技法再高妙，也很难写出撼人心魄、抚慰灵魂的散文来。作家精神品质的高低，直接决定其作品的精神向度。

为了散文写作的突围和发展，为了建设独具特质的当代散文，也是为了更好地从经典散文中汲取营养，我认为有必要正视和重申一些常识性的思考。高头讲章的理论是灰色的，常识之树却葳蕤常青。

一、作家的个体精神决定散文的优劣。常言道，散文易学而难攻。难在什么地方，不是难在技巧，而是难在作家个体精神的淬炼上。倘若作家的个体精神不够丰富，不够深刻，不够清澈，纵使他手里握着一支生花妙笔，也写不出令人称赞的散文。那么，如何才能做到个体精神的丰富性呢，这就要求作家时时刻刻不背离生活，要知人情冷暖，体察人间百态，关心民瘼，有忧患意识，不要做生存的旁观者。一个冷漠甚至冷酷的人，是不适合从事散文创作的。

二、真诚是确保散文品质的基石。散文创作跟作家的生存经验息息相关，可以说，真正优质的散文，无不牵连着作家的血肉和心性。作家的喜怒哀乐，悲欢离合，都或隐或显地暗含在他的作品中。假如在一篇散文作品中，读者既看不到作者的体温，又看不到作者的态度，那这篇作品或许就是失败的。说明这个作者在他的作品中“说谎”或“造假”，缺乏真诚之心。作家一旦失去真诚，为文必定矫揉造作，作品也必定会失去生命力。因此，真诚是散文的“生命线”，也是“底线”。

三、个性是促进散文生长的养料。人无个性便无趣，文无个性便平质。当下，每年都会诞生数以万计的散文篇章，但能够让人记住，且读后还想读的作品并不多，何故？概在于这些数量庞大的散文，无论题材，还是语感都千篇一律，像是从“模具”中生产出来的，缺乏辨识度。散文要发展，必须要求作家具有“个性意识”。“个性意识”不是标新立异，更不是哗众取宠，而是一种“创新意识”和“审美意识”。但凡在散文创作方面被公认的那些大家，都是“文体家”，他们以自觉的写作实践，开创了散文写作的新路径。不合流俗方能独步致远，推动散文的建设和繁荣。

当然，以上几点并非创作散文的圭臬，谁也没有资格去为散文“立法”。

散文是自由的创造，散文精神即自由精神。我之所以提出来，仅仅是希望引起散文同行们的重视和参考，共同为中国当代散文的发展尽力增光。

我们策划、编选“中国散文 60 强”（1978—2023）的初衷，旨在对新时期以来的中国散文创作作出梳理、评价和选择，试图精选出风格各异的代表性散文作家，以每位一部单行本的形式，呈现出中国新时期优质散文的大体样貌。此项目的发起人为资深出版人张明先生。多年来，他一直追求做高品位的纯文学书籍，也曾连续多年与中国散文学会、中国小说学会合作，出版年度《中国散文排行榜》和年度《中国小说排行榜》。2023 年他策划出版了《中国小说100 强》，反响不俗。身处喧嚣、纷杂的环境，能以如此情怀和心力来为文学做如此浩大的工程，不能不令人钦佩！

感谢张明先生邀请我和叶梅、冯秋子、陆春祥、吴佳骏、张英、文欢组成编委会，共同遴选出 60 位作家。我们在召开筹备会的时候，即将作品的思想性、艺术性、代表性以及影响力作为编选的基本原则。在确定入选作家名单时，我们认真商讨，反复研究，生怕因为各自的眼力、审美和趣味之别，造成遗珠之憾。好在我们的工作得到了作家们的积极回应和鼎力支持，惠风和畅，大地丰饶。

60 位入选的作家，既有令人尊敬的文学大家，如孙犁、张中行、汪曾祺、史铁生、邵燕祥、流沙河、刘烨园、宗璞、贾平凹、韩少功、张炜、梁晓声、阿来、冯骥才等。这批散文大家的作品，文风质朴、清朗、刚健，充满了“智性”和“诗性”。无论他们是写怀人之作，还是针砭时弊，歌咏风物，都有着鲜明的文化立场和审美取向。他们或出入历史，借古观今；或提炼人生，洞明世事，输送给读者的都是难能可贵的“精神营养”。

也有被散文界公认的名家，如李敬泽、王充闾、马丽华、周涛、冯秋子、叶梅、筱敏、张锐锋、周晓枫、于坚、鲍尔吉·原野等。这些作家的散文作品，特色鲜明，风格独特，诚挚内敛，从内容到形式，都作出了各自的探索和尝试，为当代散文注入了活力。从他们的作品中，我们不但能够领略汉语之美，更可以借此反观生活与存在，寻找人之为人的价值和尊严。

还有散文界的中坚力量和青年才俊，如彭程、谢宗玉、江子、雷平阳、任林举、塞壬、沈念、傅菲、吴佳骏、周华诚等。从他们的作品中，我们见到的，不只是中国散文的文脉传承，更是自由精神的张扬。他们文心雅正，笔力锋锐，不跟风，不盲从，始终保持着独立的思索和判断，在各自所开辟的散文园地中精耕细作，以崭新的姿态参与和推动当代散文的变革。

其实，细心的读者不难发现，入选本丛书的老、中、青三代作家都有个共性，即他们均在以自己的作品审视心灵，心系苍生，弘扬真善美，鞭挞假恶丑，充满了正义感和人道主义精神。这自然与时下众多书写风花雪月，一己悲欢，充塞小情趣、小可爱的散文区别开来。正是因为有他们的存在，中国当代散文才呈现出一幅绚丽多姿的长卷。

需要说明的是，有些重要的散文家，如张承志、余秋雨、王小波、苇岸、刘亮程、李娟等人，由于版权或其他不可抗原因，未能将他们的作品收录进来，我们深以为憾。

我们还要感谢北京立丰天文化传播有限公司的资金支持，感谢北京联合出版公司的精心编校，他们慷慨和无私的义举，对于繁荣中国当代散文创作、对于赓续中华优秀散文文脉、对于中国新时期的文化积累，均具重大价值和意义，可谓善莫大焉。这套丛书的出版意义将同《中国小说 100 强》一样，旨在给读者以经典的指引，这既是一项重要的原创文学工程，同时也是助力推动全民阅读和研究传播文化的公益工程。

郁郁乎文哉，中国散文有幸！

是为序。

2024 年 5 月 12 日星期日

（作者为全国政协常委，中国作协副主席、书记处书记）

目　录

Contents

即使雪落满舱

那天，我跟父亲驱车两百多公里去乡村祭拜一位亡故的老者。天空飘着细雪，如萤乱舞。我们把车停在村口的小广场边，一路走进村庄。父亲的头发、肩头沾着雪粒，他垮着脸，表情凝重。他是头一天意外得知死者已于半月前就过世的消息，所以我们来晚了，没有赶上葬礼（后来知道并没有葬礼）。我们来到一户破旧、低矮的红砖房前，房前墙根堆着两垄黑瓦，底下一层有干枯的苔印，仿佛长在那里很多年。屋旁的旱厕墙垛倒塌了，像是被长年累月的风雨侵蚀塌的。左侧的菜地撂荒已久，枯死的杂草，扔满乱石，几个空塑料袋嵌在杂草间被风灌满。冷风贴地吹过，挟裹着寒气，我环顾着村庄周遭林立的青砖小楼，墙体随处可见的电商广告，听到不远处传来一阵阵摩托车呜呜的鸣叫，几个稚童在小超市前追逐嬉闹。这村庄远在郊外，正值初雪，乡村的寂寥笼在一层厚重的灰色阴郁里，仿佛在酝酿一场更大的雪。而这间屋子俨然死去很久了，就像一座旧坟墓。完全没有人居住过的痕迹与气息。屋子的木门中间横着一把生锈的搭锁，父亲用手扣了扣搭锁，又把头探向门缝里，我也凑近伸长脖子往里看，一片漆黑，阒寂无声。一时间，我和父亲陷入了一种不可名状的无措里。我们在屋门口转着圈，看上去荒诞极了。

死者70岁，名叫李运强，30年前因参与抢劫杀人案判了死缓。5年前被释放，一个人回到乡下老家，半个月前脑溢血突发身亡。他跟我父亲有过五个月的铁窗之情。在这5年里，父亲偶尔会独自一人看望他，与上一次他来到这里相隔不足半年时间。我知道，死者的妻儿自从他入狱那天起就跟他断了关系，他们从未探监，直到死的时候都没有现身。听说尸体火化的钱是同族的几家分摊的，骨灰还摆在家里，至今没有下葬。

父亲突然剧烈地咳嗽起来，他躬下身去，身体在颤抖。我赶紧去搀他，他倔强地挣脱了我的手，一下站直了身子，然后说了句，我们回家吧。雪下得大了，他在前面越走越快，带着愤怒与悲伤，带着对荒凉人生的巨大虚无，他把渐行渐远的背影留给了我。我站在他身后，百感交集。祭拜未果，但此行本身也算是尽到了心意，我们原本可以拜访一下他邻近的族人，但父亲放弃了。他就这么粗暴地、自顾自地走了。他难过得说不出一句话。

我是惯于看着他的背影，站在他身后的那个人。作为父亲为数不多的朋友，这个人死了，没有亲人到场，骨灰没法入土。落得这样的下场，人们通常会说，这是杀人犯该有的报应。但这是一个可怕的报应。这个报应要比坐牢更可怕。从死缓到无期，从无期到有期25年，最终，死刑还是没有放过他。

…………

那他岂不是万念俱灰地活过了这三十年？我忍不住问父亲。

不。在接受死缓的那一天，他就朝着生的方向做最大的努力，所以他的每一天，是怀着希望和光亮的。只是，这人世间太寒冷了，没有给他一丝机会。

两天之后，父亲轻度中风，一时下不了床。他几乎不说话。陪他从医院回来，父亲已康复得差不多了。我半个月的年假所剩无几，即将返回广东，他突然叫住我，我见他脸有未干的泪迹，他微微地想掩饰一下尴尬，然而却又用一种罕见的郑重语气说出，红，谢谢你，辛苦你了。

一时间，我意识到，父亲的这声谢并不是指这几天没日没夜的医院陪护，而是来自他内心深处三十年来对这一切的一切最终凝结成的一个“谢”字。我怔住了，我知道这个字的分量。我们都有情感上的表达障碍，有些话从来都羞于出口，它太烫了，以至于会把我们稍稍地弹开一会。父亲一定知道它在我心里引起的风暴。我流下眼泪。

我给了父亲那样的机会。温暖与光。还有重生。

二

我时常在梦里听到一双钉了铁掌的靴子发出“噔噔噔”的声音，那声音由远及近，它伴着恐惧，压迫，一声逼近一声，最后踩进我的额头，踏破梦境。睁眼，手握成死死的拳头，心跳急促，而梦境清晰依旧，在它刚刚消逝的瞬间，留下一串渐次减弱的震颤使我眩晕。等到灵台清明，我还是要花很长一段时间费力地去绕开它。为的是遏止恶劣的情绪漶漫。无法诉说，没有人能从精神的内部来慰藉我，漫长压抑的童年，寂郁的少女时代，最终，我在阅读中找到了消解。我似乎很早就意识到，人可以依赖冥想活着，构建一个属于自己的世界，然后整个儿地缩在里面。我希望它能够阻挡门外热水瓶摔在地上炸碎的声音，暴烈的父亲，他的怒吼，母亲瑟缩着啜泣，年幼的弟弟，他扯着喉咙发出尖厉的哭号……全部，把它们挡在我的世界之外。在那样的年纪，我是如何练就了一副冷心肠的？一个人的自尊在长期对抗自我的脆弱时，内心就会结出一种类似盔甲的硬壳，看上去冷酷、麻木，不顾他人死活。这是我青春的叛逆。很多年之后，我再看那个时期的照片，很多张，我，撇着嘴角，空漠的眼从来不看镜头，鼻孔发出轻蔑的一哼，脸，厌倦着一切。我曾尝试用文字去面对它，或者说去面对尘封在内心角落的那个自己，可我疑心，一旦付诸文字，最后呈现出来的是另一个模样。很本能地，文字会朝着情绪化、自我辩解自我粉饰的方向。篡改，无非是遮蔽的另一种形式。然而，很长时间以来，我竟至发觉，即使是遮蔽，那也是真实的一部分。包括，即使我虚构的是另一个自己，那也是我心里希望的样子。

那双钉了铁掌的靴子是我父亲的，那是一双长筒牛皮靴。它的材质有天然的光泽与质感，锃亮，漆黑，沉默。摆放在那里，竟有轩昂的不凡气度，类似于某种男人的品格：伟岸的将军，不朽的战神，抑或心怀天下的英雄豪杰。那个时候，父亲跟那一代的年轻人一样，喜欢一个日本电影明星，他叫高仓健，那一代人，喜欢他，皆因那部叫《追捕》的电影。我想，父亲在穿上那双长筒靴的时候一定是有了杜丘的代入感，他时常穿着它，铁掌发出的声音让他萌生了凌驾他人的意志。父亲是一个身材矮小的人，刚及一米六零。矮，是他终生的忌讳、逆鳞，不让人碰的。自卑与狂妄，不加掩饰。我相信父亲是一个痛苦的人。他仅穿三十七码的鞋子，然而那靴子最小却只有三十九码，明显大了，前面空出一截。在八十年代中期，一双一百多块钱的靴子，父亲眼睛都不眨地买下了。他把长裤扎进长筒靴，那靴子竟没过了他的膝头，快要到达大腿的部位，远远看着，他的下半身，仿佛是从靴子开始的，看上去丑陋而怪异。父亲趾高气扬地穿上它就脱不下来了。

那么多的日子，伴着他说着凶狠的话，变形的脸，目眦欲裂，他愤怒地、在屋子里来来回回地踱着步子，铁掌在水泥地发出的声音，那声音，于我，真像是一场噩梦——他打了母亲。我用双手捂住弟弟的眼睛，缩成一团。

我最后看到那双靴子是很多年后的事情，它被扔在废弃的阁楼里，跟一堆缺腿的桌椅、旧自行车、不再使用的缸和有裂纹的陶罐们待在一起。那靴子的脚脖子扭得面目全非，像两只畸形的老树根。左边的一只，鞋尖处斜昂着头，没法着地；右边的那只，右侧严重磨损，脚背处折痕太深，快要断了。它们都无法站立，铁掌已锈。这是一双备受摧残的靴子，它承载着父亲太多的乖张、暴戾和喜怒无常。我所能忆起的有关这双靴子的那些岁月，父亲折磨着我们所有的人。

这双靴子仿佛为我找到了一种述叙的调门。写作十五年，关于父亲，这个离我生命最近的人，我却迟迟落不下一个字。起先缘于家丑不可外扬，讳莫如深。毕竟父亲有牢狱的经历。而后，我却又始终没有准备好去面对那个时候的父亲和我自己。一想到，或者一梦到，我都是极力去绕开，拼命往里缩。长期以来，我以为这个往里缩的空间还很大。然而，30 年过去了，人世沧桑，几遭起起落落，一生飘零异乡，最终也只落得浮生寄流年，虚掷了光阴。一切外在的、俗世的荣辱、毁誉，于我，皆已是风中之物。而今，我之所以去写它，除了一种佛性的释然之外，我还认为，不论是父亲还是我，在面对他入狱这个事件之时，皆不能以一个丑（即耻辱）字去定义。相反，40 岁的父亲和 16 岁的我，在那个事件中认识了彼此，我们重新建立了一种人世间最宝贵的关系：父女。我最终没有抛弃父亲，我向他伸出了手，并抓紧了他。那件事不再是我们人生的污点和耻辱，而是一次重生的艰辛历程。我想起杜拉斯的《情人》，她写这个小说已进入生命的暮年，而这个她在十六岁就遇到的男人，是她终生难忘的情人，她为什么要挨到古稀之年去写这个让她终生难忘的人？之前，我对此很疑惑，然后现在懂了。她应该找到了一种合适的表达，赋予这个故事在她的生命中无可取代的光与不朽，要做到这一点，需要时空的距离，需要那种历尽世事沧桑之后仿佛又回到原点，重新对过往的打量，以及日日积累的情绪等待临界喷涌而出的那一刻。现在，这双靴子，这个破败而又衰老的实物，我在心里攥着它，眼前浮现出父亲中风初愈时的那张歪斜的脸，那张写满现世已然走到尽头的哀绝的脸。惶惶然，竟莫名想到大限二字，一阵心惊过后，泪腺犹如受了暴击一般，滂沱不止。

二

父亲是幼子，备受祖母溺爱。我们家世代农民，每一个人都是要下地耕种的，然而父亲吸血式读书，竟自读到高中，直到那个运动席卷全国时，他才辍的学。他只得背着一个网兜从城里回来，那兜里只装了一个铝饭盒、一个磕了瓷的搪瓷茶缸、一双旧解放鞋和几件换洗衣服。人皆纳罕：这个读书人从学堂回来，竟没有带回一本书。这到底是读了个什么书啊。父亲只是笑了笑。祖母满心欢喜：这小儿子算盘（珠算）打得好，十里八乡的人都赞，还能写一手漂亮的毛笔字，为他下的血本总算不亏。那个年代，在我们那里，看一个人是不是有文化，第一宗就看算盘打得怎么样；第二宗就是要看这毛笔字了。有这两样，你就有可能摆脱耕种的命运，去生产队当会计、当记工员，最不济，也能去民办小学做个教书先生。他小小身板，没有吃过一天苦，喜欢仰着脸说大话，性格偏激好斗，然而为人却大方爽快，村子里有人家穷急需要钱，父亲只要有，定会倾囊相赠，也不计较人家会不会还。

有天姿不错的孩子，他从来不吝赐教，竭力劝说其家长一定要舍得下本钱让孩子读书。他性子好动，笑得很大声，一副天底下没有什么事能难倒他的屌样子。父亲所学，远远不止这两宗。他能写文章，文采不凡，擅于复杂的数学演算，记忆力惊人。他还有一副迷人的男中音嗓子，能把《草原之夜》这首歌唱得深沉低回，孤独苍凉。

就这么个小小的人，进了生产队当起小会计。指尖的算盘珠子扒得飞快，如同他迅速爬升的命运。第二年年末，因在公社的会议上有了一次惊艳的表现而受到领导的关注。我的父亲，19 岁，从容不迫、胸有成竹地报出生产队两年来粮食、蔬菜、牲畜、工时、人力的所有数据，百分比，上升、下跌原因分析，他还补充了个人的相关建议。那种自信，那种踌躇满志，那种台下鸦雀无声的个人秀，父亲，在命运最初的高光时刻，一个牛犊子，尽管青涩，但终归也还是可爱的。紧接着，父亲就进了大队部当会计，做八个生产队的账。他彻底地摆脱了耕种的命运，成了吃公家饭的人。一路的顺风顺水，随后又做了大队队长、村支书，最后，他做到了乡镇建筑公司的总经理。二十年间，他从那个青涩的少年变成了一个傲慢、自负、冷酷而又喜怒无常的人。从我记事起，父亲像一个陌生人，这个陌生包括：他对我突如其来的热情。比如，周末他让单位司机去学校接我回家，引起同学围观；再比如，他时常塞给我厚厚的一沓钱，扔下一句“拿着”，就没有了别的言语。我跟父亲几乎没有交流。但我知道，他在关注我。他从来没有漏过关于我的所有重要日子——生日，升学考试，毕业典礼，他知道我在学校的所有荣誉，并与班主任有频繁接触。在一次家长会上，父亲竟然给我所有的任课老师都准备了礼物，会后，还高调地请老师去酒店吃饭、唱 K。这些都令我反感，觉得他行事粗鄙，像一个小丑，让我蒙羞。在我的视线外，我能隐约感受到有父亲的身影。父亲对我的重视，我后面还会专门讲到一个事件。

可是，我却能从外面的言论中听到父亲。那是一种，看见我走来就会戛然而止的声音。残酷的是，我一字不落地听见了，像是被风吹落到地上的声音，人皆散尽，就等着我来捡起。那些话里有诅咒、嘲讽，更多的是看客的泄愤和谩骂。他们嘴里我父亲是一个不得好死的人，迟早要遭到报应，只是时候未到。我很小就是一个心事重重的人了。我听到了很多关于父亲的那些可怕的事：

建筑工地上有人从脚手架上掉下来摔死了，赔家属五千块钱私了。

所有的建筑项目从来没有招标，那个人垄断了。钢铁厂新区所有的厂房、围墙，包括公路，他想给谁做就给谁做。

听说他是乡镇领导一把手的钱袋子。

前几年新盖的教学楼，墙体都裂开了，垮了一边，至今没人管。连建学校都搞豆腐渣……

跟黑道的人搞在一起。听说打伤了外乡一个建筑队的头头，至今人还躺在医院。

然而有一宗八卦应该是真的。父亲在担任村支书的时候，有一次接待市领导，那是父亲第一次接待市级别的领导，所以他特地挑了一套灰格子西装，梳了一个锃亮的大背头，意气风发地带着村干部一行人候在村委会门口，一辆黑色的轿车开过来，里面下来四个人，一个领导模样的人，环顾了一下人群，然后他向父亲身边的书记员伸出了双手。那书记员戴着黑框眼镜，中山装，背着手，他身形挺拔，气质沉稳。人们这么形容我的父亲：他看上去，像一个小痞子。

只有我知道，这种事对我父亲的伤害是致命的。我甚至能想象得到，当时他那张变形的脸。我认为，他后来的种种狂妄、嚣张，都有一种表演的成分。那种扭曲，激发出的恶，往往是毁灭性的。

我后来翻看了父亲案件的所有卷宗，那些触目惊心、恐怖而又不可思议的事情远不是这些风言风语比得了的。然而那个时候，人们对我的态度非常微妙。直到父亲入狱，那种人情冷暖的露骨表现让我在一夜之间长大。无论我在外面听到了什么，我从来都没有向父亲求证过。我对父亲的无视、鄙薄皆与这些毫无关系。

我恨这个矮个子男人是因为他醉酒之后打我的母亲。直到我慢慢长大，敢用自己的身体去挡，父亲的拳脚落到我的身上时，他就会倏地缩回去。我护住母亲，怒目圆睁。与父亲凶狠地对视几秒后，他就委顿下去。

一家人坐在一个桌子上吃饭的日子很少，即使一年中有那么几回，我和弟弟端了饭碗回各自的房间。母亲一个人默默地陪着他，给他添饭，起先他们小声地争吵，继而父亲摔碗，摔椅子，最终他会摔门而去。父亲在家，总有一种奇怪的氛围笼罩着我们，他像一股特别刺耳的岔音，让我们不自在，令人窒息的压抑感。他在家从来不笑，他的脸有一股暴戾的力量，不知道什么时候发作。有时我们娘仨有说有笑的时候，父亲突然推门而入，空气在那一瞬间仿佛凝固了一般，我和弟弟心照不宣，一言不发，小心翼翼地各自散去。我们从来都没有喊过他“爸”。“爸”这个字太奇怪了，它需要一个人无条件承认对另一个人有一种先天的情感，我时常盯着这个字看，直盯得它被无限放大，大至虚无，最后陌生得我不认识了。

上初中起我就住校了，那种逃亡窃喜的心理仿佛是，一大片干净明媚的阳光照进来，照亮内心那些已经生病的角角落落。那个家太阴暗了，可怜的母亲，她像一个智者，她深信会有一个崭新的父亲回归。而我在那么长的时间里，认为母亲愚不可及。我读不懂她的爱与慈悲，多年后读到张爱玲的那句话：因为懂得，所以慈悲。瞬间脑海中，母亲这个人一下子对应到位。

父亲经常一个人坐在客厅的沙发上直到深夜。电视的蓝光映在他的脸上。门缝里，我偷偷地看着，他是一个怎样的人？我有时问自己，忽然就觉得面对这个问题有一种巨大的障碍，像一个黑洞，无从下手，他从来都没有在我和弟弟面前表现出温情，更多的是不满和暴躁，即使我们在学校有不错的表现，他只是不屑：跟我那会比，你们都差远了。很多年前，他的床头曾经有《静静的顿河》《悲惨世界》这样的小说，而现在则是金庸的《倚天屠龙记》。有一点，我是可以肯定的，父亲他懂得人性的美好，这世间的善与真，他都懂。只是他好像关闭了。

母亲的态度耐人寻味。对我父亲这个人，她从来没有一句恶语。她微笑着，仿佛掌握着绝对的真理，她似乎在等待着什么。即使是在父亲四面楚歌的日子，那些汹涌地唱衰他迟早要出大事的日子。父亲被带走的那一天，她像一个先知那样说道，这个时候被抓起来是最好的了，再晚些就反而不妙了。

跟所有人一样，我们都认为父亲被抓是迟早的事。

那个时候，小城突然刮起了跳舞风，城里、乡镇都开了许多家舞厅，一到晚上，整条街霓虹闪烁，迪斯科的舞曲响起。父亲彻夜不归，在舞厅包场子打牌赌钱，听人说，父亲在外面有了女人。我直接的反应是，这绝对是真的。虽然我没有跟他有真正的交流，但我了解父亲。一涉及到他的相关信息，我就能瞬间判断它的真伪，我深信，父亲太需要情人这东西来坐实他作为当地一个人物所该有的那种匹配。那女人，堂姐指给我看了，是乡政府旁边庆丰餐馆的老板娘，一笑就花枝乱颤的那种女人，她有丰满的臀部和华泽的胖膀子。我原本没想去招惹她。

弟弟突然发了高烧，我只得在深夜去舞厅寻父亲，让他派车把弟弟送进医院。穿过震耳欲聋的舞池，我被一个认识的小哥领着，径直来到那间包厢。踹开门，怒气冲冲地出现在父亲面前。烟雾缭绕的空间，灯光昏暗，几个人在炸金花，桌面下注的大额纸钞扔得狼藉一片。那女人蛇样攀缠在父亲身上。父亲抬头惊愕地看着我。

回家。我只扔出两个字，语气没有商量的余地。

这谁啊？那女人口吐烟圈。

我，我家姑娘。父亲显得有点惊慌失措。

啊哟，你是红吧。女人的脸微微一变，立马从我父亲身上站起来，上下打量我。

黄江，你给我马上回家。我直呼父亲名讳。

那女人拉扯我，说道，红啊，什么事这么急，你爸这不忙着吗？

一个响亮的耳光打在她的脸上。我龇着牙狠狠发出：你给我滚。

父亲一下子震住了。众人见情况不妙，把牌一推。父亲站起身突然大笑起来，他说了一句：果真虎父无犬女啊，不错。然后他把那女人扒拉到一边就往外走。

从那以后，父亲就跟这女人断了。我相信理由只有一个，他已经感受到快要失去我了。从那以后，父亲甚至一度罕见地对我赔着笑脸，我知道，在他心里我很重要。

三

我之前从来没有设想过父亲真入狱了我会作何反应。

那个时候我在市里读高中，住校。有一天傍晚，一个同学带话，说总机有我的一个电话。是我母亲打来的，她说你父亲被破门而入的警察铐走了。母亲的声音很镇定，她只是告诉我这个消息，别的什么都没有说。放下电话，我真正感受到五雷轰顶，双脚灌铅。我的全部，整个的肉身、意志，我这个人的一个物理存在，全都化为一片虚无。生命仿佛停顿了一下。我才真正感受，父亲是一直融入我生命的那个人。他突然被生生拆走，我就裂开了。本是意料中的事，可当它真正降临的时候，依然是一个晴天霹雳。

原来恨，它倾注的也是一种热情，它炽烈的程度远在爱之上。或者说，它们本来就是同一种情感的两个面。

没有请假，我径自坐车回家。一路上，我回想父亲的过往，林林总总。恨意又占据我全部的身心：他活该。见到母亲之后，我大吃一惊，才几个小时的工夫，母亲憔悴得厉害，脸寡白，唇青紫，看见我，她有一点发抖。我赶紧上前扶住她。弟弟蜷缩在她的身边，像一只受到惊吓的小羊羔。我们娘仨拥成一团。这就是一个家没有父亲的样子，这就是一个家就要垮掉的样子。我第一次感觉到，父亲这么重要。现在，他生死未卜，失联，与我们隔着一个未知的世界。恐惧，像一口悬着的深井，时刻害怕有一个小小的石子扔进来打破死寂而荡起狂澜。

我和母亲一夜未睡着。稍稍平复之后，母亲告诉我，前几年一个算命先生跟她说，你父亲需要历一次劫，脱胎换骨之后，他会重新回来的。我的母亲，除了自己的名字，她大字不识。在她的世界里，总有一种奇妙的说法去阐释自己的命运，而最终获得心理的圆满。此时，类似这样的话无疑是一种暗示，我愿意顺着这个意思去相信它。相信一个算命先生。长久的沉默之后，母亲又说，他只有九十几斤，这小身板可要受点罪了，他得多害怕啊。我心里一紧，连忙攥住她的手。我跟母亲说，如果父亲坐牢了，我们就等，等他回来。母亲嗯了一声，把头靠在我肩上。

那个一直害怕说出口的两个字：坐牢，就这样被我轻易说出了。16岁，我第一次感受到母亲与幼弟对我的依赖，那么重，那么悲凉。我必须要先说出它。我不能被击垮。

仿佛一下子云开雾散。最坏的结果都预料到了，我们稍稍不那么害怕。然而除了接受父亲要坐牢这个结果，我需要面对的是一个更可怕的事实：我是一个罪犯的女儿。像一千根钢针扎到身上，一万只蚂蚁啃咬骨肉。那些看我的目光，那些背着我的窃窃私语。想遁地，想隐身，可是这个世界太亮了，我像被剥光了衣服暴于众人的视野之下，无处躲藏。那些坊间的谣言和议论在耳边嘈杂一片，嗡嗡作响，怎么也甩不掉，甚至会追进梦中。他们的笑声刺进我心里：

被带走的时候，吓得两腿瘫软，尿裤子了。拖着走的。哈哈。

民警在他家院子里挖出来好几十万元。

听说在看守所被吊起来打，跪在地上磕头求饶。

至少判五年。

可怕的是，相比我的尊严和高傲，父亲的处境和命运竟然不是最大的困扰。相比接受“父亲坐牢”和“我是一个罪犯的女儿”这两个事实，后者更让我难以忍受。那些被照见的陌生的自我，那些黑暗的真实面目，此刻都凸显出它本来的样子。我不知道要如何穿越这内心的地狱而抵达澄明，无人可以诉说。

没有一个亲戚来家里安慰。这本是意料中的。我并非是那种小小年纪就有了一副看透世态的老成模样。三天过去了，实在是因为父亲那边没有一丝一毫的消息传出来，而谣言四起，我们的心都悬着，哪里有心思去计较人情的冷暖。然而，却有这么一个人撞进来。

一个挺促狭的场面。在村口街道菜市场，几个人见我走来纷纷散去，人群中有我堂婶，她假装没有看见我，想借机混在人群中溜掉。我的堂兄没少拿我父亲下面工程队的活去做，平日巴结我母亲如同亲娘一般。可我径直就站在堂婶面前了。

啊哟红啊，买菜呢。她讪讪地。我嗯了一声，说了一句婶娘好。我直视着她，那句“民警在他家院子里挖出好几十万”的屁话就是她说的。

那个，我昨儿去庙里烧香了，求菩萨保佑你爸平安呢。出这样的事，我也是挺同情你们家的……

我爸这个人最怕死了，一挨打什么都招，说不定，堂兄跟他有点不干净都会被供出来的，所以……

她的脸瞬间变了，那是一种恐惧。嘴里依然絮叨，骂骂咧咧，什么自己死就算了还拉侄儿做垫背，死矮子，活该遭报应，一边骂一边落荒而逃。我站在那里，满街的人来来往往，夹着嘈杂与风声，眼前仿佛都混沌起来，只有影子在晃动，最后只觉得人只剩下我一个了，大日头底下，阳光是冷的。她这样的人，我是不会去计较的。只是，我那么难过。

四

我只得返校。班长李伟超已经替我在老师那里请假了。一连几天，我成了一个魂不守舍的人。坐着出神，同学从后面轻轻地拍背能把我吓到惊慌失措。先前就打听到看守所的位置，坐几路车，我决定中午放学去探一探。

看守所很远，在郊区的一个山脚下，旁边有一个磁带厂，从学校过去要转一趟车。下了车，往里，是居民的棚户区，有一条长长的脏巷子直通磁带厂门口，往左，就是看守所大门，几棵高大的悬铃木在天空环拱相抱，落叶纷纷，地上打着卷的枯叶被风吹得不停翻滚。大门的岗亭有一个小小的窗口，十二月，天已经很凉了，一个红色的热水瓶正挡着窗口，里面有人走动，看不真切。我的父亲失踪一周了，他就关在我眼前的这个四面都是围墙的建筑里。

近在咫尺，我就这样离开吗？如果我此刻离开，那么我就会把同样的难题推给下一次。我不能等到下一次了，我必须正面接受父亲已被关进看守所这一事实。在过去十六年的生命里，耻辱、颜面扫地，难以启齿，举足不前的犹疑，同时又被一种力量驱使的压迫感，在那几分钟里，我全都感受到了。那是一秒接着另一秒的煎熬。

探出头来的是一个三十多岁的警员，锁着眉头，面有愠色。他问我什么事，连问两遍，我说不出话，只是泪水涟涟地看着他。这光景，他大概也猜出大半，问我是什么人关在里面。我回答说是父亲。他拿出一张探视登记表，我依次填上日期、探访人、人物关系、家庭住址等相关信息。他拿着表，看了看我说，判决前是不能见面的。我小心翼翼地问他，能否转交给我父亲一百块钱。他说这个可以。我环顾了四周，说了句稍等，就跑开了。我一路小跑到附近的一家小卖部，买了两盒精装红塔山香烟送过来。啊，我只是衷心地拜托这个人能把钱如实转给我父亲，看在这两包香烟的诚意上，千万不要做出不好的事情来。千万。我流着眼泪。那人推了一推，在我的坚持下收了。他忽然松开眉头，吞吞吐吐地说，周日你来吧，带上两桶黄油漆过来，你或许能见到你父亲了。周日，也就是四天后，我就可以见到消失了十一天的父亲。

我轻盈得像一阵风，几乎是一路飘着回学校的。

母亲把鸡汤放进保温瓶让我带上，天冷了，换洗的秋衣秋裤、外套、毛衣，我都打包在一个大大的牛仔包里，准备了五百块钱。一大早，我跟母亲就坐车去市里买好油漆，然后叫上一辆电动三轮车，径直赶往看守所。一路上，我跟母亲都没有说话。十一天，家里没有父亲这个人十一天了。真要见面，我会说什么呢？我跟父亲向来是没有交流的，甚至是陌生的，这样的见面，我如何面对？还是那个脸有愠色的警察出来了，他首先就叫人过来把油漆抬走。我急切地望着他，等来的却是一句：今天见不了，要干活。铁青的脸，没有任何解释。我气得正要上前理论，被母亲拦住。那人从抽屉拿出一个牛皮纸信封说，这是你父亲给你写的信。我一把抢过，眼泪又出来了。那警察看我这个样子，顿时语气缓和了不少，许是对自己失信的补偿，当即许诺道，东西放这里吧，会转交的，不会丢失。

这是父亲写给我的第一封信。一封长长的信。

五

父亲显然是得知我去探过之后才给我写的信。信中详细地写了我出生的那一刻，1974 年 4 月 30 日的深夜。那一天，他成为了一个父亲。信的内容让我惊讶，只字未提案子，以及看守所的生活和他此刻的心情。写了四张纸，圆珠笔写的，力透纸背，仿佛是一笔一画刻上去的。我能感受到他要对我说的还有很多，只是眼下，我急切想要知道的相关信息，一个字也没有。信中没有提及母亲和弟弟，只是对我一个人说的。

这几乎是一封无用的信，没有暗示我们应该怎么做。太匪夷所思了。

我读到第二遍、第三遍才略略看懂其中滋味。在我出生之前，母亲掉了一胎。眼看着我一天天大了起来，就要落地，父亲应该是紧张和满怀期待的吧。他写到，那天晚上八点，母亲就开始阵痛，天已黑透，他急着去请接生婆，谁知村里的老接生婆病了，动不了。父亲要走十几里路去另一个村请一位经验丰富的接生婆，跟小舅两个人去的。“满天星繁，手电筒昏黄的光圈摇晃着脚下的路。”父亲竟写出这样的句子。他一路小跑，经过成片的稻田和几个小山岗，把小舅远远甩在身后。抄近路蹚过一条河，那时正要入夏，河水还没有涨起来。入夜，水已经很凉了，他把鞋提在手上涉水过河。起先没过大腿，最深处齐腰，不到半小时就赶到了。父亲回忆这段往事，不吝笔墨，甚至提到赶到接生婆家时，喘作一团。我细细读着，忽然觉得身体里有一根肋骨被轻轻地牵动了一下，隐隐作痛，仿佛是唤醒了一种被封印的记忆。

母亲难产，我是脚先出来的，其间还有一只脚卡住了，折腾了很久。最终，我在半夜十一点四十分落了地，洪亮的啼哭沐着血浆被一双手托了出来，那是一团蠕动的活着的血肉。父亲说，那一刻他痛哭流涕。我特别注意到他用了“活着”这两个字，可以想见，产房外，他分分秒秒的煎熬，以及最后爆出泄洪般的痛哭。

在信的结尾，父亲让我送两套金庸的小说过来，说阅读能让他平静。

我承认这封信打动了我，但并非是这字里行间透着一股陌生的深情。而是，父女这种显性的关系，其诞生的过程有一种百转千回的私密性，它定义了我是一个人的女儿、他是一个人的父亲这一轨迹。这封信潜意识里似乎还藏有一种隐隐的恐惧，这个恐惧不是因为要面对坐牢的审判，而是，他害怕——彻底失去我。没错，是这个意思。十一天，父亲经历了什么，我一无所知，但从这封信来分析，他似乎并没有把会不会坐牢这件事看得那么重，或者说，父亲对自己的案子已有了判断。我极力地想读出弦外之音，然而还是一筹莫展。

一放学，我的脚就鬼使神差不听使唤，径直往看守所跑。来来回回好几趟，我依然没有见着父亲，但跟岗亭那愠着脸的警员混熟了。他拿到我送来的金庸小说，把书翻得哗哗响，还往下抖了抖，这是想看我有没有在书里夹带纸条。判决前，父亲跟我通信的内容全部都要过审，一旦涉及案情皆要扣留没收。终于得到一个确切的消息，本周日上午，父亲跟其他羁押的犯人一起去对面江北农场劳动，一大早从江边码头坐轮渡过去。那门卫还提醒了一句：你最好在七点半之前赶到码头哦。

我竟毫无察觉已缺了三个下午的课。

一夜没睡踏实，翻来覆去漏了风，被子是冷的。起床看着窗外，下雪了，纷纷扬扬，如诉如泣。天还未大亮，雪光把天地映成黛青色，路上有行人了，听得见有人咳嗽。我顾不上吃早餐，穿上厚厚的棉服，用围巾把头和脸包住，拿了把雨伞，匆匆往码头赶。

大雪如席，雪花像是有一双巨手往头顶的雨伞抛撒，扑扑作响。公汽到站还要步行二十分钟才能到码头，我已走得一身细汗。七点二十，我到了码头，江天一色，雪落在江面上，来不及化，形成一大片稠稠的絮垫子。江对面的散花洲隐在薄雾中，父亲要去那里的农场劳动。岸边泊着一排挖沙船，乌篷里，没有灯光，看不到人影。一艘掉了漆的蓝白色旧渡轮停在那里，它没有篷，是敞式的，两边扶手的漆全掉了，露出黑色的氧化铁，雪落满舱，它泊在风雪中飘摇，底下的水一荡一荡，它就一晃一晃。一个中年男人缩头缩脑地在船头完成匆忙的洗漱。一会儿，驾驶室的收音机打开了，我听见在播报早间新闻。

陆续有人往码头来，人们在大雪中边走边吃着手中热气腾腾的早餐。七点四十分，七八个警察持枪押着二十多个犯人往这边走，我远远看见了一个矮小的身影，踉踉跄跄。18天未见，待到人群走到跟前，我大吃一惊。

父亲的头被剃成极短的板寸，仅比光头多一层发晕而已，他的脸发青，明显浮肿，眼睑处有鼓鼓的眼袋，眼神黯淡无神。穿着一套深蓝色囚服，行动迟缓，垂着无力的手，脚底仿佛有千斤重。我从未见过这样的父亲，他看上去苍老得像一截枯木，似乎已放弃了自己，麻木，任人宰割，灵魂已死。他被彻底击垮了。我不知道父亲是否如外面传言的那样挨过毒打。此刻，他俨然是一个真正的罪犯。一个只剩下皮囊的罪犯。

太可怕了，这是一个死去的父亲。我从未想到会是这样的结局。我还没有完全接受父亲入狱坐牢的事实，他就直接跳进了死亡的画面。太突然了，强烈的悲痛攫住我，我失声痛哭。突然间意识到，所有的，所有的这一切都不重要了。我的所谓尊严和面子，罪犯的女儿，这些都不重要了。此刻，我唯一需要的，是一个活着的父亲回来。

我想起了那封信，那封信如同溺水之人向水面伸出的一只手。我不能远远地看着人群从我身边走过，我径直追上去冲到他面前。可是，我从未叫过爸爸，叫不出口，这个字卡在喉管里，迟迟喊不出来，情急中我脱口而出——黄江。

父亲回过头来看见我了。他愣在那里一动不动。我们对视，天地万物静止无声，时间也瞬间停摆。我看见两行长泪从他眼眶中涌出，槁木般的面庞如同被唤醒了一般活了过来，他的瞳仁注入了一丝光亮。警察过来推搡他，他只得往前走，却又频频回头，拿袖口拭泪。我只得大声喊：黄江，加油，我们等你回来。

上船了，渡轮发出长长的呜呜。大雪纷飞，父亲看着岸上的我，他直直地站着，没有说一句话。我对他做着加油的手势。这艘破败的渡轮，多么像父亲此刻的命运，眨眼就驶进水中央了。中年，雪落满舱，风雨飘摇，尽显下半世的光景来。我已然坐在了那艘船上，去跟他共这相同的命运。我不能让父亲一个人面对这一切。如果这是人生的劫难，抑或是坠入修罗场，我愿意毫无保留地参与其中，我不能缺席这场盛大的炼狱，最终，我们会回归成宁静安详的良人。

我们彼此拯救。我放出的一个至关重要的信息：我们还在。父亲准确地收到了。

回到学校，班长把我拉在一边，他告诉我，你父亲入狱的事全年级的同学都知道了，如果有人在你面前说了什么不好的话，你可千万不要冲动做出过激的行为。于我，这原本是一个天大的禁忌，一碰就会奓毛的话题，我是一个多清高多要脸面的人啊。然而我竟释然了，我已然接受自己是一个罪犯的女儿。我笑着对班长说，放心吧，我不会的。我的同学，自始至终，高中三年，没有一个人在我面前提过这件事。连背后的窃窃私语也没有，即使是平日常有龃龉的赵晓静同学。仿佛什么都没有发生过。

六

律师告诉我，这个案子父亲是从犯，主要罪行是行贿、受贿及以权谋私，还有一宗是涉嫌不正当竞争，转包工程。我问他最终的结果会如何，他笑而不语。我忽然觉得法律太有意思了，默念着这几宗罪，只觉得陌生，完全没有切肤感。为什么法律认定的罪行跟我的不一样呢？父亲难道不是因为打了母亲、在外面找女人、聚众赌钱、唆使他人打架这样的事入狱的吗？他性格跋扈，专横，肆意践踏他人尊严，当众掴人耳光，为一点小事端人饭碗，没钓到鱼就毁人鱼塘，睚眦必报，跑到我学校做出的种种丢脸的暴发户行径……他应该是因为这些事入狱才对啊。可是，律师跟我说的这几宗罪，我仔细比照了一下，觉得比我认知的那些琐碎要严重得多，光是字面上，那些就透着一股条款的威严感。

隐隐地担忧。

再见到父亲是开庭的时候了。将近年关，与上次匆匆一别已有两个月，我多次在看守所传递生活用品，也夹带给他鼓劲的纸条。他的头发长成直竖的硬茬桩，看上去精神了很多。因是从犯，所以庭审的内容是关乎另一个人的案子。审判庭很像一个舞台，背景是酒红色金丝绒垂幕，像是在演话剧，父亲一上台就看见我们了，即使只是淡淡一瞥。我跟母亲并排坐着，我紧紧地攥着她的手。她的手冰凉冰凉的。

面对每一项指控，父亲的供述条理很清晰，陈述事情原委。他的语调平缓，气息从容。他没有丝毫辩解，大体是认罪的，只有两处金额上有出入。法官是一位女性，她的声音尖细，显得咄咄逼人，她两次打断父亲的陈词。但父亲在那两处表现得斩钉截铁，没有一丝妥协。他要求主犯当场对质，连说了三遍。主犯不在场，接下来要审另一个从犯，最终似乎也没有得出一个结果。

我不知道如果底下没有坐着我和母亲，父亲在台上的表现会不会有所不同。结束了，我们在门口等他出来，快要走到跟前的时候，父亲的头是低着的，他在我们面前站定，依然没有抬头，几秒钟后，我分明听见他清晰地说出：对不起。这三个字，我知道是说给母亲的。母亲的手开始抖起来，这是黄江第一次跟她说这样的话吧。他径直出了门，两个警察跟在他的身后，阳光像突然被掀开的帘子那样无蔽地洒在他身上，他的腰挺得很直，脚步稳健。都结束了。父亲看上去能坦然面对最终的结果。

等待判决书的日子是漫长的。然而家里的气氛似乎轻松了许多。我的母亲，在她的世界里，最终的解释是，她所受的业，终于得来了福报，她等到了那个属于她的良人。俗语的“浪子回头”皆可以由业报和果因来阐释。我看着她，三十八岁的母亲，她不识字，长着一张略带苦相的刮骨脸，寡白，几乎没有眉毛，但有一双清亮的大眼睛，微微往里抠，她看着你的时候，你会觉得整个世界都亏欠了她，我想，这也许是父亲对她不耐烦的原因。我忽然觉得她的世界很美好，有一种静穆的宗教感，一切的解释都是安慰与慈悲。我们安静地等待一个全新的父亲归来。

眺望星空，澄澈的夜，天空像倒悬的大海铺在屋顶。新年的礼炮响起了，这是父亲第一次不在家里过年。在祈祷的钟声里，我们不念过往，也不畏惧未来。

我又收到父亲写给我的一封信。鼓胀的信封里是厚厚的一沓，似有一万句话在等着我。

七

应该算是两封信。第一封，父亲为我展现了不为人知的过往。在他春风得意进了大队部当会计的第三年，就被暗示要求做假账。那个时候，他还是一个踌躇满志、充满理想的年轻人。清高、自负，眼高于顶，自然不屑作假。然后入党的事就此一拖再拖，他也由主会计变成一个小小的助理。喜欢的姑娘突然跟另一个人好了。父亲说，如果跌入谷底的人随时都有机会重新登上高处，而代价就是变成跟他们一样的人，时间一久，极少有人能够抗得住。而在外人看来，变成跟他们一样的人是你的本事，是你混得开。全世界的人都这么看，没有例外。最后，你发现，你对抗的不是那个让你作假的人，而是这庞大的致密的世俗道德价值体系。他写道，即使是像约翰·克里斯朵夫那样的人最终也放弃了反抗精神，变成了一个彻底的俗人。

这是一封很深刻的信。尽管我不认可他对这个世界的描述与定义。对于十六岁的我来说，父亲的真正意图像是在为自己辩白，然而更多的是，他想让我了解他这个人，他的人生是在什么地方开始拐的弯。我还感知到，父亲把我当成了一个可以真正倾诉的朋友。所涉之事如此私密，正如他所说，如果像一个异类那样活着，你就会被这个世界所抛弃。

他举了一个例子，祖母开始冷言冷语，觉得家里的希望因为他的不懂变通全都化成了泡影。终日唠叨不停，指着痛处戳，埋怨自己命苦，一生辛劳付之东流，闹着要喝药上吊。

也许我低估了亲人冷语的伤害程度。我读出在父亲辩白的语境里，有一种自我安慰的正当性。当他选择作假的那一天起，接踵而来的人生把他重新送到了高处。过了那一道坎，崩塌的世界在废墟中重建。父亲在信中写道，最后悔的事情是，他在高处的时候本可以终止这一切，掉转当初射出的错误箭头，回归他最初的理想世界。然而，一切都已是深渊中了，无法回头。他类比道，就像岳不群（金庸小说《笑傲江湖》的大反派）贪恋辟邪剑谱，越走越远，永远也回不去了。

也许，让坐牢终止这一切，重新为人生洗牌，才是最好的安排了。父亲在信中还花了大量的笔墨写了自己的几桩功绩，那也仅仅只是强颜对我暗示：你父亲这个人并非一无是处。我莞尔一笑。信里，辩白是真的，然而忏悔也是真的。黄江，一切都不晚，你可以回归最初的那个少年，意气风发，纯净而美好地活着。

八

在此之前，我以为父亲之所以能振作起来是因为我们没有放弃他。我们彼此给了对方机会。在我读到这封信之前，我甚至以为，是我拯救了父亲。这封信中提到一个叫李运强的人，就是这个因抢劫杀人而判了死缓的人才是他人生中拨雾见月的重要人物。李运强与父亲年纪相仿，他们在看守所一起度过了五个月的时光。

父亲在信中讲到这个对“活着”充满渴求的人，那种震撼的力量让人不得不珍视拥有的生命本身。因为是死囚，犯人们要轮流看守他，以防他自虐、自残、自杀。就在这个时候，槁木死灰、行尸走肉般的父亲与这样一个人相遇了。

你睡吧，我才不会自残呢。我一定会在25年之后出狱去重新开始新的生活。父亲注视着这个人，从死缓到无期，再到有期25年，他说得如此轻描淡写，仿佛只是跨过一个小小的沟坎。要知道，这一轨迹需要付出巨大的努力，还要有坚定的信念，25年，时光的灰也会让人的心灵蒙尘，太漫长了，漫长到足以冲淡最执着的初心。这世上真的有饮冰十年难凉热血的人？父亲觉得这个人太独特了，他的精神世界独立于俗世之外，这正是他最欣赏的。在那样的地狱生涯里，他活得像一团火。于是主动提出由他一个人来看守他，每天晚上跟他讲两个小时的金庸小说，他反问父亲，为什么鸠摩智要在武功尽失、走火入魔的时候才去大彻大悟？他的问题很像自己的处境，但父亲给他的解释是，一切恶的极致都预示着善。这个解释太玄乎李运强听不懂，他作了这样一番理解：武功全没了，他也没法再作恶了吧，这个时候选择做一个好人不就洗白了过去的人生吗？父亲无奈地笑笑，但又承认他讲得其实很有道理。

读到这里，我会心一笑，你们在看守所的日子也没有外界传闻的那样不堪吧。我父亲这个人，至今没有一个朋友，他唯一的朋友居然是在看守所里结识的。正是这个朋友，让父亲走出了绝望。

他有专业的汽车修理技术，能画机械图纸，干活卖力，寻找一切机会立功减刑。父亲跟他讲了自己的案子，他不屑地说，就你犯的那点事，至于吓成这样？也许两个人的命运对比太强烈了，所以父亲开始珍视自己的人生和他身边的人？父亲知道李运强的心病是他妻儿自他入狱至判死缓，一年多时间从未来探视。

而我，在父亲进看守所的第七天就去探视了。父亲把这个消息分享给了李运强，所以才有了他写给我的第一封信，恰到好处地煽情，我果然被打动了。

在信的最后，父亲有一个请求，他希望我去看望李运强的家人，给他们带去他的消息。说他一定会回来的。

我按照信上的地址，一个人坐了四小时的车找到了郊外的那个村庄。

村口的一位少妇指着旁边的一块稻田跟我说，看那儿，李运强的老婆在田里干活呢。我提着几斤水果，连忙走到稻田边，看见一中年女人埋头整理田上的沟垄。已是正午，我又冷又饿。上前打招呼。

李婶婶好。李运强叔叔托我来看望你。

谁？那妇人猛地抬头。深深的抬头纹爬满她干瘦的额头。

李运强叔叔。

他死了。妇人丢下这句话继续着手上的活。

李叔叔让我来告诉……

我说了，他死了，别来烦我。你是谁啊，走开走开，别耽误我干活。她冲我瞪圆了眼睛，一副极度厌烦的表情，然后她又对我摆了摆手示意我赶快滚，仿佛我是一个令人讨厌的臭虫似的。

我连李运强的家门都没能跨进。一路上，我想了很久，我恨过父亲，那么李运强的妻儿更恨这个杀人犯似乎是可以理解的。有一种说法是，对于某一种人，唯有死才能解救了那一家人。

我不能对此评判什么。我既不能低估曾经的李运强给家人造成灾难的程度，又不能因为父亲过度地褒扬他对重生的执着与热情。我只能遗憾。

在一次探视中，我把这事的经过与结果写成纸条传给了父亲。父亲没有任何回复，他一定非常难过。

九

判决书总算下来了，判一缓二。一个月后，父亲回来了。很多村民围观，父亲没有躲避任何人的目光，他微笑着，谦逊地与人打着招呼，得体，有礼，我知道，他已经跃过了一种心理的瓶颈，打通了精神上的任督二脉。他摊平了一切的过往，任踩任嘲，他只是微笑。

两年之后，父亲成了一名炉前工。

清早起床扫马路，给隔壁寡居的王奶奶家担满一缸水。长期坚持，从未间断。我们那个地方的人，从来就不会把一个人看死，人们笃信浪子回头的福报。偶有人挑衅，父亲只是沉默。不着一语。我听说他在外面被人当众掌掴了一次，那感觉就是，被掌掴的是我自己。所有的余毒、后遗症，都等着我们默默承受。那是一种慢火细细炙烤的煎熬。我不知道父亲是如何度过了那些个漫漫长夜。

一次父亲醉酒，他哭得悲伤欲绝，捶着胸口，泪流不止。我年幼的弟弟像只小猫那样无声无息向他怀里靠过去，父亲搂紧儿子战栗不已。我的弟弟从小惧怕父亲，从来都是战战兢兢的。父亲回来后，他乖得让人心疼。我赶紧伏下身去抱住他们，都过去了，黄江，都过去了。我们重头来过。

李运强后来从看守所转去了监狱，父亲经常去看望他，直到他出狱。30 年，我回想那个大雪纷飞的清晨，江面上的渡轮雪落满舱。我在那里见到了濒死的父亲。那一刻，很本能地，我需要的仅仅是一个活着的人。这是触底的生命线。没有经过最绝望的时刻，也许我根本不知道自己到底在意的是什么。30 年，李运强没有等来他妻儿的回头，他抱憾而死。在他人悲壮而又凄凉的人生里，我和父亲照见了彼此，读懂了人生的珍贵。他常跟我说，其实在欧阳克死的时候，欧阳锋也死了，是杨过让他重新活了过来。啊，杨过，他是一个什么样的人间小天使呢？那些在我们的生命中，给予我们新的生机和希望的人，那些让我们战胜绝望、不再害怕黑夜与寒冷，活成了别人心中一枚银亮灯盏般的人，他们都是人间天使。即使看清了生活的全部真相，即使是一路的荆棘与荒凉，人生依然值得付出所有的热情与爱。

悲　迓

一

那些久远的时光被岁月的尘埃覆盖，往事已矣，还有谁愿意去回忆西塞，还有谁会唱起悲迓？我的西塞，钢铁取代了水稻，工业和城市，开启了它的时代。偶尔午夜梦回，我依稀记得有人站在梦境的甬道深处唱。如诉如泣，激越，哀婉，百转千回，有咯血般的痛楚。梦的可怕就在于，醒来之后，它还在持续，我认出了那个女子，楚剧的青衣，当她跟我一对视，梦就倏然醒了，她的脸碎裂般地消失，迅不可捉，临去甩袖一瞥，桃花带泪，留存在我的记忆里。多少年了，我身上潜伏了一种奇怪的性情，每当欣喜或大悲，我必发声，我发出楚剧的悲迓，自编唱词，拈着手指，媚眼如丝，婉转身段，一个人用湖北楚地的悲腔抒发我如痴的癫狂。很本能地，我还会发出锣鼓的引子，咣起咣起咣起咣起，咣咣切——小旦急促的碎步，比手一亮相，充沛的中气，开大口，高亢地、裂帛般地哭诉这属于我人生中极为难得的狂欢。这样的淋漓难以言表，但它有强烈的排他性，无法与人分享。然而，今天我要说，不光我，在我的出生地西塞，那个地方的人们，多少年来一直传承着这古怪的性情特质。它像一个胎记，烙在我们身上。有时，我仔细地端详它，像凝视祖辈们那古老的魂灵，是因了什么，一定要用哭一般的悲迓来表达这人生的喜悦与哀愁？

离开西塞十几年，在广东，我说一口乡音浓厚的普通话。一些字的发音，是普通话所没有的。悲迓的迓，楚地发音并不念 yà，而是一种略带鼻音，舌尖顶上腭，果断地发出的一个喉音，去声，短促，没有商量的余地。我先前疑心没有这个字，但觉得不可能，只要有关于湖北楚剧的文字，就一定会涉及“悲迓”二字，没有悲迓，楚剧就没有了灵魂。我在网上找到了这“悲迓”二字，关于它的说明却非常让人遗憾：“楚剧唱腔的一种，主要表达人物内心悲伤凄凉的情感。”这样的说明是一个说话机器发出的，它不相干地附在悲迓的面上，捂住了它的灵魂那炽热的战栗与剧烈的抖动，蒙着它所有的光，把它与其他四类唱腔并列，没有赋予它应有的尊贵与华彩。对于一个楚人来说，长歌当哭，我无须为悲迓争辩，它无可争议地成为楚剧最美的部分。然而，当我写下悲迓，却并不是想对外省人做一个普及，更不是为了拯救渐行渐远、已走向没落与衰败的楚剧。当我朝着越来越深的岁月走去，一路上，丢失的东西太多，而固执留存在生命里的东西让我心存疑惑，虽然这里面没有刻意的成分，当某种性情特质病疴一般地存在，我深信我对它的依赖程度。我先是丢掉了工人出身的本原质朴，接着丢掉了来自小地方那种特有的怯懦与卑微感，最终我丢掉了楚人的血性与狂狷，包括骨头的铁质和言辞的气壮。为什么这悲迓却伴我至今，它为什么没有被丢掉？我想起十几年前，南下的火车，闷热的车厢里，一个人只身去广州谋生，在两头切断的时空里，未来无着，孤独伶仃的感觉浸透了那样一个夜晚，我抱紧自己，心里反复有悲迓在唱：“从此就是一个背井离乡的人，从此就是一个人……”悲迓的颤音，字字泣泪，如犹在耳，想来竟一语成谶。一路走来我毫无察觉，仿佛与生俱来，当我再次审视一直伴我多年的悲迓，我才突然意识到，这条隐藏在性情暗处的特质，是一个人最真实的表情，带着酡红的醉意，蹁跹地高蹈在隐秘的世界里，完成一个人的自恋与抒情，以及我耻于提及的孤独感，是不是可以认为，我后来开始的写作生涯是悲迓的另一种存在？唯一的一次，我居然当众在醉后唱了这悲迓，“塞壬，昨晚你那唱的是什么，那么怪异的腔调？像是哭诉一般……”有人事后这么问。我素来在公开场合不多话，给人的印象是拘谨而怯懦，这样的失态实为罕见，我全然不知道人家敛声静气地听我唱：“春天过去了，又一个春天过去了，亲爱的，等你老了没人要的时候，你就是我的了，就是我的了……”这个非著名的事件，成为了朋友圈中的一个笑料。然而，我深信，只要听我唱过悲迓的人，面对那种从灵魂发出的声音，一定会为之动容，那是怎样的心如刀割啊。去年端午节的一个晚上，这伴我多年的悲迓忽然在南方的某个时刻遭遇意想不到的应和，它在我内心迅速被擦亮，啊，这是一种隐秘的汇合，以至于我在那一瞬间有了轻微的眩晕感，那种从头顶一直往下浇灌的凛冽，那种逶迤而来顺着我的秘密气脉直抵内心深处的奇妙感，让我惊呼：啊，这是谁在那儿唱，这是谁在唱？

在南方遭遇悲迓，这是我从未想过的。端午节那天晚上，我去东莞一个工业园做采访——你的故乡如何过端午节？带着这样一个无聊且毫无新意的采访命题，我坐在了工业园广场的小舞台下面。主办方组织了一台晚会，来自全国各地的农民工在这小小的舞台表演家乡过端午节，小品、戏曲、舞蹈、说唱，气氛非常好。在中场的光景，主持人没有报幕，帷幕忽然缓缓拉开，一身穿白色连衣裙的女子跌跌撞撞碎步奔到舞台中间，舞台苍白的灯光打在她清瘦的脸上，看不清眉目，但我看她形体的表情，已知道她满目含悲，长舒广袖的臂腕，一回头，一跺脚，又跌撞疾走半圈，启唇唱道：

“列位君子啊，泪湿衣袖，赵琼瑶牵小弟跌跪街头，奴本是川东人书香之后，父母慈儿女孝欢度春秋，恨大伯赵炳南如同禽兽，为霸产施毒计把父的命谋，炳南贼他怕把阴谋泄露，将父尸抛下重台说是酒醉坠楼。乳妈娘知隐情如实倾吐，无奈何奔河南把青天来求，包大人遭革贬我又落虎口，含冤女反成了阶下之囚……”

这是楚剧《四下河南》中著名的悲迓唱腔，我非常熟悉……我说熟悉，却一时间对这样的熟悉却有一种一言难尽的复杂心理。台上这女子，她开腔那句“列位君子啊……”在瞬间就摄住了我，烂熟的剧情，显然我对剧中赵琼瑶的故事根本就毫无兴趣，那苦命含冤的美丽女子，于我，早已转化成对悲迓审美最精微的把玩，这个女子，她非常清楚在这段悲迓应该表现什么，对于年年都唱的曲目，楚人对剧情不再关注，她要表现的当然不是剧中赵琼瑶的悲情命运，而是——她个人，作为女子应该表现出个人的女性魅力。楚人捧角，定捧悲迓的角，捧的是这个女子表现出怎样的个人气质。她开腔的那一句，在渗血的颤音里，是一种极尽妩媚的撒娇，她的眉眼、身段，是楚人已败坏或者说已偏离了的审美——在悲迓里迷恋风月，迷恋蚀骨的色情味道。我觉得很多国人在对《西厢记》《牡丹亭》这类戏曲的欣赏把玩中，也伴有这类颓艳的审美情愫。也许只有我才看得出来，台上的女子，她唱得很骚。也就是说，她深谙此道，把悲伤唱出一种甜味，去抚摸受众被惯坏的听觉味蕾。只是在广东，没有人了解这样的风情。她摄住我的，是因为，她的唱腔、身段气质非常像我前面提到过的，在我梦中出现过的那个女子。我的堂姐祝生。以致我恍惚间惊叫：那是谁在唱？

晚会散了，我顺利地约到了她，给她做一个简短的采访。我这才看清她的样子，一张清秀的刮骨脸，澄澈的单眼皮眼睛，鼻梁上撒有细密的淡雀斑，抿着的唇线稍微向下，略略的苦相，眼睛看生人，匆匆一瞥，就迅速耷下眼皮，想掩饰自己的拘谨。这气质毫无半点风骚风情的味道，我深知，这样的人，只要进入表演，她就是另一个人，她骨子里藏有一个妖魔。湖北老乡本是意料之中，如果说在东莞听到楚剧的悲迓让我吃惊，但听这女子的陈述后，我竟激动地抓住了她的双手，在广东十一年，我从未遇到过如此近的老乡，她居然是我邻村肖姓家的姑娘，两隔壁，跟我们黄姓村庄只隔着两三个橘园，啊，只是西塞的橘园在多年前就全被铲平了，那里，现在是一排排竖着烟囱的炼钢厂房。肖青衣，有意味的名字，27 岁，在东莞一家五金机械厂打工。见我是故乡人，她也回应了同样的热情。我清楚的是，肖家是楚剧的世家，曾祖父是唱武生的，演白袍将的薛仁贵得名，名躁一方。只是跟我家一样，现在几乎没有人再唱戏了。她的戏自然来自家族的传承，我问她，为什么还要坚持唱这楚剧的悲迓？回答让我很震惊：为了赚钱呀。这句话从她嘴里说出来竟那样理直气壮，还明显带有一股鄙夷的神气。唱悲迓赚钱？那是谁在花钱听楚剧呢？我印象里，悲迓已淡出人们的视野多年了。它现在以什么样的形式存在着？我丝毫不认为唱悲迓赚钱太过形而下，尽管这一回答已颠覆了我对她的那种诸如梦想、传承以及灵魂诉求之类的文艺期许，我在瞬间意识到，我跟她气息不对，是我太矫情了。采访变得索然起来，在得知她是邻村肖家的姑娘之后，我就先用西塞方言跟她说话，这是我唯一在春节回家时才有机会讲的一种语言。在异乡，在那样一个夜晚，它的每一个音节都生涩得让人惊讶，这是从未有过的。果然，气氛一下子热络了，她兴奋地问东问西，做记者能赚很多钱吧，多少钱一个月，你在东莞买房了吗，你用的是苹果手机哦，把你的电话告诉我吧……我微笑地看着她，交谈已经被话多的她引到了这样的方向，虽然我已没有了兴趣跟她聊起西塞，更不愿意再跟她谈起悲迓，但仅仅凭她是会唱悲迓的肖家姑娘，就凭这个，我就愿意紧紧地拥抱她。

二

那晚之后，我再也没有肖青衣的音讯了。直到年关的时候，我突然接到了她的一个电话，那边大口地喘气：大记者，我是肖青衣哪。是西塞方言，这唯一的识别系统。“我还没有买到火车票，过年回不了家啦，你能帮我买到火车票吗？”因为报社每年有为员工团购火车票的福利，我一口应承下来。她一定没有想到我答应得那么爽快，这么迟打电话来求助，想必是对我不抱什么希望了吧，试探一下而已。我深知买一张火车票有多难，中国的春运，让太多的人过年回不了家，让从不下雪的南方比冰天雪地的家乡更加寒冷。我们约好地点见面，我把票交给了她。谁知，她并没有开口道谢，只巴巴地望着我，劈头来一句：我答应了两个老乡，说我能帮她们买到火车票……大记者你……

我被噎得一句话说不出来。半年多过去了，她竟胖了些，两腮的咬肌丰满有力，向下垂的唇线显出一股蛮横的狠劲儿来，见我不作声，她突然大笑起来，那笑声很放肆，仿佛在说，要是你买不到，就当我没说过——这就是我们身在异乡的人，常常说起的那种专坑自己的老乡。一旦沾上，牛皮癣般甩不掉，一般来讲，被老乡在背后捅一刀并不是什么意外的事。显然，这个肖青衣是个顽劣的泼主，在此之前，我曾遭遇过湖北老乡借钱不还，在我处落脚临走时顺便摸走我的现金和手机；还有一个老乡，我介绍她到我公司上班，不到两个月，她因抢别人的单被炒，不甘心，竟然在公司内部网群发邮件揭发我利用职务之便，介绍自己的亲戚和老乡到公司各部门就职，并在公司拉帮结派，形成所谓的湖北帮……这么多年，我在广东经历的事情凶险的太多，我已强大到对这类小小的绊子毫无戒心的境地，我知道这些都伤不了我，是啊，似乎是，越来越多的东西已经伤不了我了。比如……我的邻村的会唱悲迓的肖家姑娘，如果她真的在背后捅我一刀的话。

我是一定会让她达成所愿的。她乐得围着我转了一圈，双手打着拱，朗声用楚剧道白：青衣谢过了——那“了”字长长的拖音，无限柔媚，风情婉转，仿佛被另一个人附了身，我不惊一怔，正欲脱口说出一个名字，她已消失在人群中了。

四个人在农历的腊月二十九回的家。绿皮火车上一路的琐碎、无聊以及肖青衣其人的极品、奇葩特质暂且不表，但我获知了一个重要的信息，肖青衣说她将在大年初四去市文化广场唱戏，有专人请，说是春节这一趟可以赚足两万块钱。我非常好奇，楚剧现在以什么样的形式存在呢？到底是什么样的人在迷恋悲迓？回到家，我们的西塞早已改成了街道办事处，二十年前，我们的稻田被钢渣和煤灰填平，大片大片的橘园被推土机隆隆铲除，我们的土地和家园上盖起了一排排竖烟囱的厂房，那里夜以继日地在冶炼钢铁！我们裸身——一夜之间从农民变成了工人，住进了钢厂给盖的职工宿舍楼。这是一个伟大的事件，农转非，这具有魔力的三个字改变了我们的阶级身份。在我的印象中，所有的人都陷入了难以言表的狂喜中，对农民的厌弃，对土地的厌弃是那样露骨——我的两个表哥几乎同时甩掉了农村户口的未婚妻。城市，城市，这几乎让人晕厥的天堂，梦想之舟载着我们向那里飞驶过去，没有一个人回望、眷念或者伤感。成为城市的一部分，我们那样义无反顾，那样彻底和决绝。二十年过去了，当我审视“城市化进程”这个新名词，我发现，太多根植于记忆的东西已渐渐模糊起来，它们将被历史掩埋，甚至是，它们——从未存在过。当我回望，乡村在汹涌的狂欢中崩塌，田地、水稻还有橘林淡出了我们的视野，悲迓的声音也细瘦下去，渐行渐远。我们穿上蓝色的工装，扣上红色安全帽，脖上系着白色毛巾，与钢铁为伍，在炉前开启骄傲的人生。我记得搬进楼房的那一天，西塞唱了三天大戏，在大院搭的台，请的是省里的楚剧团，这样的时刻，西塞人需要在悲迓那哀怨、悲凄的婉转哭腔里感受一种精神的愉悦和抚弄，反复挑剔省剧团的演员一个眼神、一个转身、一个兰花指是否到位，精微、细致地把玩，宠溺着那已败坏的品味与审美。啊，唱秦香莲的，真是个妖精哪，小腰身扭得真好，那一声声的冤哪，直把人的骨头都喊酥，喊化了去。毕竟是省里的专业剧团，果然是比自家的草台班子好，印象中，那几乎是唱得最好的一场戏了，夜幕下，湛蓝的天空，月华如缎，星星眨着眼，清朗无风的夜，空气纯净得没有一丁点渣子。台下是一片痴迷的哑寂，男人女人伸长脖颈，张着嘴，灵魂出窍。那台上唱尽人世间悲欢离合，生死爱恋，一个个都疯了般，尽显魔态，那悲迓哭得足以裂石，长长的水袖，直舞得人肝肠寸断，“忽听得南天门鼓乐声器，午时不到就问斩，天罗地网逃也难，难舍董郎上御道……”无人不晓的《天仙配》，唱了多少年，烂熟的唱腔，在那样一个夜晚，却如同第一次听闻，空气稀薄得仿佛一点就着，人们紧紧屏住的呼吸被绷在一根极细的弦上，仿佛只要一断，人群的意志就会瘫软、崩溃。后来，我无数次地回忆起那场戏，我意识到，悲迓在向我们慢慢告别，那最后盛大的谢幕，随着我们即将成为城市人，那一声声如诉如泣的悲迓为我们画上了句号。在以后的二十年里，我不知道，人们是如何强忍着不断发作的戏瘾，如何在梦里一遍又一遍回味唱悲迓的那些个小妖精。成为一个真正的城市人，需要漫长漫长的岁月，甚至需要几代人潜移默化的濡染和浸润，才能彻底洗净骨头里、血液里的泥土的气息。而悲迓就是卡在我们通往城市精神之路的一根鱼刺。在最初的时刻，每往前一步，它都会让人隐隐作痛。我知道，直到有一天，这样的痛会彻底消失。

我以为现在已接近消失了。大年初三晚，肖青衣来电说，明天上午 10 点在文化广场楚韵阁茶馆开唱，请我准时到达。啊，我有多少年没有看过楚剧了，十几年了吧。在广东，我倒是应邀去看了几场粤剧，但几乎每场都中途离开了，我进入不了，甚至连粤语，我依然无法发出一个音节，面对我刻意拒绝广东话的指责，我只能沉默着，我知道我身体里关于楚人的气息与血性已越来越少，我什么也守不住。窗外开始下雪，祠堂的祭祀渐次散去，故乡的年味，在肃穆庄重的祝福声里反复将我熏染与濯洗，我的耳根与心眼，在此时愈发洁净。我精心地为肖青衣封了一个红包，明天她就要在台上释放她身体里的那个妖精了。唱的是《断桥》，开句应该是：小青妹慢举龙泉宝剑哪……恍惚间，我的脑中映出了我的堂姐祝生舞袖疾奔于台前的情景。祝生死了十几年了，在她那薄薄的命里，与我映照的，是一句很绝的话：小女子口吐鲜血，气绝身亡。这句话，是我不敢正视的。那是一双凌厉的、利剑般直射灵魂深处的不死之眼，我时常能感受到它灼热的注视。是的，我没有决绝之勇。我在妥协中苟安。

初四的那天早上，天放晴了，雪光刺得人睁不开眼，窗前有鸟弹落枝上的雪花。去看戏，得盛装，跟旧时女子一样，怀着小心事，去戏场相中如意郎君，少女时代，我印象中的戏场，从未缺席过后生们为姑娘打架的野事和艳事。但我此番去，似乎是出于好奇，我放下了狐皮大衣，换了件大红的羽绒服，驱车赶往文化广场。

楚韵阁装修得古色古香，木屏风半开，迎面的吧台站着两个着中式小袄的姑娘，盘着头，满目含春，对前来的每一个客人都点头问新年好，然后验票。我报出了姓名，两个姑娘笑着对我说，黄小姐请。我径直往里走，掀开一个珠帘，四下一看，开放式的茶座格局，四人围坐木几，茶点、水果装盘，人声喧哗，人们在笑声中道着新年好。我抬眼一看，好一个精致小巧的戏台，琴师与掌板已就座，他们调试着胡琴，或在耳语，暗红的长绒幕闭着，中间挂着一张不大的海报，写着今日演出的曲目。我无处落座，没有找到一个熟识的人，我一下子就发现，人群里，没有年轻的脸，没有青春的身姿。我看到了皱纹、白发和臃肿的体形，各地很偏的地方口音在这里交汇，我努力地寻找西塞口音，然而却没有。我忽然明白了，城市周边县、镇区的戏迷涌到了这里，他们的身上，依然有着浓厚的乡镇气息，很多人是大老远地赶来的，穿着丑陋而厚重的仿皮鞋，鞋底沾满了从乡村带来的黄色泥浆，口音很冲，无遮拦，大着嗓门拉家长，仿佛置身于集贸市场。为了看戏，刻意穿的新衣，裤子新烫的折痕笔直而僵硬，笑容里，有一种朽木逢春的欣喜，非常纯净。他们也只有在过年才奢侈一回，花钱看戏吧。即便此时有着这么好的人气，但楚剧的没落几乎是定局。这群步入老年的农民应该是楚剧最后的拥趸者。我扫了一眼戏台，楚剧的命运本身就是一曲悲迓啊。

帷幕很快就拉开了，掌板急促地响起，这次肖青衣是扮上的，一身白衣，从侧边倒步背对观众踉跄到台中，原来是演《断桥》的全折，小青和许仙也上场。肖青衣转过脸来，半遮袖唱道：在金山只杀得心惊胆破——只消一句，我就知道她被妖魔附了体，口吐莺声，娇滴滴，身段婉转风流，字字带泪，顾盼间，早把那看戏的人魂魄都勾了去，这样的商业演出，她似乎更卖力了，把她的妖媚发挥得淋漓尽致。我确信，肖青衣受过专业的训练。然而，她却选择了去东莞的五金厂打工。

《断桥》本来是极好看的一折戏，当肖青衣的悲迓唱到：小青妹慢举龙泉宝剑哪，叫许郎你休害怕妻有话言。你妻不是凡间女，妻是峨嵋一蛇仙……掌声响起，我站了起来，忽然很感动，喉结耸动。我多么希望这是我姐姐祝生的舞台，祝生每每在唱“小青妹慢举龙泉宝剑哪”时，那个“哪”字，她仿佛因哽咽被呛住而中断，后用哭腔衔起的一种特殊处理，肖青衣这里没有，那应该是祝生自己独创的。戏唱完了，演员谢幕，下台来跟观众握手。我看到一些中老年男人涌了上去围住肖青衣，一个一个的红包递到她手上，赞不绝口的溢美之词，此刻，她是明星，她根本就没有注意到我，我看见她笑得完全没有教养，陶醉在赞美中。一个五十多岁的男人，看上去是乡村干部的模样，腆着肚子，他满脸的横肉已松弛，眯缝的双眼却闪着异光，他居然伸手去拧肖青衣的脸蛋，这个动作猥琐极了，然而肖青衣一直未能收拢她的笑：干吗呀，你讨厌——接着，这个老男人把手搭在肖青衣的背上，众人簇拥着走出茶楼。

人都散尽了，场子是一片狼藉。我的心荒芜得像一片废墟。忽然间，一股幽愤之气盈于胸中，我开口唱道：小青妹慢举龙泉宝剑哪，那“哪”字没上去，它突兀地断了，停在半空，四周寂然无声，我的眼泪流了出来。真是的，又不是意料之外的，我怎么还是抑制不住悲伤？

三

我的祖父年轻时在台上是落魄的书生，是卖身葬父的孝子董永，是辨不清祝英台女儿身的梁山伯……他摇着白扇，带着书童，在阳春三月之时赴京赶考，一路阅尽江南美景，风流无限。然而他总是能被天仙或者富家女看中，总是不可避免地要与之私订终身，然后上演各种恩怨情仇。如此拙劣的故事、恶俗的情节，他唱了一辈子，还无可争议地成为戏班的领头。文章写到这里，我开始抑制不住地一阵阵战栗。我即将开始写“那个时候”了，我要写到我的西塞，我的悲迓，我还将要写到一个女子。往事画卷般地铺开，因为激动，我看到的是，语言的纷纷逃跑，而意象纷呈不暇。这一切如今都不在了，时过境迁，人们通常是如何描画曾经的美好？人们通常是如何写出消失？

我得从长江说起。西塞临江，著名的西塞山伸进长江，截面是峭立的峰竖在江面上，刘禹锡作诗说：王濬楼船下益州，金陵王气黯然收。西塞人是从来不叫长江的，我们叫河，去河里洗衫，去河里搬罾。这河每年有一大盛事，在农历五月十八日那天龙舟下水。楚国大诗人屈原投江，楚地老百姓扎了雄伟大龙舟，载满食物，将龙舟推入河里，漂至下游。大意是，鱼儿啊，给东西你吃，你就别再吃屈原啦。原本简单的祭祀活动演变成盛大的农事祈福、祛瘟除恶、消灾许愿的古老习俗。楚地丰饶，龙舟盛会自然也是鲜衣美食、纵情声色的狂欢。啊，原谅我克制不住自己在此处着墨过多，我已经有十几年没有见过这个盛会了。五月初五一早，用公鸡的血开光，点上长明灯，打醮守夜，道士日夜唱颂，出宫，巡游，然后下水——戏就开锣了，七天七夜。但说到悲迓，却似乎比楚剧更广泛地存在于民间的日常中。楚地素来巫气甚浓，招魂、哭丧悲嫁唱的却是楚剧悲迓的腔，唯有哭，才能表达楚人决堤的情感。然而这是西塞一年中看戏的时节，又逢大端午节，大地的热气在翻涌蒸腾，盛夏的情欲像释放出的浓郁体味在空气里经久不散。潮涌般的人群，成堆的小贩挤在江堤脚下，叫卖糯米酒和清甜的黄李子，两百米的堤沿，一排泥炉子在傍晚燃起煤球，铝锅里煮着羊角粽子、盐水花生、紫香芋、绿豆汤，还有甜腻的藕粉糊。年轻女子发梢插着新鲜的艾叶或沾着露水的栀子，她们的眼睛很活泼，欣喜而慌乱，像被清水洗亮，她们成群结队地走过，身体里最隐秘的美，只为那一刻绽放。那时农事已歇，直等大戏看完下田抢收早稻。

家里自四月初就开始备戏，晚饭后，在祠堂门口的大院里，祖父就张罗出演的人排戏。八个村，八个姓，为了龙舟盛会的大戏聚在一起唱练到午夜。院墙边，殷紫的洗澡花开出墙头，香气氤氲流连，要是拿罐子封起来，大概可以酿酒吧，是要醉倒人的。蛙鸣鼓噪，月华如水。我和大我三岁的堂姐祝生赤脚爬到一棵高大的老樟树上，晃荡着腿，对着下面的行人吐痰，听大人们排戏。啊，我们无法无天的童年。小脚的祖母先炒香了大麦，磨细，把泡制好的大麦茶恭敬地递到年长的师傅手中，她穿绛色香云纱大襟褂，执长烟枪，这个老戏精，扭得一脚漂亮的蹒跚步，能唱高亢的老旦。我家黄姓每每有七八个人上阵参演，叔父、婶娘、堂兄堂姐，而我最小的堂姐祝生在她十五岁那年就上了台。

祝生的戏是听来的。每每学会了一段，就拉着我回房间唱给我听，手眼身法步像模像样，我吃惊地看着她，她这个人，怎么一唱起戏来，像是变了个人，恍惚间，似乎有一道秘密追光在她头顶。那通身的气派是浑然天成的，她仿佛天生就会唱戏。祝生十四岁忽然有了明艳的脸，眉眼渐开，那个夏季，她身上散发着一种古怪而好闻的气味，很像酵面发过了头，有点酸酸的甜腥味，从她身体某个隐秘部位散发出来，而且她的眼睛很有内容，就是这内容，让我再也看不懂姐姐了。戏班的行头、戏服全都由祖父保管，那些硕大、沉闷的黑箱子放在谷仓里，祝生偷来钥匙带着我进去，把黑木箱一个一个地打开，樟脑的气味迎面扑来，我姐姐兴奋地抱了我一下，箍得我骨头都痛了。这行头，祖父宝贝得要命，一年要晒多次，这些流淌着光的绸缎太金贵了，不好侍候，动不动就长霉点。每次扛到谷场去晒，场面很是壮观，拿竹竿撑开晒，五彩斑斓的锦缎绣花戏服迎风猎猎翻飞。我对每一件戏服都心生畏惧，它们是有灵的，它们经常窃窃私语，念着咒语。我从来不敢靠近，分明感受到它们身上有不可知的邪恶力量，尤其是那种深紫或漆黑的蟒袍，因为灵魂的厚重或者满腹心事，它们一动不动地挂在竿上，像一张愠怒的脸，我觉得它们有刻意吸走我魂魄的意图和居心。现在我们两个置身在这一堆复活的灵魂中，我吓得紧紧地抓着姐姐，哭喊着我们回去吧。我姐姐猛地甩开我：你这么个恶人，还有怕处？我怔住了，我跟我姐姐自小被大人称为“瘟神”，作恶无数，经常在外面打架惹祸，弄得一身伤回来，下手又狠，姐妹两个把人家打得遍体鳞伤。我们被大人捉住，双双放在谷场大太阳底下晒，小腿肚被麻条刷得血印子一道一道的，我们立在那里不告饶，不挪地，天黑了也不进屋，每次都是大人们妥协，把我们拖进屋里。是啊，我怕什么，黄祝生这恶人不是跟我在一起吗？

我姐姐挑了件白色绲蓝边的戏服套在身上，她抖抖水袖，然后正色地对我说，红，你来看看，我是不是比陈 ×× 唱得要好。陈 ×× 是当时最红的正旦，唱得好，人很骚，一堆男人围着她。多少年了，我想起这句话，心里炙炙地痛着，在那样一个傍晚，我的姐姐身量未足，还未登过台，她说全西塞没有一个人比她唱得好。我看着她，只觉得那件白色蓝边的戏服活了过来，有了灵气，她被赵琼瑶附了体，在谷仓中间，她的身体开始密集地打旋，然后推开长袖，疾走，收拢，斜甩左肩，半掩面，低首颤音唱道：列位君子啊，泪湿衣袖，赵琼瑶牵小弟跌跪街头……这是楚剧《四下河南》中的悲迓部分，开句亮相太惊艳了，我姐姐的声音纯净，如莺初啼，然而却大气有沉淀感，丝毫没有初学者的稚拙。她借鉴了舞蹈手法，出场做、打是她独创的，营造出人物内心悲愤、无奈又无助的情怀。我着迷地看着她，她是那样陌生，我们天天腻在一起，她如何具备了这一切？俯仰间，我发现她居然有了一个玲珑的身段，蓓蕾般，正以百合花的姿态开放。

我忽然一回头，竟看见祖父站在门背后，他来了多久了，我们全然不知晓，祝生唱的全是悲迓，她唱了《四下河南》《宝莲灯》和《断桥》，我沉迷其中，帮着应和锣鼓，咣起咣起咣起，咣切咣切咣咣切——我惊讶得合不拢嘴，祖父带着意味深长的微笑朝我们走来，祝生收起长袖，挑衅地看着祖父，看这光景，祖父没有暴跳如雷，似乎不会责骂我们了。我们的祖父戏唱得好，一生被人捧着，有着可怕的坏脾气，但是素来溺爱我们姐妹，按他的说法是，这两女娃心气高，任谁也买不动。我姐姐唱戏的天才被祖父发现了，他如获至宝，在那个时候，祖父就已经感叹，楚剧后继乏人。年轻人开始迷恋喇叭裤和录音机，跳迪斯科。很多年之后，我做了记者，采访了市戏曲协会的会长，这位会长写了很多关于楚剧的论文，积极探讨楚剧的改革与发展。他长得白白净净，有点娘娘腔，一看就是一个戏里人，言谈举止有一种舞台的做派。他把楚剧的没落归结于政府的不够重视，没有拨下足够的资金来发展。他摊开手优雅而无奈地说，没有钱，能做什么呢。我笑了，摇摇头叹了口气，这般浅薄的言论竟然不如一个已死去多年的老农民。我的祖父很早就说，楚剧必将死于农村的城市化。不仅楚剧，还有流传几百年的习俗、审美，甚至包括西塞方言，所有这些都必将成为楚地的一曲悲迓！如今这个叫塞壬的女子，她过于细瘦的笔，如何能写出这份沉重与悲壮！

因为悲迓的异质植入童年，植入成长，我悲喜皆哭的性情缘于楚地，缘于那个叫西塞的地方。我咯血的书写里，所有的词根都指向那个叫红的女孩，那个时候，她只有西塞，只有乡村，也只有悲迓，然而却不知忧伤为何物，那些最好的时光只属于红。我不知道祖父发现了天才的姐姐是否有过深深的忧虑，在悲迓的暮光里，竟开出了一朵明艳夺目的鲜花。那一年的大戏，祖父亲自上阵跟我姐姐一起排的，唱的是《百日缘》，我一个人坐在高高的樟树树杈上，看着前来围观的人群，里三层，外三层，看黄老师傅跟他孙女的对手戏。我百无聊赖地晃着小腿，没有什么能阻挡姐姐要唱戏的决心了。五月十八的晚上，我姐姐平生第一次上了台，妆是祖母画的，非常漂亮，眼角向上扬起，两腮胭红，额妆是她一直最喜欢的铜钱头饰，此时的祝生，没有人能认得她，一入戏，她如同换了一个人，那神采，那通身的气质，袅袅婷婷，欲说还羞，宛如被附了体。十五岁，上初中二年级，听说今天上台，她班上的老师同学都前来捧场。姐姐在后台兴奋地与同学聊天，她做作地捂着胸口表示好紧张。而我知道她胸有成竹，厚积薄发。今晚是她的主场。

我不知道有没有人跟我一样，在那晚的戏里，我只看见我姐姐一个人在唱，更奇妙的是，我姐姐祝生本人似乎无视他人，把舞台当成是她个人的专场。大量的改编，身眼手法步，包括唱腔的某些细节的处理，她把《四下河南》这个传统曲目唱得既陌生又熟悉，她用从电视上看来的现代舞的技法营造出强烈的舞台效果，惊闻噩耗，晴天霹雳，如风雨大作般的内心悲愤，含冤女赵琼瑶有了一个崭新的面目与灵魂。我刚刚完成了小考，12岁，我像一个专家那样读懂了我姐姐的赵琼瑶。我相信那个晚上，台下的老戏迷们一定也读懂了这个年轻的赵琼瑶。我一直隐约感受到姐姐祝生身上有一种隐秘的光，平常看不见，但偶尔会惊鸿一现，但是那晚之后，这种光就完全无蔽地敞开了，她向你走来，那就是一个发光体向你走来。

祝生在西塞红了，她沉醉在明星般的虚荣中，没有什么能动摇她唱戏了。而我竟迷上了阅读，这孤独的漫漫长旅，一头扎进各种各样的阅读中，我跟我姐姐开始了各自面目清晰的人生取向。那个时候，我跟我姐姐多像啊，烈性、不驯、敏感而自尊。然而，我终究是一个处处得以妥协而苟安的俗人——我活得多聪明啊。19岁高中毕业，我姐姐要去考省楚剧团，她需要更大的舞台。然而，在这个时候，城市来了。我们的稻田和橘园已被征用，大冶钢厂给我们的补偿是城市户口，并招我们进工厂。城市给人的内心造成多大的震荡与狂喜的混乱啊，我从未感受到人心竟如此地卑劣，人们疯狂地去派出所改户口的年龄，有的人匆忙结婚，有的人决绝地退婚。人们把自己的房子临时加层，以便拆迁后分到更大的房子，并急于跟“农民”这两个字划清界限。农转非，一场农民的精神胜利，在这场狂欢中，有一个人对即将成为城市人不屑一顾，我的姐姐祝生去考了省楚剧团，她拒绝填表进工厂。她在台上越发大气，临场发挥、即兴改编炉火纯青。19岁的她清瘦、柔弱，脚尖碎步起舞有仙姿，眉宇间有倔强的意志，她清亮的大眼睛里，时常掠过一丝阴翳，但转瞬即逝，也许因为唱悲迓的缘故，脸略略地苦相，细长的脖颈，孤单地支着时常左倾的大头颅，使她的身影看上去很像一只安静的充满哀伤的鹳鸟。

我的伯父——他前几年去世了，大概是一直活在痛苦的煎熬里吧。他在那一年做了那样一件事，去省城的楚剧团花钱阻挠了学校录取祝生。我们家包括祖父在内，他们对唱戏的看法是分裂的，祖父一生嗜戏，并引以为豪，然而他骨子里却认为唱戏是卑微的行当，甚至不如农民。祝生坚定地说今年没考上，明年再考。伯父急了只得说，你死了心吧，赶快填表进工厂，楚剧团永远也不会录取你。他不知道，那一瞬间，我姐姐的世界就一片漆黑了。她开始细致地准备着那件事，妆好，穿上白色绲蓝边的戏服，然后喝了农药。我在市里读书，一路赶回家，祝生已入了殓，她笔直地躺在门板上。我身后不断传来人们在议论她死时的情景，口角都是血，在唱着悲迓。在地上翻滚，迟迟不肯咽气。非常可怕的是，这个画面我如同亲历了一般，在脑中异常清晰逼真，多少年了都是如此，我的姐姐她是如此不甘，于我，这是一种可怕的暗示。没有人能懂这是一种真正的贵族尊严，我害怕这种心灵质量的比照，在我看来，我姐姐的死将照着我未来的人生，我自觉自己具备那种灵魂的质地。我感觉到，我姐姐祝生的死，作为戏曲、楚剧的悲迓式样，于我已经死了。但在我心里，悲迓却以另一种形式存在着——做一个真实而纯粹的人。

四

然而悲迓将不再唱起。然而所有的顾惜已归尘土。在这个世界上，还存活着多少人会唱悲迓？在我看来，它早已不是把玩的戏曲。当我在广东流浪，当我历经人生的大喜或者大悲，我会无意识地唱起悲迓，自编唱词，独自高蹈，在无人应和的孤独里，我保持着楚人最古老的抒情。我从来没有想过要刻意保留它，但我知道它永不消失。不论我是农民，还是工人，抑或成为一个作家，对悲迓的理解不会改变。当我开始写作，我的血，我文字的性格，我的气脉在汉语里逐渐还原成我最初的模样。如果在异乡，我碰到了这种真性情的人，或者我在一本书里读到了类似充满血性而激越的文字，那么，请允许我把你划成自己的同类，并深情地喊你，亲爱的老乡。

匿名者

一

2009年，我结束了在广东九年的漂泊生涯，一个叫塞壬的写作者，她是这段匿名生活的终结者。我记得那一天，世界仿佛被擦亮。像是有人在瞬间从我心里掀开了个帘子，哐啷一声响，突如其来的光，一下子无蔽地照向我。我没来得及适应在明处的生活，没来得及获得双脚着地的踏实感，在紧张、不知所措、挟裹着某种慌乱的幸福感中，我填写了一张东莞图书馆的入职表。但这次，我填写了真实的姓名、出生地、年龄以及最简洁干净的经历。我一笔一画地写着，饱蘸着力量，仿佛要把字刻在纸上一样，永不再改变。面对自身的真相，我竟然感到茫然，太陌生了，陌生到可疑。这得要追溯到多少年前啊，眼前定格在表格上的这个人——黄红艳，她已消失了多年。简历上，九年的漂泊生涯，起初，我想一句带过：2000年至2009年，漂泊于南方各城镇。严格来说，用“混迹”一词更为准确。这么写，我居然感受到一股让人受不了的炫耀成分，十分的矫情。最后，落在纸上的是：2000年到2009年，供职于广东省各类传媒。我有意模糊它，让它沉进最深的内心之狱底，然后封上封条。像过去的任何一次一样，我要删除过往，去刷新另一种生活，所不同的是，我不再匿名。

然而，我很快发现，重新续接2000年前的我是荒谬的。也是粗暴的。我如何能绕过那个“九年”去轻松面对以后的生活？在缺乏过渡的角色转换中，“轻松”实在是一个太沉重的词。我蓄意想删掉的这段历史开始不安分地打扰着我，它们以大量而密集的细节反复出现在我的梦境里，那么近、清晰，如同昨天才发生的一样，它让我长久地不安、惊悸。这咬啮性的烦恼，锥人。它让我觉得，如今有着真实身份的我更像一个笑话、一个假象。我对那九年下了如此定论，当然，听上去更像是在辩解：那是一种偷来的生活。仿佛长期穿着不合体的衣裳，篡改的名字，伪造的经历，被切割的时光，频繁地迁徙，生活的碎片被扔在各个城市的角落，面目全非——但它不属于真实的我。有了体面身份，似乎不太愿意承认这种生活曾属于我？在清点过往资料的时候，我打了一个包，一个我即将予以销毁的包裹。它可以证明那个匿名者曾经出生在上海、北京，或者广州；她毕业于不同院校、不同专业；它还证明了我，有时出生在七零后，有时出生在八零后，姓胡或者姓张，此外，我还有很多英文名字；我有时未婚，但有时还离过婚，有一个五岁的男孩留守在湖北老家，由我可怜的母亲抚养；我有各类职称及资格证书，其中有两个居然是珠宝鉴定师和园艺师的资格证，我做梦都不曾预想我会从事这两种如此离谱的行当（我是学中文的）……是因为不再有再次使用的可能我才迫不及待地去销毁它？还是因为，难以启齿的……羞耻心？我觉得两样都像，却又不完全像。这个包裹，这个记录真相的可怕的目击者，我感到它无处不在，它像是一个不死的活物，长着有芒刺的眼睛时刻注视着我，滚烫而犀利，它提醒我，九年的匿名流浪生涯顽癣一般地真实，它混乱、落魄、阴郁、压抑还有疯狂，被厄运追赶，在困境中沉浮，无数次的谎言只是为了圆第一个谎，然后被它追赶、驱逐。这才是真正属于我的真实生活，它是一个强大而有力的存在！现在，它无数次出现在我的梦境里，大块大块的影像在我面前晃动，我在逃离，仓皇的身影，瞳孔深处的哀伤。它们攫住我，梦魇般，让我长久地不安，无法忽略和剥离。销毁它们是容易的，付之一炬，但要彻底洗掉，要当它从未发生过，需要达到另一种人生境界。我还不愿意去达到那样的境界。

每年春节，我都要如期把自己送回湖北老家，让父母亲看到我还好好的，他们是这个世界上唯一爱我的人。我得告诉他们，我过得很好，有钱，有体面的工作，身体健康，笑容满面。出生地，是一个人所有秘密的源头，我可以摘掉面具，摊晾最原生的表情。火车一节节靠近故土，过韶关，入湖南，最后抵湖北境内，每一个地点的方向转折，这时光和空间的转折，在岔道口的拐角，身体被速度和风的方向撕裂。我在一层层还原，一寸寸清晰。回到湖北，我利索地说着方言，成为一个话多、时常大笑、不擦口红、不洒香水的三十五岁女人。谁都认识我，我活在明处。短暂的假期，我沦为一个客人，享受着客人所有的礼遇。今年春节在家，忽然接到一个中学同学二十年聚会的通知，二十年间，我在广东待了九年，跟家乡的任何一个中学同学都断了联系，他们居然能找到我。被浅薄的好奇心驱使，我去了。一个重工业城市郊区的中学，二十年前，从这里毕业的学生后来大多读了职工大学，继而成为这个钢铁城市的工人。聚会设在市中心的一个大酒店里，我一下子被认了出来，黄红艳，他们叫着我的名字，啊，这个名字在很多年里，尘封了一般。因为未婚，我被八卦的女生们围住。我先前读过不少关于此类聚会的文章，太多都是在说，读书时不起眼的人，如今成了当地赫赫有名的人物；漂亮的女生，她总会有悲惨坎坷的结局，无非造化弄人，世事无常。但是，我要说的是，在这样一个发展缓慢、相对闭塞的重工业城市，我的同学都没有太大的起落，没有人们想象的那样具有戏剧化的人生。他们基本上都还是工人：分厂厂长、车间主任，或者是技术骨干，也有一些小老板，仅有一个在国外。权贵、大富跟他们无缘。

饭桌上，我注视着这样一群人，显然他们在生活中都有频繁的往来，一起打牌，一起喝酒。有几个男生可能刚下班，工作服都没有换，他们把钢铁车间的气味带了过来，热燥、生腥，混着耿直的粗暴。我熟悉这样的气味，更熟悉他们身上特有的痞劲，大声劝酒，喧哗，炉火烤红了他们的脸，黄段子一茬接一茬。当年青涩的少年们，都成了粗壮、硬糙的汉子，那一张张脸，被钢铁和酒精打磨，发着红光，仿佛就是，天底下就他们过着一种最得意的生活，谁也比不了。女生，都成了别人的老婆和母亲，她们无所顾忌地大笑，跟男人一样叫嚣，她们肥胖而快乐，毫无例外地，秉性里单纯的良善在泼辣的言辞中，竟表现出贞洁的美，这么多年，劳动，赋予她们明净、利索而昂扬的气质。因为是聚会，我还打扮了一番，化了妆，围着昂贵的绣花真丝披肩，紧身小羊皮裙，长筒靴子。这般刻意的隆重，比照女同学们大方、自然的做派，我反而显得特别怪异，这怪异让我别扭、局促，距离感就由此产生了。当我回答完他们问的所有问题后，我只得归于沉默。我无法融入他们，我和他们隔着太久远的时光，还有充塞在这时光里的另一种暗处的、不为人所知的隐秘生活。隔着时光，我在暗处注视着他们，他们在明处，透亮，裸呈，没有太大的秘密，彼此相知，甚至于，他们的未来都是预知的。真实的个体，响亮对应。啊，这原本也该是属于我的生活图景，实名、敞亮、平等中有理直气壮的身份认同，公开的喜忧，一览无余的命运，在平凡中拥有谁也管不着的自命不凡和自足——如果我当初留守钢厂，如果我嫁给了那个电工。

一瞬间，我忽然意识到，我花了九年时间去苦苦追求我曾轻易舍弃的东西，在艰难地绕了一大圈后，生活又回到了原点。一位东莞图书馆普通工作者和一位湖北大冶钢厂电工的妻子，她们之间看上去似乎没什么区别，谁也不比谁高贵多少。从这一头抵达那一头，它不是一个递进关系，也就是说，我并没有变得更好。然而，这两个不同时段的女人，就因为她们隔着那个九年，她们才不再是同一个人。无视那个九年，就等于是删减了我人生中的复杂性和多样性。不，应该是这个世界的复杂性和多样性。现在，我分不清，以塞壬命名的这个女人，她所从事的写作行当，是不是开启了另一种匿名生涯？

二

进来面试的是一个才二十二岁的女孩子，她叫李艺。我被她的简历所吸引，上面说：我的热情和潜能是未知的。我捂住它，它老在我身体里蹿动。我需要在一种类似自焚的事业中看清我自己，去弄明白，我跟这个世界的关系。这几句话，我一连读了两遍，直接的感觉是：似曾相识。自信藏在真诚的后面，略略地带点挑衅的味道。看上去，她对这样的面试表现出一种故意的漫不经心。当然，这种简历，在职场上相当冒险，因为人事主管看不出你能为他的公司带来什么样的效益——尤其在看不到文凭和经验这两个重要保障的时候。应该说，这个文学女青年在找一个赏识她的人。我笑了。这是一个很有吸引力的姑娘，长圆脸，嫩皮肤，一双大眼睛长满着钩子，忽闪闪的，露骨的表现出她的热情还混合着……某种天真的诱惑，扫到人身上，就印着一串串活泼而亮莹莹的问号。她梳了一个非主流的歪马尾，上身是镶亮片的白 T 恤，穿着一条满是口袋的迷彩侉裤子。湖北人？我拧高了眉毛，刻薄地对她说，以你的资历——专科，去工厂流水线当工人非常好，何必要到这种杂志社来碰壁？点到穴了，她满脸通红，撸了撸耳后的头发，咬着唇，但十分清晰地对我说，去流水线，二十五岁之后都来得及。她的两眼亮晶晶的，热切地望着我说，我得给自己机会，我得知道自己能不能干好某类工作。听了这话，我感到内心有一处隐秘的地方被微微地牵动了一下，此外，她终究没说出瞧不起流水线那类让人硌硬的话来。她拿出一厚沓打印出来的文稿，笑嘻嘻地递给了我，说是平常涂鸦的。在她之前，我面试了两个乏味的女生，虽然她们有精致的发型、妆容及着装。中规中矩的简历：毕业院校，工作经历，薪金要求，所有这些就像是一个机器印出来的，毫无创意。标准的表格，内容惊人地雷同，包括笑容。看不到她们的内心及思想中那灵动的部分，铁板一块。一问，无非就是希望锻炼自己、学到更多的东西、实现个人价值等这类陈词滥调，所有的回答更像是一场表演，事先就有了那标准答案。她们全都有一副自我感觉良好的表情，这表情更多源自于她们对青春和容貌的自信。我一直认为，太多人，他们是没有内心的。盲目，从众。人群中，他们没有太明显的识别性。

我当然不能凭此就决定让李艺通过。面试最重要的一环是现场检验这个人的能力。作为一本时尚杂志，记者采访是为了广告，但采访本身并不暴露其广告目的。如何接近被采访对象就是一个最起码的技术问题。我给出几个公司品牌总监的电话号码，看谁能够做到预约采访成功，一般情况下，这类人对采访很谨慎、挑剔，不太容易约到。两个乏味的女生失败了。她们甜美的声音当场都被对方回绝说：对不起小姐，我最近太忙了，请把相关资料发到我邮箱，如我需要，再跟您联系。接着就忙音。李艺接通电话，在报明身份之后说道：我们编辑部做了一组新闻策划，我要把策划书递交给贵公司品牌部发言人，请问，具体交给谁？对方说，交给我。李艺答道：那好，我下午送来。她成功了。她的聪明在于把一个问题进行了方向转折处理。如果像那两个女孩子那样，直接问，我们要对您进行一个采访，请问您什么时候有空？对方通常会直接说没空。李艺把“何时有空”转为“应该找谁”，这样对方的答案将不可能是拒绝的。我看着她，虽然我不认为这个方法是她原创的，但至少她看了类似于营销方面的书。面试通过了，她看上去有点喜形于色。我告诉她，三天内会打电话通知的。用不用这个人，我只能提供参考意见，那要人事经理说了算。应该说，这么些年，我对广东太多的公司在用人制度方面感到失望。依然是唯文凭和经验这两种硬件论，此外，年龄、性别、籍贯也是三个很大的槛。但这个世界总会有那样一种人，啊，你知道的，就是那样的一种人，我无法说清，他们身上有一种迷人的不确定性，和多种难以预测的可能性，你只需要为他们开门，他们一旦上路，就会有令人炫目的飞翔之姿，他们很快就把你先前看好的那种有用之人狠狠地甩在后面。啊，总会有那样的人，比如……

最后李艺没有被录取，理由是，文凭略逊且没有经验，她还是个湖北人呢。人事经理那厚重的鼻音从来都有残酷的味道，我知道，跟这样的人多说一句都是在浪费时间。在广东职场，我不明白为什么河南人和湖北人会如此地臭名昭著。河南人信誉不好，擅于骗术；湖北人太精，一旦上位就总想挤掉主管甚至老板，腹黑，不忠。这类说辞在职场广泛流传，竟成了真理。本来，不录取就不必打电话。可是，心里有个东西老梗在那里，这个小姑娘让我有亲近感，她身上有太多的东西让我觉得“似曾相识”。我打给了她，可怜的孩子以为是录取通知，开口就问，几时报到，那声音听上去都发着光。我艰难地把事情说完，然后告诉她这是我的手机号，“我姓黄，以后有什么事可以找我，希望能帮到你……”是我先挂的电话。

半年多以后，我在一个傍晚接到了她的电话。她说她刚从东莞回到广州，很想见见我。我们约在一个湘菜馆见的面。因为上次的事情，我老是觉得亏欠她什么，算是请她吃个饭吧。见了面，她瘦多了，削着脸，眼睛还是那样，忽闪闪的，仿佛是，整个肉身的灵魂就集在这对眼睛上了，它隐隐地回避我的注视，我觉出它盛满凄凉。对于过去的半年，她似乎不太愿意多谈。我把汤盛到她面前，叫她吃饱。我太了解一个女孩只身在外，她可能遭受的不测，我不需要她讲出来。她突然把筷子停在半空，急急地问道，黄姐，到底用什么样的办法可以进到你们这样的杂志社？

你的选择很多的，为什么一定要进这种虚伪、势利，跟文化沾不上边的破杂志？

我不甘心……

我哑默，低头吃饭。半晌，我吐出一句话：为了进去，你真的什么都愿意？她又用她那双发光的眼睛盯着我，愿意愿意，是陪男人睡觉吗？我残酷地笑了一声，鄙夷地看了她一眼，出来这么久，居然还相信跟男人睡觉就可以解决问题。我郑重地告诉她，李艺，你的那些文稿我看了，很不错，你在这种杂志社混个经历是必要的。

两天后，我带李艺出来跟几个人在大排档吃饭。这几个人，我有必要交代一下，三男两女，年纪跟我相当。他们全都没有正规的工作，但身份非常复杂，具体的底细，我也不太清楚，他们混迹在各行各业，身兼数职，做各类业务。印刷，户外广告，代理某健身产品、化妆品，卖壮阳药材，代理红酒、保健品，办信用卡，办假证开假发票……他们是嫖客和妓女、骗子和混混，他们还是黄牛党和偷车贼。这些匿名在城市中的人，隐在暗处，他们活得旺盛而陶然，拥有非常丰富的信息量，我倒是喜欢听他们八卦，一些大企业的发家史，跟哪派黑道有密切的关系，还有女人，哪个政府要员是她们背后的大树……啊，普通民众的乐趣就在于此吧。我长期给他们提供各类软文并帮助接画册、平面单张的设计等业务。跟这样的人打交道，我是放心的，他们从来没有拖欠我一分钱。他们叫我“女秀才”，说我是个读书人，就是有点死心眼。啊，这么些年，我一直流浪，却也衣食有着，当然是因为跟这样的一帮人混在一起，然而，我没有彻底地成为他们，我心里还有一点点没有完全殆尽的——梦和理想。如今的他们，都有钱了，身上的底层气已被洗净。饭桌上，男人们跟我开着玩笑:阿红啊，让我包了你吧，你一个女人写字赚钱太辛苦了。我笑着说，今天我带表妹过来给你们认识，多关照啊。那李艺倒大方，一个接一个地跟他们敬酒，大哥大姐地叫得热乎，一下子就跟他们活络了。我在那一瞬，忽然感受到异样的味道:我也许在帮助一只狼。这念头，迅速地在我脑子里闪了一下。她表现出的那种主动性和那份露骨的热情，让我……

我很快把两份证件交给了李艺。她现在叫易丽（李艺倒过来），25岁，上海籍，毕业于华南农业大学，中文本科。我告诉她，要滴水不漏地圆好这个谎。她张着嘴半天没合拢，心里在嘀咕什么，我不想去琢磨。但是，在一个陌生人面前泄露了这样隐秘的事，并让她有了可以偷窥到我的蛛丝马迹，我感到浑身不自在，不，我感到糟透了。她果然顺利地通过了人事经理那一关，成为一名时尚杂志的采编记者。

不到一年，这个叫易丽的女孩子卷走了三万多块钱的广告款。杂志社无法找到她，我当然也推个干净。这个期间，这个女孩掌握了这类媒体的运作方式，包括广告品牌份额的分布、新闻策划的要点、品牌推广的策略，以及这种时尚类杂志的奴才本性：她几乎熟悉所有讨好客户的方法。她跟我如此相似，从中获益了，还要在背后骂这类媒体如何地贱。她的离开，当然是在无法取代我这个编辑部主任的绝望之后，好狠的小狼仔！李艺成功地走完了最重要的一步，她再也不必去做妓女和流水线女工（她们也没有名字，以胸前的工号代替）那样的匿名者，她会隐在城市的深处，洗尽身上的底层气味，成为所谓的office lady。几天后，她往我的账号打了三千块钱，然后给我发短信说她在深圳一家媒体。我看着短信叹道，这个小蹄子，果然翅膀硬了。这三千块钱是什么意思呢，感激吗？看透一个人太悲哀了，让人难受。我感到了孤独和一阵阵的悸冷。

《西游记》里，妖怪的主人在云端叫出它的真名，那妖怪就会吓得现形。古埃及的神话里也有记载，有一种巫术，说是只要你能说出另一个神的真名，你就能制伏他。我的理解是，因为羞耻心，我们受控于自身，进而才能被他人所控。它一定是人的弱点。然而，没有这个弱点，再强大的内心，那又有什么用呢？李艺，在面对我的时候，应该是不自在的吧？在我的目光下，她就像被脱光了一样没有秘密，我掌握了她最初的密咒，所以她要离我远远的，最好永不相见。她不会在任何人面前提起我，我是她的秘密、她的羞愧，一个永远的结。这些年，我在太多场合能准确地闻到这一类人：复杂的经历，圆熟的应变能力，谈吐漂亮，很会笑。但是，他们躲闪的目光、虚张的言辞总会暴露出某种狡狯的特质，以及，永远给人的不确定感。他们没有浑然天成的从容。那是因为：他们有着真正的畏惧、恐慌以及无法预知的生活所带来的焦虑。就像，不经意的一个谎，你听着像一阵轻风，但你无法感知它在那人心里引发的惊涛骇浪。

三

成为城市的匿名者，我们别无选择。从第一次的经验中全身而退，我也一样，获得了成熟的技能、野心以及更开阔的视野，世界在我面前打开了，这个开局，李艺几乎跟我一致。然而，我不同于李艺这类人，他们是务实的，目标明确，进取、忙碌，注重时间和效率。我注定要跟这样的人分裂而走向另一面，我无法成为他们。我只能是个失败者。为着生计，一次次地离开，被驱逐，更换面目，去刷新另一种生活，甚至探向并不熟悉的领域，为的是重新调整呼吸和节奏，去争取脱胎换骨的机会。这么些年的游走，我看清了自己，一个彻底的务虚者。我必须说，一个伪证使用者、一个篡改经历者是没有资格去谈崇高的。“像你这样的女人，居然还敢跟我谈格调，你以为你能做什么……”这是我拒绝去做安利，一个对我很友好的“朋友”突然对我翻了脸。原因是我说做安利的人没有格调。几年之后，我突然变成了一个作家，在报纸、电视上露面，我真怕啊，我害怕被人认出，被人揭发：我认得她，她不是叫这个名字，她骗了我们……这个女人当时在我们公司，居然动手打了人……就是她，欠了两个月租金逃跑了……阴郁、黑暗，隐疾，我这破败的人生，我将如何穿越这内心的地狱。我从来不敢正面笑迎那炫目的光环。然而，在惴惴不安中，我听到的是那样一些明亮而温暖的私语，从一个人的耳朵传到另一个人的耳朵，春天的风一般，最后传到我这里。那是关于对一个人的理想和精神的描述：她的恪守，她的爱，她的隐忍、无奈以及她为着她的坚持所做出的艰难的努力……这些断断续续的话，陆续地传来，我的眼泪长长地流着。

2003 年，我带着一身的胆从广州奔向深圳，我把广州的某珠宝杂志拿到深圳设办事处。老板给我 35 个点的提成，其他费用自理。29 岁，年轻，创业的激情涌动，我租了一个套间，招了三个采编记者，我的事业就这样开始了。为了能显得成熟，管好这三个年轻人，我自称已婚，32 岁，孩子在湖北老家。红姐，他们都这么叫我。多么好的年轻人啊，两个男孩，一个女孩，他们的枕边有王小波、村上春树还有安妮宝贝，四个人生活在一起，那是我在广东度过的最美好的时光，有一个夜晚，我和两个男孩到处去找深夜未归的女孩子，心急如焚，打遍电话，分头找，像是去找我们最亲的人。半年之后，我带着他们逐渐打开了深圳的市场，我以抢眼的新闻策划为专题，迅速使杂志在同行及市场中获得不俗反响，广告越走越好。但在这个时候，我的老板突然授意另一帮人在深圳抢占广告业务。他们只拿20个点的提成，完全不进行采访，赤裸裸地进行广告交易，以极低的价格卖出版面，不到两个月时间，我就被这帮人挤对了，他们像拉黄页广告一样，在短时间内完成大量的业务，他们摧毁了我刚刚建立起来的一切。我在《务虚者手记》这篇文章详细地讲了这个事件，我说，要想赶走那帮人，首先，我必须要变成一头野兽，以违规的手法去阻止这帮违规的人。我没有那样做，并非不屑于打这种拙劣的价格战，而在于我变成野兽赶走了这些疯子，我还能重新回归成人吗？这是我苦苦恪守的，我清晰地说出，我要做一个人。那篇文章，一个失败者，以她的悲哀和泪水讲了一个人如何成为了人，面对令人心碎的结局，她只能自嘲自己是个务虚者。团队解散之后的头两年，我跟他们都还有联系，慢慢地，我们都四处游走，居无定所，至今是音讯全无，啊，太多的人和事都是如此，我们没有耐性去记起，还有更多的事在等着去遗忘。惯于遭遇同质的生活，我被获准有机会修整上一轮经历中的种种过失。一个固执的人，她总是相信奇迹，相信——传说中的意外，她总是会给新一轮的事业披上一种灵异的色彩，相信它会有所不同。2005年，我从广州扑向东莞的镇，从事同样的媒体代理行当。在《在镇里飞》这篇文章里，人们看到了我在生存的场里，贴着地在镇里疾奔，历经动荡、危险、肮脏的行程，而内心飞翔，我说出了肉身的姿势和精神的姿势，我说出了自由和爱情都无法取代的孤独，但我并没有讲到事情的结局。有过同样失败的经历，也只有我这种笨蛋会在同一个地方再摔一跤。我在厚街镇谈的一个地产的单，竟被老板的助理生生抢走。除了离开，我没有做出任何过激行为，虽然我在明白过来的那一瞬间有过“以唾其面”的冲动。我感到自己的弱、迷茫，我丢失了方向，并放弃表白和申辩。

激情在我身上慢慢消退，厌倦、疲惫、挫败感厚重地笼罩着我，我开始迷恋不省人事的昏睡，我害怕面对一个问题：除了写字，我还能做什么，如果我厌倦写字，我将何以为生？这太可怕了，我感到恐慌，并对自己充满怀疑。学的中文，如果放弃媒体的行当，那就业的面就更窄。我只得篡改经历，最终聘上某珠宝公司的品牌经理，公司代理一家法国品牌。这个工作有相当大的一部分是跟媒体打交道，在以前的工作中，我跟很多大品牌的市场总监及品牌经理这类人有接触，我相信我能胜任，我应该也必须在这个行当中重新再来，这一扇门，我正在开启。上班第一天，人事经理南茜小姐告诉我，你的前任叫薇温，如果你没有英文名字，那你就叫薇温吧。我在相当长的时间内都没有适应，“薇温”是在叫我。

市场部总监萨宾娜小姐是从法国留学回来的，很漂亮，披着一头大波浪，用一种很复杂的香水，浑身散发着凌厉、精干的味道。公司刚刚启动的国内加盟连锁业务，是重新注册的一个新品牌，定位于浪漫、时尚。我负责加盟连锁前期的品牌策划及推广工作。对于这个新的品牌，我要赋予她一个高贵的出身，使她有不同凡响的沿革，有明确的出处。商业的操作从来都要跟文化有着天然的联系，作为这个概念制造者，我要把一个历史上有出处的典故，加以幻化，然后移植在一个现代的品牌中，让它成为她的灵魂。让她活过来，让她开口说话，表达主张。我要让她看上去天生就拥有那古老的灵魂。这个工作让我兴奋，仿佛血液在身体里重新活过来，我的激情被再次唤起。尽管萨宾娜小姐不太好沟通，她时常挑剔我的衣着，取笑我吃六块钱的快餐，或者故意去歪派我，但是，这些跟我对这项新工作的热爱比起来又算得了什么呢？

我的骨子里有着羔羊一般的驯良。太多的时候，只是等待被宰割。

我把自己摊开，细瘦的身子骨，这么些年，我从来就没有仇恨、嫉妒、抱怨，我像一个容器，吞咽着所有的幸与不幸。我睁着满是泪水的大眼睛，注视着我行走着的人间。

为了赋予这个浪漫品牌一个高贵的出身（即她的缘起），我将情人节圣华伦泰的故事从古罗马幻化到法国，让这个古老而浪漫的故事成为这个品牌的起缘背景。我编了一个浪漫的爱情故事，让它发生在十九世纪中叶的法国马赛。平面表现用埃菲尔铁塔和巴黎古典建筑为背景，基本色定为金黄和黑色，奢华而浪漫。然后再找一个气质古典、优雅的法国女模特拍一套品牌形象的广告图片。我会用诗意、浪漫的文案配上去。整套的CI，包括定位、目标受众分析、品牌故事、品牌理念阐释、品牌策略、推广策略，产品定位、产品架构等策划案已经草拟出来，我发给萨宾娜小姐，希望尽快定下来，准备下一步的执行工作。

然而，等待我的是一盆冷水。萨宾娜小姐在例会上彻底否定了我的方案，她提出这个策划方案将由市场部全面负责。过了几天，人事经理找我谈话，她希望我去产品部，负责产品物流的调配。我的心跌到谷底，天一下子黑下来。

两个月后，我在另一家公司突然看到了一本加盟手册——品牌故事是以情人节圣华伦泰的故事作为背景的，将一个古罗马的故事幻化到了法国的马赛。这本画册的平面是以埃菲尔铁塔和巴黎古典建筑为背景，文案，我配的短诗，华丽而忧伤。包括定位、目标受众分析、品牌故事、品牌理念阐释、品牌策略、推广策略，产品定位、产品架构都跟我交给萨宾娜的策划案里的一模一样——

我定在那里一动不动。双眼起雾，这些年漂泊、流离的身影，被厄运驱逐，被挤对，我一次次地离开，背着行李四处奔走，在困顿中、在黑暗中努力保持着对明天的希望……我想起几次被飞车抢劫，被摩托车拖在地上，刺痛，我的呼喊，我惊慌失措的表情——所有这些在我面前晃动，它们再次照亮我破败的身体和人生，三十多年了，我河水一样悲伤的命运，一眨眼，就到了河中央。我紧紧地抱住自己。

我记得那一次的例会，我把那册子向那女人扔过去：萨宾娜小姐，请问这个册子怎么会到这家公司手里？那女人目光凶狠地盯紧我，她的下巴微微扬起，启唇之际，她的额头向上倾斜到一贯傲视我的角度，毒蛇般地，她咝咝地发出：你竟然将公司的策划案私自卖给了我们的竞争对手！

我已经疯狂了。我的整个肉身作了一生中最疯狂的决定，我将我全部的悲伤、我的血、我细瘦的躯体、我河水一样的命运，用我如柴的右手凝聚着巨大的痛楚掴过去，不，它们是整个地砸过去！同时，我变形的嘴唇从胸腔发出沉闷的低吼：婊子！

我慢慢地倒下，先是身子前倾，左腿一歪，整个身子开始向左慢慢倾斜，接着，我的左腿开始着地，我听见它磕响了地板，紧接着，我的整个身子倒在地上，倒在地上，我就那么小小的一堆，一定很轻很轻。我身体的猛兽，它终于冲破了牢笼，它是为了一个人的尊严。

四

我时常陷入混沌中。黑夜和白天没有界限，昏睡，疲软，我的意志和肉身是一摊泥。我不知道我将走向何方，为着生存的五斗米，我成为城市中隐匿的写手，混迹于城市的暗处，写着海量的署着别人名字的文章。九年了，在那么长的黑夜里，我找到了一种文字，它紧贴着我，不离不弃，成为我的灵魂出口，在那一个世界里，我把经历过的事件再经历一次，让它们重新复活，给它们生命，我着迷这个游戏，这个叫塞壬的女人，她在她的世界里高蹈，完成另一个人在现实中的种种不可能。她获得了重生。当我写下匿名者，无数个匿名者被我轻轻触碰，而最痛的那一个，她将被铭记，因为被书写，她获得了独立的命运。

奔跑者

一

今年元旦，我参加了马拉松迎春长跑比赛，至今我都无法解释参与的动机。挑战自我？锻炼意志？强身健体？如此正确的理由，在我看来却是荒谬的，我从未在奔跑中注入速度的概念，竞赛的概念。为了获得一套耐克的运动装？我笑了。那天，39岁高龄的我在女子组中显得特别醒目，我是年纪最大的女选手。年轻的同事们表现出异常的兴奋，齐声一遍一遍地拍手喊着，塞老师加油，这让很多陌生的目光投向了我。我忽然意识到，这是我毕业后第一次公开地跑步，在白天跑步。枪响之后，我淹没在人流中，跟过去的任何一次都不一样，因为没有夜色，原本在起初紧贴我后背的那块黑暗没有如期而至，没有慢慢涣漫到全身，当睁着眼睛只看到黑暗的时候，心眼就开始打开，后来就有光照进来，有大块大块的影像在眼前晃动。在这肉身彻底消失的疾奔中，我是一匹马，黑夜的长毛将我覆盖，我纵蹄如飞，时光回溯，在那里，我看到了村庄、工厂、呼啸而过的火车，一个人的童年，我看到了离别、迁徙，深夜的哭泣和一张一张原本已模糊的脸……可是那一天，我的肉身如此之重，越来越重，阳光太亮了，世界的喧嚣洪水般涌向耳膜，浊重的喘息，我被清醒的规则引导，被速度追赶，我的主体强烈地在场，由规则引申的意志集中在一个点上：超越。这是非常糟糕的一个体验，沉重的肉身从未离开我一秒。一小时三十五分钟之后，我到达了终点，按照规则，跑步由此结束。沮丧中，瞬间作出决定，我再也不会拿跑步去跟人比赛。

由于那次体验的陌生感及不适感，我开始正视伴随我多年的跑步习惯。不，准确地说应该是奔跑，它是那种关于精神、意志、飞翔、梦境、痛苦、迷茫、内省以及完成灵魂自我修复的放逐。它是隐秘的，我从来不是因为锻炼身体、训练毅力这样的理由去奔跑，虽然，从另一方面来讲，奔跑本身能够获得健康的体魄。站在镜子前，我打量着自己的身体，155 厘米，49 公斤，乳房挺拔，小腹平坦，结实有力的臀部和大腿让我有稳健的底盘，球状的小腿肚饱蘸着力量，仿佛每个毛孔都在呼吸，它时刻醒着、敏感，像只小兽，有一种特别狠的倔强气息，仿佛随时准备接招来自命运的暗算。相比十年前的 42 公斤，那薄薄的背影，全身满是扎手的骨头以及扎人的性格，干净的瘦骨，灵魂滚烫。那个时候我是易碎的，烈性的。我认为，十年中身体增加的这 7 公斤，它既不是脂肪，又不是肌肉，它是某种历练慢慢积累的生命之重，它包括灵魂的钙质及铁性，它加重了血液之盐。当我在奔跑中，在黑暗的甬道里，我一遍一遍地把遥远的、几乎遗忘在岁月深处的时光一一擦亮，我要不断地看见自己，打捞自己，重新面对过往，悲伤与幸福，我要确认，我是自始至终都没有变的那个人。

我最初从奔跑中收获的是自我的调息，包括平衡与遏制。最终在疾奔的惯性中，我获得了安宁，安宁永远属于低温，啊，那冷却之后的空旷的心灵广场。我遏制了妄谵、偏执还有疯狂。表面上，我沉静，善于微笑，给人的印象一直是怯懦、没有声息。可是，我实在不是一个安静的人：焦虑，躁动，没有定力，游移，而且粗暴。最要命的，我似乎只对自己施暴。我记得第一次坐立不安、无助、悲痛、恐惧的那一天，那是1991年春天的一个下午，我的堂兄轩子遭遇车祸当场去世了。我至今没有为他写一个字，曾尝试着去写，可是瞬间我就会看见他的脸，那张躲不掉的让人心碎的年轻的笑脸。我的哥哥轩子20岁就走了。那天我的家人们都赶到现场，现在，这个现场再一次出现在我面前，这么多年过去了，那惨烈的一幕依然触目惊心。紧接着我婶娘一声凄厉的哀号，我立刻把这个画面切换过去，然后闭上双眼，任眼泪长流。我哥哥骑着摩托车被迎面而来的汽车撞飞，身体飞出两丈远。人是无法去细述这个画面的，就像无法写出告别。

每年涨水的季节，长江都会往下漂来一些尸体，这些尸体肿胀，发臭，令人作呕。在江边长大，我们从小见惯了这样的死亡。这些与己无关的死亡总是能为我们这些孩子带来猎奇的愉悦。啊，是个女的，手上还戴了个镯子；是个孩子，双手被捆着呢；这是一男一女，手脚绑在一起呢……我们议论纷纷，猜测关于死亡的种种可能。我从来——我竟然从来都没有为这些生命发出过惋惜和感伤。而我哥哥的死才第一次让我感知什么叫死亡。那么近，那么真实，那么痛彻心扉。仿佛有人从你身上偷走了什么东西，就像春天抽走绿，玫瑰抽走香气。我快要失控了。“当初是谁同意给他买摩托车的？”“那天下午到底是因为什么事情一定要他出去一趟？”“撞人的家伙他必须偿命……”我不知道为什么会变得如此不可理喻。面对这珠连炮般的质问，可怜的婶娘只得呜咽着抱住我。我精神恍惚，并没有过分哭喊，嗓子却哑了，嘴唇干裂，说不了话，我突然没了睡眠，整夜地睁着眼，还长了满脸的痘。我应该是全身着火了，觉得一刻也不能那样待在屋子里。多少年后，我南下广东，火车在夜晚疾驰，车头的灯光闪烁，这多像烧着了自己痛得使劲奔跑啊。当我看到这个意象，我就想起那些个夜晚，寒冷的春夜，月光泛滥，我先沿着田埂跑到铁路边，沿着铁路，耳边是樟树叶飒飒的风声。我拐进村里的民办小学，然后，我开始在空无一人的操场上无休止地转圈，直到筋疲力尽摔倒在地。在机械地奔跑中，殡仪馆那震耳欲聋的哀乐在头顶盘旋——是那种铜管乐器吹奏的，它散发着招魂般的死亡气息，恐怖多于悲伤。我哥哥从太平间抬出来然后又被送进冰库里，我们匆匆瞻仰了遗容，接下来的火化，我看到的是，火葬场上空的两个大烟囱排出长长的黑烟，而周遭绿树葱茏得可疑。我哥哥死了，我毫无准备。然而最让我毫无准备的是，这人世间存在着死亡、孤独，及生离死别，我——也身在其中，且无从逃离。那一年，我 17 岁。我目睹一个人的死亡至入土的全部过程，然后被迫接受，一个人如同障眼法一般，无端地消失。

奔跑，就这样开始伴随着我。这独自面对魂灵的精神之旅。时间消失了，肉身消失了，多年以后，我只在写作中找到类似的体验。当我回望少女时代、青年时代的每一次奔跑，我看到的是，在与孤独的博弈中，我一次次尝试对迷茫人生的突围，自我警醒、激励，以及重申对未来的希望。奔跑，奔跑，在大学的校园，在工厂空旷的料场，在家乡一望无际的水稻田埂。在失恋、失业中，在书里读到了卡夫卡、乔伊斯、马尔克斯、福克纳、米沃什、艾略特、莱蒙托夫和曹雪芹们，在没有信赖的人、没有可以实现灵魂对话的令人窒息的漫长的青春期，我在工厂与村庄之间犹疑，不甘贫乏的心被卑微笼罩，我不断地点燃自己又浇灭自己。我一次又一次地在黑夜里奔跑着，在那里，总会有一道光向我照过来。

二

2004年以前，我叫红。那个时候，我的世界里没有文学，而且从未想过此生会与文学结缘。十年了，我成了一个作家，我不止一次地想，如果拿掉文学的部分，我的生命还剩下什么，我真的是通过写作来确立自我的存在吗？如果不写，那是不是意味着，我将什么都不是？不，我不同意这个说法。我怎么能去轻易否定自己曾经是一名出色的吊车司机，一名优秀的钢铁光谱验质员，一名坚持新闻理想的正直记者，辣手文案，职业经理人，以及混迹于广州、深圳、佛山、福州、东莞的那些流浪的岁月，我曾热衷于职场的打拼，深陷两情相悦的甜蜜爱情，所有的这一切，在我的生命中，它们毫无意义吗？我结识了萍水相逢但终生难忘的朋友，我历尽他人即地狱的黑暗深渊，美好及短暂的独自旅行，还有那些在陌生的城市醒来的第一个清晨，踌躇满志紧握拳头下定决心人生再一次重来的铮铮誓言。尽管我一路走来，一路丢弃，把它们埋进时光的废墟。这里面没有刻意的择拣成分，是一种自然而然的行为。然而，从2004年至今，我居然定格于写作，不离不弃。我得说，即使我不写作，我依然是一个丰富的人，精神世界始终响亮地存在，我的主格在场，我始终在路上，在奔跑，像被火灼烧，痛得使劲奔跑，我奔向那扇只为我敞开的门。

20岁那年，我进入本地最大的国营钢铁公司上班，分配到一个露天钢铁料场上工作。我先是开龙门吊天车，紧接着拿起激光光谱仪验钢。那个时候的我，多么厌弃身穿普通工人的红、蓝色工装，红色安全帽，脖系白毛巾，笨重的绝缘靴，帆布手套，青春被灰色的情绪笼罩，卑微，还有对命运满腹的怨怒。我的几位进入政府事业单位的同学来钢铁厂看我，我正从料场返回，没来得及更衣，满面灰尘，双目呆滞，腋下夹着沾满机油的帆布手套，手里拿着一个旧搪瓷茶缸。因为风的缘故，我迎面给他们带来了料场上生冷的寒意和浓浓的铁腥味。我的同学都笑了，当然，这笑声里并没有嘲讽的意思。可是我在一瞬间意识到，我有了截然不同的气味，那种底层人生的气味。黑暗的一天，紧接着是黑暗的第二天、第三天。我开始了奔跑，在奔跑的旋涡中，我的憋屈、愤怒慢慢滋生出凶狠的狼性：我要想尽办法奔到高处，离开这里。

我是多么不喜欢那个时候的红啊，投机，虚荣，肤浅，偏激，最要命的还自命不凡。那个时候，我从来没有意识到钢铁工业、劳作、技术、机械设备、马达、火车、激光、电焊以及满是机油味的蓝色工服，所有这些，它们对于一个女人的青春来说是多么弥足珍贵的给予啊。多少年之后，它们让一个名叫塞壬的作家引以为豪，并时常矫情地玩味这其中的暴力美学。离开之后，我再也没有去过那个钢铁料场，我的生活从此也远离了铁腥、激光，远离了机械马达以及跟体能、汗液相关的粗粝元素。而现在，我要说起那个钢铁料场，我竟激动得双手在键盘上抖动，有泪涌出。那么多的夜晚，澄澈的星空下，红，像一匹发着光的黑马，在奔跑。掀开的劲蹄如翅膀一般，用倔强擎着薄薄的命运，那孤独，让人心碎。

料场临江，风从江面上呜咽着吹过来，打着旋，然后深入钢铁厂的腹地。一米多高的厚铁墩围成的料仓延绵两百多米，并列四条线，五个料仓，天车像庄稼一样林立在那里，铁轨静卧，远处的探照灯时常瞬间扫过料场，总会引起猝不及防的响动，光着屁股的男女仓皇失措，天车高处传来怪异的哈哈大笑。红是多么不屑跟这样一帮粗俗的人为伍啊，她总是清高地拿着本书，摆着臭脸，谁也不理。车间班组的那种工作生活偶尔也会让红感到心头一亮，但那仅仅是偶尔。想要奔往高处的心，一刻也没有动摇过。每一个工人的性格都清澈如水，他们几乎没有秘密，拿一样的工资，干一样的活，他们的快乐和愤怒简单而直接。在那样一个世界里，更大的人生奔头已经没有了，在那种被限死的命运里，人们整天围绕着奖金、性，想方设法占国有企业的便宜以及为一点点好处投机，人跟人之间的温情、善意与屌丝人性爆发出的尖锐与顽劣都合情合理地上演。因为不随和，我是落单的。几乎没有朋友。有男人曾在我面前开色情玩笑，被我掴过脸。啊，那个时候的红，真叫我不喜欢——我为了不再当一名低级的天车工，竟借口眼睛近视无法在高空作业为由，向厂工会一连写了四封申请书，强烈要求换岗，最终，在我频频制造的几次工作失误后，这可耻的伎俩得逞了，我拿起了激光光谱仪。这个工作，听上去，多少有一点科研的成分，要高端得多。但是，我依然是苦闷的。唉，那个时候的红，真叫我不喜欢。

我是长期上夜班的。从晚上十一点到第二天早上七点，两趟活，分别在十二点和凌晨两点。火车运来的钢料被天车工卸进料仓，然后我们拿着光谱仪进仓检测钢料，把它们分类，并作好标记。四点多钟活就干完了，工友们各自回班组睡回笼觉。而我，开始了在空旷的料场上奔跑，我睡不着，我的青春大片大片的精力被荒芜，我的激情无处安放，奔跑，被放逐的青春，我梳理阅读的书籍，念叨着一词一句；无望的爱情，暗恋团委那英俊的宣传干事，因为自尊不屑暗示，因为自卑而强压思念；那些日常的小烦恼会在此时被我无限放大，奔跑，在黑夜无止尽的深水里泅渡。泅渡，直到江面上空出现鱼肚白，直到朝霞染红一片天空。

有一次我听到身后有奔跑的脚步声在紧跟着我，一阵惊悸掠过全身：变态狂？我猛地回头站住，故作镇定地与来者对峙。黑影近了，看身形，我认出是班组的小菊姑娘，她呼哧呼哧地大口喘气：红，我是小菊啊。这位小菊姑娘长得很胖，双手只好撒着，夏天大腿内侧因走路而擦伤，溃烂。她双颊肥硕，高过鼻尖，眼睛总是流露出因做错了事情才有的那种深深的抱歉感，仿佛在等待你的责备和训斥。小菊在班组技术最差，没有人愿意跟她搭伙干活。她是弱势的，自卑，少语，没有朋友。红跟其他人一样，是势利的，这又丑又蠢的姑娘，我从来都不屑一顾，更不会去跟她交朋友。我继续奔跑，完全当她是空气，然后进入自己的个人世界里。然而，这又胖又笨的小菊似乎也当我不存在，她居然跟我一起跑到了天亮。在以后的几个夜晚，她都来了，我们照例不说话，各自闷头奔跑。可是，我并非每晚都跑，如果身体累，或者下雨，抑或某种不安的情绪以及无可名状的沮丧与焦躁，都会让我放弃奔跑。我的奔跑被工友解读成锻炼身体，且由来已久，虽然有时被戏谑成“发神经”，但至少，没有人围观注视我，然而，这个小菊加入进来后，我开始有点不自在了。我觉得，在夜幕下，两个年轻女孩一言不发地在钢铁料场上奔跑，这个画面太诡异了，无法解释这其中的荒谬，我觉得自己像一个傻子。于是，有一天夜晚我中途突然抽身离去。回到班组休息室，天下起了大雨，心里好生庆幸自己跑回来，没有淋到，而那个傻子在无处藏身的料场一定被大雨浇了个透心凉。等我从澡堂子出来，雨势已收住，小菊还没有回来。瞬间，好奇心顿起，我扔下毛巾，一口气狂奔至料场，被眼前的一幕惊呆了，被大雨淋透的胖子，打湿的工裤紧贴在她水桶般的大腿上，她昂着头，双脚不知深浅地乱踩，毫不规避地面的水坑，她缓慢而笨拙地奔跑着，像被放慢的电影镜头，她的表情看上去很陶醉，我读出，她在享受飞翔，且旁若无人。这个美妙的状态，我感同身受。更要命的，我忽然有种物伤其类的悲凉：我们都是那么孤独。

随后的几天里，我没有去料场奔跑，但我忍不住去留意那个胖子。她每晚都准时在料场奔跑，风雨无阻，从凌晨四点到早上六点半。算起来，有十几天了。我忽然很想走进一个人的心，一个一直没让我正眼瞧过的人的内心。因为现在我可以肯定，小菊不会放弃这样的奔跑。我非常清楚能够真正做到这一点是极不容易的，它需要魔鬼般的意志、强大的信念，并在肉身疲累的煎熬中进入纯粹的精神世界——飞翔，让肉身和时间消失。这是一个足以让我仰视的灵魂。而我，竟耻于跟她一起奔跑，竟觉得这一切荒谬。

我来了。我一次一次地超越她，又一次一次地在下一回程中与她迎面相逢，无声，但是默契已经在我们之间形成，我们彼此在心灵上有了某种微妙的感应。以致我经过她身边会轻声地说，小菊加油。我们终于坐定聊开了。如果说，当时 23 岁的我对于自己是一名普通工人而感到人生灰暗无望，那么，在面对长期深陷自己的失败感、焦虑感而无法自拔且无视他人世界的青春，我第一次，为自己感到羞耻。小菊跟我说，钢厂马上要裁员了，如果她被裁掉，不，自己肯定会被裁掉，那么她活在世界上，将会成为家人的累赘。她必须减肥才有可能在社会上找到工作。这是唯一的活路。这让我的人生如此失败如此毫无光彩的工作，而有人竟然以拼命的姿态去争取，过往所谓的清高、不屑，对这份工作的嫌弃，种种细节此时历历在目，我的人生，还从未拉低到考虑活路这一命题上，然而，除了小菊，班组应该不止一个人在考虑活路及下一个人生的去处，危机笼罩着人心，恐惧漶漫。我跟这样的人同处一个时代，跟这样的人鼻息相闻，而我却活得像个局外人，还耻于跟他们一起面对这共同的命运。人们都小心翼翼地隐藏着这份恐惧，假装对裁员毫不在意，人跟人的微妙就在这里。可是小菊，她已经无所谓隐藏了，所有的人都拿她当裁员的垫底。

我第一次主动地作出了一个无关自己利益的决定。不，应该说，是关乎一个人的灵魂质量的决定。因为小菊初中未毕业，物理化学方面的知识几乎等于零，所以她对光谱的技术难以掌握。师傅也没有耐性去教她。因为自尊，也因为怕给别人添麻烦，她也不敢开口请教。我决定手把手地教她学习激光光谱验钢技术，我把料场常见的钢种挑出来，让她练习。我为她打开了铬、钒、镍、钼、钨、锰的世界，在蓝、绿、橙的光谱变幻中，小菊第一次体验到技术带给她的快乐。她激动得把我抱起来转圈。当你凝视着她的笑脸，你会百感交集，你终将体会一个长期备受歧视的人对生活那种热切的渴求。一个很小的进步，一句漫不经心的赞许，对她来说希望的口子在慢慢变大。我从来没有这样活过。在这个过程中，我对讲述一个又胖又笨的姑娘的励志故事毫无兴趣，我更不觉得自己具备某种美德。不到一年，她最终成功瘦身，并且留在了钢铁厂。这种故事丝毫没有所谓正能量的代表性，它只是一个极端的个例，我相信，极少有人能拥有那种可怕的毅力。包括我，在她那种坚不可摧的意志面前也只能甘拜下风。23 岁的我，目睹一个人在生死边缘与命运较量，在激烈地挣扎中，生命的壮美与悲凉让人战栗。而我，真正看清了自己，并开始认知真实的世界。我不再回避，慢慢摩挲我所拥有的一切，此时它们都像宝贝那样发着光，我的蓝色工装、白毛巾、红色安全帽、绝缘靴、帆布手套以及冰冷而优雅的激光光谱枪，还有我的塑胶饭票、搪瓷饭盆、我的厂牌。对着镜子，我还有一张鲜艳的年轻的脸，朗目红唇，散发着清新、健康的气息。我的命，由这一串卑微的名词铸就，它只能属于奔跑的红，属于有体积、有重量，迎面飞奔撞痛青春的红。而奔跑继续。

三

来广东十三年，在很多次的梦境里，隆隆的火车声，我瘦弱奔跑的身影在眼前晃动，浊重的喘息，仓皇的脚印踏遍我熟睡的脸。在陌生的城市醒来，这漂泊不定的命运、落魄的气息，唯有影子相伴。枯坐，独对四壁是可怕的，你会感到它们由四周向你的肉身挤压，缩小周遭有限的空间，然后把人困在窒息的墓穴里。我需要旋转、奔跑，需要不停止地跳动。每到一个陌生的城市，租房，我会选择靠近广场的地方，如果是小区，就选择有篮球场、环形跑道或者有林荫道。2008 年，我在东莞某镇一家大型商城的市场部工作。这个时候，我已经是作家塞壬了，在写作中，我找到了另一种奔跑，它让我实现穿越个人黑暗地狱而抵达天堂的澄明。然而，即便我找到了写作这种表达方式来消解孤独，但留给我的时间空白依然巨大地笼罩着我。我不善交友，因为这需要讲很多话，还要经常出门，我不看电视，它的噪声和明晃晃的光影那么赤裸地照见一个人的孤单。而阅读，时常会让我激动得不能自已，在深夜大笑，或者大哭，狂拍大腿，捶床，有时从床上一跃而起，继而，身体唤起奔跑的记忆，在此刻，我需要的是，夺门而出。啊，我真是一个奇怪的人啊。

有一段时间，我的作息变得无序，晚上八点我就犯困，一直睡到凌晨一点。醒来后，如同满血复活，打开电脑，管涌般的语言涌向双指，我感受写作带来瀑布般的激荡与飞扬。而有时，我一个字也写不出，于是穿上宽松的睡衣，下楼，直奔篮球场。跟我同住一个套间的同事南茜姑娘曾经跟我提过，她说，其实我可以通过性爱来缓解。她以启蒙般的语气神秘地告诉我，作为作家，性爱带给我的体验将是一种难以言表的肉体与精神的双重狂欢。这是跑步所无法企及的。因为她从未看过我带男人回来过夜，在公司也没有男人来找过我。面对她的建议，我友好地笑了笑。我实在没有必要在一个不相干的女人面前表达我对性爱的见解。在我看来，这个世界上最为孤独的事情莫过于男女之间的性交了。甚至包括两个相爱的人。我希望，性爱可以实现让两个人成为一个人，在接通的瞬间，可以融进对方的生命与血液。撕咬、揉搓，疯狂与温柔，不顾一切地把身体嵌入对方，融成为一个人。这不是单纯的生理行为，是因为我们太渴望彼此相拥的灵魂了。而事后的沉默与伤感，是因为我们全意识到，我们不是一个人，你还是你，我还是我，像左耳和右耳，两个独立的单元体，孤独依旧。可是我，总是希望长久地与一个人连为一体，需要从他那里取暖，需要成为彼此生命的一部分，成为他的魂器，进入他的命运。我一次一次地说，再来，再来一次，我需要再来一次，需要这样死去。这是红，或者塞壬所认知的人世间的性与爱情，悲凉，被孤独浸透，是薄薄的命运里，危险的毒药。此外，我还流连过赌坊，我活着，始终与时间为敌。在肮脏、烟雾缭绕的私密麻将馆，我跟妓女、二奶、饭馆老板娘、有钱的闲女人一起，没日没夜地沉沦，天昏地暗，直打得自己只剩下一副髅骷的身子。卡里的钱，成千上万地消失。在经历割肉般的痛苦的同时，我开始老老实实地找公司上班，写稿，维持着生计。然而过不了一年半载，我就会再发作一次，去输掉一大笔钱，然后再一次地恶性循环。我不知道，为什么我的生活总是失控，我非常清楚，爱情、赌博、写作，这三样，足以让我走向毁灭。一个人，只要对一样东西上瘾，他的人生就会失控。然而，奇怪的是，这么多年，我极少遇到一个让我膜拜的痴人，一头栽进致命的信念里，直奔死亡，而这样的人只存在于梵高、三毛、川端康成、杰克·伦敦、芥川龙之介、托尔斯泰、海明威、海子等这一长串卓越而天才的名字。我们活得如此理性、平庸，善于悬崖勒马、见风使舵，精于算计得失。我注定是失败者，缘于不可救药地上瘾、失控。然而，我终究是个俗人，我绝不会自杀，我要死皮赖脸地活着，平庸而绝望地活着。顶多，落得个别人在背后里指指点点：那个神经病。但是，奔跑，这是我唯一重拾希望，一次一次踌躇满志，发着誓言人生要再一次重来的精神之旅，在愈跑愈勇的黑夜里，我攥着对人生的信念，一次一次从深渊中突围。

凌晨一点半，我醒了。我再次穿上干净的睡衣、波鞋，快步奔向宿舍楼下面的篮球场。然而这次我又发现已经有了一个人在那里奔跑。是企划部的设计师罗生。我喊了他三遍，他才回应我。我是不会将自己的奔跑暴于他人的视线中，既然这地方又被人占了，我只能去广场。罗生突然慢下来走到我跟前，问我是否可以跟他一起去宵夜。这个邀请是很难拒绝的，面对罗生，我相信公司的每一个人都不会拒绝多陪他一会。

这是2008年的8月，公司企划部设计师罗铭文是四川汶川人。他的妻子和七岁的女儿死于那场地震。公司曾为他发起募捐，但被他拒绝了。从此，罗生就陷入了无法自拔的巨大悲痛中，办公室很少见到他的人影，时常喝得烂醉如泥。即便如此，公司领导也没有炒掉他，还带着礼品来宿舍慰问过几次。所有的人对他说话小心翼翼地，生怕触到了那根悲痛的神经，可是，对罗生来说，他全身每一块地方都是那悲痛的神经。

我们来到一家潮汕牛肉火锅店，他点了肥牛片、牛肉丸、牛百叶和一堆青菜。我注视他的脸：干黄，双颊凹削，一张皮绷在颧骨与两腮上，双目无神，布满血丝，嘴唇起皮。油腻的长发耷在他的额头，由于刚刚结束了跑步，他身上浓烈的汗臭阵阵散发开来，但我没有扭开脸。锅底冒着热气，他用网给我捞起两颗牛肉丸。

“因为不愿意进入睡梦中，我才起来跑步的。”他讪讪地跟我解释，“酒精也不能阻挡那些可怕的梦。只有跑得筋疲力尽，我才能勉强睡上一会。”

我不想看他的眼睛，也没有问那些是什么样的梦，但是他却自顾自地说起来。他说，妻子和女儿的尸体没有找到，那应该是埋在地底。罗生跟我说起他那奇怪的梦。说是，作家大概是可以理解的。梦境是在一个类似于倒塌的废墟般的旧厂房，像墓地那样荒凉，他趴在地上，盯着一个缝，他的妻子和女儿被埋在倒塌的建筑堆里，她们向外面的缝伸出求救的手，她们只是用恐惧的眼睛盯着自己，不，用恐惧的眼睛盯着死神，却听不见任何呼喊。罗生说近在咫尺他却无法靠近。不，他纠正道，我已经觉得她们是在另一个世界，眼前的缝很近，却是永远够不着的，她们已经在另一个世界。

我怔怔地看着他，惊讶他的梦如此具体。他突然声音大起来："你知道吗？我经历了一种可怕的死亡……"因为有个缝，总会有丝丝空气灌进去，所以妻子和女儿很久才死去。在这个过程中，另一个世界的他，每一分每一秒都跟她们一起经历着，直到突然无法呼吸，他才大汗淋漓地醒在床上。他垂下眼睑，说，作家，我想请你帮我一个忙。

后天是农历七月十五，按照汶川的习俗，要祭拜死去的亲人。因为要燃鞭炮、烧纸钱，所以祭拜只能选在少人居住的偏僻的地方。罗生要我帮他写一篇祭文，可是我这辈子没有写过祭文，但我还是犹豫着答应了。因为，我马上想起《红楼梦》有过类似的情节，藕官为死去的药官烧纸，在园子里被夏婆子捉住，偏被宝玉撞见，宝玉哪里见得这等痴事、傻事，以他的性情，是一定会帮这藕官的。我深知祭拜亲人备有祭文是相当隆重的，这一仪式后被很多人省略，而罗生此次要备祭文，我怎么能让他有这个遗憾。

那天我也去了，天一黑，我们来到附近一家没有建好的楼盘后面，靠山的那边，有一处堆放废弃木条和钢铁架的地方。他摆了一个香案，两样水果，一鱼一肉，四样。把两小捆香纸摊在地上，我看到"中元大会之期化洋钱一包"的字样，毛笔写的，"故妻罗氏 ××× 收用"，他一一摊好，妻子的，女儿的。他蹲在那里，手法细致、轻柔，非常虔诚。他应该洗了澡，头发很干净，还换上了白色的T恤。我甚至还闻到清新的香皂味。他抽出三支香，并在一起，点燃，把香合在手中，跪在地上拜了几拜，然后插在泥土上，站起身。此时，我们一句话也没有说，罗生拿出一串鞭炮，示意我走开，不要靠得太近，我退了两步，把耳朵捂上。心惊肉跳的爆竹声过，一地浓香，一地碎红。罗生再次蹲下身去，点燃了香纸。我把祭文递给他。当他读到“恨不能追到地下，与你们团圆”这句时，他突然放声大哭，我的眼泪也夺眶而出。火熊熊燃烧起来，罗生哽咽着把祭文念完，然后抛入火中。

我捡来红砖垫在地上，我们坐在火堆跟前，灰屑飞舞，我们的脸上、头发上都是灰白的纸屑，火渐渐熄了，烧过的香纸打着卷，发出毕剥的响。罗生突然对我说，你知道我刚才为什么大哭吗？我疑惑地看着他，难道不是因为悲痛而失声痛哭吗？罗生转过脸来，说，上次我跟你提到那个梦了吧，其实我并没有全部都告诉你。他再次失声痛哭起来：当我把手伸向那个缝，可是，我发现有一股力量把我往下拖，我碰到死神冰冷的手。当时我只有一个意念：我不愿意跟她们一起死！我要逃离，不愿意死去。我立即收回了我的手。可是……我为什么连在梦中都不愿意作个假，为什么梦中也不愿意跟她们一起去？

——这个梦每天折磨我。我可耻地活着，活在假装失去她们的痛苦中。为了试探自己的内心，有几次，我爬上了天台……可是，我依然想活着。

这才是真正痛苦的根源，我读懂了这个在深夜奔跑的男人。生命本源性的矛盾让他痛苦。在灾难面前，在死神面前，人心是不堪试探的。一旦静止，让思绪有机可乘，他就会面对灵魂的责难与自我的羞辱。奔跑，是一种密不透风的麻醉，是短暂的放逐，而筋疲力尽之后睡眠可以让他的灵魂得以安歇。那么，我大可不必担心这位罗生，生命的本能会让他活下去，即便终生背负失亲的阴影，然而，我还是相信，他会有春天，会再次发芽，会灿烂如花。

深夜的篮球场上越来越少见罗生的身影。而我，显然要不可救药得多。我解释不了，为什么我的人生并没有遭遇灾难性的剧痛，我却硬是把它倒腾得满目疮痍。

四

去年秋天，我采访了东莞的一个奇人。他叫薛军，在一家鞋厂打工。2012 年，他从江西瑞金负重起跑，历 141 天跑完了红军两万五千里长征路，过了草地，翻了五座雪山。一时间被媒体热议。我素来对铺天盖地的新闻报道不太有兴趣，诸如“中国阿甘”“马拉松狂人”这类媒体式标签，我以为遮蔽性太大。我之所有对他有兴趣，是因为奔跑。我隐隐觉得，跟这样的人会有某种隐秘的会合，我们应该有相同的那部分。采访中，他说:“我像一个疯子一样在马路上奔跑，人们纷纷从我身边逃开。我被当作是疯子……”这个矮小的河南男人，一身农民的气质，颇为健谈，他不停地跟我说起诸如荣耀、毅力、励志之类的话题，我都不太听得进去。直到他说，我的身体有火，而且这火天天在长。这是我对他的采访中，唯一感觉跟我相同的那部分：身体里的火。

“如果我不跑，我就是一个农民”，听到这一句我笑了，塞壬啊，如果你不写作，你以什么来确立自身的存在？然而，薛军现在是一个探险的英雄，他觉得除此之外的人生毫无意义。奔跑成就了他，他的奔跑指向世俗的成功。这是他苦心经营的事业。我跟他的不同在于，即便没有成为塞壬，我依然觉得红的人生一样意义非凡，一样是一个强有力的存在。

在一次文学的沙龙活动中，有一个陌生人向我走来，他问我是否在东莞虎门待过。我点了点头，说自己在虎门待了两年。来人自我介绍说，自己是一名业余摄影师，有几张照片想要送给我。他把一叠照片递给我，我一张一张地看，眼泪涌出。这应该是2006年拍的，当时我在虎门。照片中，在广场深夜奔跑的我，咬着唇，绷着小脸，是那么不甘，路灯的红光映入眼中，我如同一头生猛的小兽，那么狰狞，那么凶狠。我穿着紧身的T恤，并没有戴文胸，乳房怒放，它圆滚滚地激突出两点，几乎夺衣而出。这就是奔跑中的塞壬，生腥，狂野，身体里装着马达，在黑夜疾奔，在无边无际的孤独中警醒，紧握拳头，奔向属于自己的那扇门。

祖母即将死去

一

她中风了，半身没有知觉，躺在床上，看着自己的躯体，依然控制不住她的坏脾气：走开，走开，我不要人陪着，你们全都巴不得我早点死……快一个月了，祖母的情绪还是不能稳定。她那么不甘，意志依然强悍着，可是躯体不听使唤。我们——我的父亲母亲、伯父、婶婶，还有我们这些孙子辈的人，安静地看着她，她像孩子一样地任性、哭号，然后又使劲地捶床大骂，她就这么让我们难受着。父亲早已是两眼噙满泪水，他上前去捉住祖母的手，希望她能平静下来。祖母倒在父亲的怀里，忽然无限温柔地说，老五啊（父亲的排行），你要给我治，快点给我治嘛。

我至今记得那声音——柔媚，略略地委屈，近乎撒娇。这是女人对男人的撒娇。一个太老的女人在快要死的时候对她儿子的撒娇，她没有忘记自己是一个女人。病中的祖母变成了一个孩子，她把她最后的脆弱、无助以及破败的身躯展现在她的儿子们面前。没有比这个时候更需要他们的爱了，祖母不能接受家里还有什么事比她的病更重要。

她斤斤计较，狠狠地扳着手指头记着，哪几个人没回来看她。

父亲重新把祖母抱上床后，跟我们说，祖母很轻，像一阵风那样轻。像风一样轻，我默念着这个太过文艺的比喻，它出自威严的父亲之口，实在太奇怪了。父亲一定感受到了怀中的祖母的不真实感，他一定非常难过，他比我们更直接地感受祖母在慢慢离去。祖母的肌肉开始萎缩了，她的身体像女童那样纤弱、单薄，身上的肉瘦尽，直直的，往下是木棍一样的大腿和小腿，她雀爪般的手指时常在空中凶狠地挥舞。祖母病了之后，家里的氛围就变了，我们说话都是压低了嗓门，小心翼翼，祖母对死亡的字眼非常敏感。孩子们进出不敢有欢笑和歌声，电视在里面的房间小声地放着，它伴着父亲和母亲嘁嚓的说话声，因心情压抑而来的小声争吵。我们都在等待九十二岁的祖母安然死去。这样的等待，就是一场内心的仪式，我们在慢慢地把古老的祖母送走，一点一点地送走。

祖母是在一个秋天的午后突然中风的。当时她正在跟几个老人抹字牌。老人们看到她手中的牌都滑落在桌子上，然后她就摔倒了。祖母在医院的病床上醒来，下身就不能动了。她立刻就知道自己是一个什么样的症候。她抓住父亲的手，紧张地问，她会不会口歪眼斜，流着口水，哆嗦个不停？我的祖母一生注重仪容，她不能接受自己有这样丑陋不堪的病态。父亲轻声地告诉她说不会。父亲还告诉她，她穿的衣服都齐整得很，干净得很，头发也一丝不乱。体面着哪。

我认为祖母最介意的就是让父亲看到了她的丑态，这样的介意，就好像是面对她的丈夫——我的祖父。她把她的完美留给了祖父，现在她要留给她的儿子们。父亲的样貌最像祖父了，开阔微隆的额头，显出家族古老的智慧，散淡的眉毛下面躲着一双专注而内心有着清晰主张的眼睛，眼皮耷拉着，他不看你的时候跟你说话，你依然能感受到被注视的恳切。此外，他生气的时候跟祖父一模一样，紧抿的唇，两边的腮帮鼓出结实有力的青筋，一跳一跳的，那是一个男人在发着他的脾气。父亲年轻时是英俊的：挺拔，修伟，还有大大的脾气。他念了高中，能打一手好的算盘，毛笔字也漂亮，很年轻就当了大队部的书记，他是祖母的骄傲。祖母在最后的时光里，对父亲的依恋如同恋人一般，须臾不离，她使唤着儿子，不近情理地在小儿子面前使性子，她说胸口痛，叫得凶极了，那喊叫声一下一下地割伤着我们，我们的心一阵一阵地抽紧。她夸张地闹着，父亲耐着性子让她安静下来。

病中的祖母，犯着头痛，额上缠着黑纱布，在右脸侧打了个结。她的脸苍白，那面皮是绷在颧骨上的一张白布，凹削着，唇是萎缩的一条横线，因为松弛，向下耷着。祖母深陷的眼睛看着不可知的方向，然而却目光清亮。她有时不知道跟谁对话，仿佛在叙说一件往事。断断续续地，梦呓般，重复，嘀咕，最后是嘴巴在翕动。病中的祖母表现出惊人的美，苍白、柔弱的肢体，瘫软，有病态的仙姿，眼睛里是清晰的意志，偶尔的疯狂像头小兽，之后很快就归于宁静，然后，她就慢慢地睡去了。

应她强烈的要求，父亲在她的房间搭了张木床。她说，晚上老五得陪着她，不能离开。灯要开着，要整夜地开着。她说醒来的时候，要看见光，眼前一片黑暗，这让她害怕，这会让她感到突然去到了另一个世界，她还没有准备好，还没有。她要看见她的小儿子在跟前。我的父亲退休了，他花白的头发，背也微驼。他把病中的祖母背来背去。

二

我们在慢慢失去祖母，像敛住呼吸一般，注视着她，那全然不是在等候死亡的来临那样，笼罩着恐惧。我们在告别祖母，祖母的一生像时光的散页，我们一页一页翻过去，她的余辉在慢慢收回。当最后的一豆火星熄灭下去，黑暗会一下子拉下来，我们希望她走得安心，并满怀着祝福。父亲说，你祖母是多么贪恋这人世啊，我们这些人，都白活过。

我开始循着祖母的一生，一路摸过去，一个女子在触碰另一个女子的灵魂，我被烫着了，它照见了我的脆弱、庸碌、冷漠以及深藏在内心角落的黑暗。她太丰饶了，像一座盛开的花园，明亮，炽烈。我努力找寻祖母在我身上留下的痕迹。因为她时常盯着我看的缘故，所以我长着一双跟她一模一样的大眼睛，有时微微地张开一个缝，掠过一丝隐秘的欢欣和悲伤，稍纵即逝，更多的时候是鸟儿般的温柔，安静地注视着你，她时常微张着嘴，仿佛在等待着你告诉她一个不幸的消息，她做好了接受命运伤害的一切准备。可是，没有什么可以伤害到祖母，她是一个巨大的容器，可以消解太多的厄运和人世间的悲欢离合。我还长着跟她一样的轻骨骼，细细的身架，圆润，灵便，有好看的侧影。然而，这骨头却有坚硬的铁质，血气里有刚性，我和祖母一样，不肯输人，也不让人。我是在祖母的掌心长大的，她说我最像她了，是比男儿强的，这样的话听来，祖母是对自己的能耐和美德颇为自得的，她当然认为自己是比太多男人强的。但她看错了我，我在都市流浪多年，落得一身市井的痞气，眉眼是俗人的狡狯。从小祖母就跟我说，你要是专个事，没有哪一样是不能做好的。然而，我继承了祖母坚韧性格中那偏执的部分，她身上的美和爱，到了我这里，全都不可遏止地朝着另一个方向偏离，我没有爱情、财富，也一事无成，我没有了激情和理想，甚至没有独立的精神和人格。现在，我只能说，除了身形和脸模子，我没有一样能够像我的祖母。多么强烈的比照啊，四十岁，我不止一次地在心里大声地喊，我活够了，活够了。我厌倦了这破败的人生。相比祖母，我是不是太矫情了？我看着她，九十二岁，还在怒气冲冲地挣扎着要活下去，大碗大碗地喝药，要穿上新衣裳去看戏，要吃上明年开春的茶籽油，要坐飞机去孙子工作的大城市，要去……无尽的欲望，没完没了的小心眼和任性，她那么怕死，露骨地表现她对这人世间的贪恋，用枯指紧拽着那最后的一点时光不松手，不松手。她就让我们这么痛着。

如果走得不安心，会给后人折福的，这点祖母她懂。祖母在最后的时光里非常安静，不再吵着要吃药，不再抱怨母亲、婶娘们照顾不周，这并不是她突然之间想通了，她这么闹腾，仅仅是想看到，她的死，我们应该表现出足够的伤心与不舍。啊，这贯穿一生的虚荣和自恋，我们哪能不懂。她最终死在父亲怀里，安静得如同一只睡熟的猫，无声无息。她出落成一具体面的尸体。

我是祖母接生的。她后来跟我说，你一落地就是一屋子的红，好富足的红啊。我才知道母体迸出的血浆，浓烈而有力，健壮的母亲，她充裕的血液沐着我，我响亮的啼哭划开那团红，睁眼看到的第一个人就是祖母，她说，就像落地没站稳的人一样，我的眼睛里有一丝惊魂未定，是落了迫的，但是很快，我就安静了，从容地打量这陌生的人世间。我的眼里没有害怕，也没有惊奇，仿佛认出了一个熟悉的地方。祖母告诉我，对一个人的感觉，来自最初接触的那一刹那，就在那一刹那，人跟人的默契就保存在最初的秘密里。我带来了红、响亮、健康、力量这样一些名词，新鲜的血液流淌出来，洗濯着门楣那阴郁的深霾，（母亲生我之前，掉了一胎）这让祖母欣喜。我必定会在她的掌心长大。

我太早就从祖母那里读懂了关于女人的一生，那华丽和忧伤的部分，祖母准确地传递给了我，我无从逃离。一个女人的命运，在她的童年里就确立了。我吃的、玩的东西是最多的，可是我留不住，一样也留不住。祖母总是会在我堂哥、堂姐那里发现它们，她总是轻声地责怪我没用。我记得她曾紧紧地抱着我，贴着我的脸，喃喃地说着，你这个没用的孩子啊。她反复地跟我说着一个传说，后山脚下的那棵木槿树是一棵灵性的树，它每年春天开着白花。祖母告诉我说，这棵树会在某个春夜里开出一树的红花，只一瞬，光灿灿地红，闪电般地抖着红光，通体透明，像是神谕。要是有人在这个时候撞见了，你不管许下什么愿，它都会答应你。没有人能明白祖母对这棵树的虔诚，但是我知道祖母撞到了那个时刻，它开着满树的红花，她们达成了一个共同的秘密，祖母守着它，并把它告诉了她的孙女。当我长成懵懂的少女，怀着一身的秘密，在那些个温暖的春夜里，我长久地站在那棵木槿树下，期待着它开出一树的红花，然后告诉它我的愿望。然而，那棵古老的木槿依然是一树的白花，风吹过，花朵像在细语，喭喋，黑夜也悄悄睁开一只眼睛，它们仿佛听懂了我的一切。很多年过去了，我依然相信，这棵木槿会为我开出一树红花来的。

三

父亲给我打电话的时候，我刚好被公司炒掉了，一时间工作无着，我陷入了对未来人生的恐慌中。你祖母中风了，恐怕时日无多。父亲说，你最好回来送送她吧。在广东十几年，我只有在春节回家时才能陪陪我的祖母，然而，她说的话每每让我心惊胆战，我害怕面对她。她时常捉住我的手，定定地看着我的脸，仿佛在搜寻着什么，哪怕此刻我的脸上堆满了欢喜、愉悦的颜色，她还是会说出那种特别诡异的话：这一年你都没有沾过男人吗？听到这样的话，我不寒而栗。我的祖母曾是这方圆百里有名的巫婆。

这跟巫术无关。祖母知道我脸上的欢喜是摆给我的父母、亲朋好友看的。与母亲相比，祖母几乎不会读错我的每一个表情。当我可以以女人的姿态面对母亲和祖母时，关于女人的那些隐秘的传承气息在母亲这里却断掉了，我的母亲从未跟我交流诸如身体、生殖、男人女人的任何信息。在她的眼里，我是一个嫁不出去的女儿，是一个失败者，让她蒙羞。我的家人几乎不知道我是一个作家，在我看来，摘掉头顶作家这个光环，如果还有人坚信我有一点点过人之处的话，那么，我的祖母就是为数不多的人之一。我一直相信，当我身上没有作家的标签时，作为一个女人，我更真实，也更丰富。

收拾好行李连夜赶回湖北老家。原先我们都以为祖母会在几天内去世，可谁知她自中风之后竟在床上磨了一个多月，她的曾孙、曾孙女们在接到电话后都陆续回来看望她，可是几天之后太祖母依然活得好好的，于是大家都纷纷回到各自的城市去工作。孩子们不时有电话打回来，太祖母怎么样了，太祖母大概几时死啊，父亲就在电话里一顿臭骂，你们都不必回来了，一群不孝的混蛋！这群春节回家叽叽喳喳、一刻都不得清静的小混蛋，有的在外面读大学，有的在外面大城市里工作，他们都是太祖母带大的。我是他们的姑妈，我时常一个挨一个地看着这些年轻的脸，我不知道，在他们的人生中，太祖母最初给予他们的是一个怎样的印记。唯独，我在一个侄女的 QQ 空间里看到她写的一篇文章，那是祖母去世不久后写的，我看了，很惊讶，她说她的太祖母不论历经怎样苦难的人生，都在享受作为一个女人的美和快乐。我点了赞。我这个姑妈对于这些孩子们来说有一种神秘感吧，我想，他们在太祖母那里也感受到了相同的味道。这是祖母人生最后的时光，我要慢慢地把她送走。

有两个人在照顾祖母时特别殷勤，一个是我的堂伯父，一个是我的大婶娘。祖母在卧床期间不能进食，他们想尽了办法，我的堂伯父八十岁了，他颤颤巍巍地找来一根玻璃管子，叫我用这根管子把流体食物吹进祖母的嘴里，我七十多岁的大婶娘天天用纱布绞蔬菜汁，给祖母擦洗身子，她最后哭着告诉我，老太太其实是饿死的。在祖母咽气的那一刻，她和我的堂伯父老得都跪不下去了，我们急忙上前搀扶起他们，我的堂伯父喊祖母娘，一声一声地喊娘。他的声音喑哑，浊泪横流。祖母死去了，我们家里没有过分地悲伤，只是长久地静默，一个多月的时间，我们已经接受了这样的死亡。报丧，入殓，设灵堂，请道士打醮日夜唱颂，孝子们着麻衣侍立一旁，跪着答谢着前来吊唁的亲朋。子孙满堂，流水宴开了七天七夜，最后请了戏班前来唱了两折戏。葬礼几乎把渐渐消失的种种民俗全都用了起来，我有幸目睹了家乡古老的葬礼，那种充盈其间的神喻意味，五彩斑斓的幡旗，随道士唱念的经文猎猎翻飞，似乎每个人都通体透明，他们不着言语，默默来回穿梭，似乎有股仙气。光是请民间艺师用纸扎的豪华棺椁、神兽、八仙过海、四大金刚就让人叹为观止，请了专业的哭丧女，由我事先跟她沟通祖母生平事迹，这些天才的哭丧女竟自己拟文哭唱出来，句末押韵，文采斐然，唱腔悲音袅袅，哀韵绵绵。关于葬礼，我以后会专门写到。它就像一场凋零的花事，幻觉清盛，冥冥高渺。祖母是享了高寿的，我们有福，在乡村，这样的葬礼其实是另一种狂欢。人们沐在这样的葬礼中，让灵魂与死神坦然对视，去唱颂它，去祝福自己的来世。

父亲跟我说起祖母生平，实际上有着太多的避讳。也许以一个儿子的立场，他认为祖母生前有一些事情不便宣扬。在我看来，在祖母漫长的一生中，她所做的每一件事，最后都化成我生命之穹中的点点星光，照彻我贫瘠且日益干枯的灵魂。母明氏，生于 1920 年秋，殁于 2012 年冬，享年 92 岁，我看见父亲请人写的碑文，瞥了一眼，就看到诸如：贤良淑德、慈心若水、克勤克俭等俗语，这些空洞的大词套在祖母身上太粗糙了，它们遮蔽了祖母作为女人最为真实灵动的部分。我对一个女人的美德不感兴趣，美德恰恰是狭隘的一部分。它迎合的是一种大众的审美趣味。但这个叫明秀的女子，即便是以当下的目光审视，她依然有太多人不曾具备的大气与开阔。

四

祖母六岁就做了我们家的童养媳，我家是地主，开了麻行，家境殷实。但童养媳跟做奴一样，在成亲前是非常悲惨的。"你太祖母起初很不喜欢我，她从我身边走过，都不忘狠狠踩我的脚，她那小脚劲儿真大，像个锥子一样。"祖母说，有一次你祖父偷偷帮我背柴禾，那柴禾被雨打湿了，很重。被她发现了，她用铜管烟枪重重地敲我的头，顿时起一个大血包。我后来回想起来，祖母跟我说起的这些细节，竟与现在电视上的各类民国家族神剧一样有着惊人的相似，旧社会的婆婆和小媳妇之间的龃龉不足以多说。最终，祖母以智慧得到了她婆婆的欢喜。"其实就是觉得儿子最后是你的了，她才不喜欢你的，你凡事都要让她儿子觉着母亲最大就好。"我在家族的族谱中见过太祖母的画像，高颧、薄唇，锋利的单眼皮眼睛，白多黑少，头发稀疏，在大脑门后盘了一个小髻，她的大襟衫的高领直顶到下巴，上面是一张被大烟熏染侵蚀的瘦脸，直僵僵的，这个面相，一看就知道绝非善类。非常庆幸的是，祖母成功地改善了这一基因，家里后来再也没有出现过这样的小眼睛、尖脸以及那种陡峭的高颧。太祖母死后，家里的堂屋挂着她的黑白遗像，可是孩子们都很怕这张像，那可怕的皱纹与沟壑，隐藏着魔鬼的阴影，不论你在哪个角度，都觉得那双眼睛鹰隼般地盯着你，吸在你身上不挪开，仿佛要吸走你的魂魄一般。画像被拿掉之后，很长一段时间，人们依然觉得她还在那里。“你太祖母大冬天要喝水缸的生水，她总说烧心，一听到她叫唤，你就得起来。”可以想象，祖母侍候这位太婆该有多辛苦。她 14 岁嫁给祖父的时候，老太太把一个翡翠镯子给了她。这个翡翠镯子现在在我母亲手上，据说，为了这个镯子，母亲妯娌几个斗了多年。

现在我要写到祖母的故事了。在写之前，我一直认为写成小说会比较精彩，写成散文太浪费了，然而小说他者的视角让我觉得很隔，好像说的是一个跟我不相干的陌生人。它不像散文那样是以我向的视角来叙述的。我写祖母只是试图解读一个女人，我跟她隔着半个世纪，在她那个民智未开的时代，她可以活得那么自我。在等待祖母死去的那一个多月的冬天里，我们围坐在火炉边，说着久远的往事，我的堂伯父、大婶娘、父亲、母亲是每天都在的，气氛并不是每天都那么压抑，祖母偶尔会跟我们说起某个死去多年的故人，说是梦见了那个人，末了，她总是会说这样一句，是来接我走的，我知道。

民国 27 年，日本人打到了我们那里，见人就杀。我们的村庄倚着几座大山，人们拖儿带口往山里躲，那个时候，祖母已经生下了大姑妈，她抱着两岁多的大姑妈跟着混乱的人群往深山里寻路，而祖父一干年轻人则跑到另一个村庄报信去了。人群渐渐隐没在群山的深处，隐约听到别处草木的窸窣声，逃命的慌乱，像猎物般，喘息急促。可是祖母分明听见有人喊她三娘。极微弱的声音，她循声走去，就看见倒在地上、面色惨白、大汗淋漓的堂伯父。堂伯父是大祖父的长子，那年他十三岁，得了一种叫作打摆子的病，全身寒冷，出虚汗。这病六月天要盖厚棉絮。现在我们叫它疟疾，在那个时代，它夺去了很多孩子的生命。

我那太祖母坚持要她的大儿子、大儿媳放弃这个累赘，为了逃命的途中不那么辛苦，那做父母的竟狠心把儿子扔在深山里。祖父排行第三，堂伯父就喊祖母三娘。三娘把他背在背上，一只手还抱着我的大姑妈。踉跄前行，群山巨石林立，而此刻猛虎与狂蟒已不那么可怕了。她躲进了两块巨石狭窄的夹缝里。两天两夜，堂伯父得救了。我后来听到一个说法，说祖母贴身抱着他，用体温去暖他才得救的。祖母大堂伯父 5 岁，婶侄二人，本没什么可说的，可是，有些话后来就慢慢变了味道。变得很不好听。我的祖母一生都没有回应这件事。

活下来的堂伯父坚持要跟三叔三娘一起过，赶都赶不走。他一生都没有原谅自己的父母，再也没有喊过他们爹娘。他像影子一样死粘着三娘，到了后来，三娘让他住进家里，这一住就是很多年。堂伯父成了家里的男丁，跟着祖父一起四处收购苎麻，农忙的时候下地收割、打秧。堂伯父就在我家的地里干活。他很孤僻，少言语，在那么多年的孤独里，在一生都难以走出被弃的阴影里，唯有祖母，是他最亲的人，唯一的那个人。当他长成一个面目清朗的年轻人时，跟了一个戏班师傅去学唱戏，从此入了魔般，这个痛苦的人，只在台上如痴演绎柳梦梅、梁山伯、张生们的故事。祖母曾跟我说，你堂伯父唱戏，人家是用真银元往台上砸的。可是在我的印象里，但凡唱过这种戏的人，他的人生就会抹上一种梦里繁华、身世飘零的宿命感。比如程蝶衣。我相信祖母她一定懂。

可是我感兴趣的事情皆是父亲终生避讳的。在我看来，父亲远没有我更懂得祖母。听人说堂伯父长到 20 岁还不愿意娶亲，说了几家姑娘都不同意。这个时候流言就开始蔓延开来，奇怪的是，在那个时代，这种有辱家门的流言并没有让祖母困扰。妇女们在她背后指指点点，她晒她的麻，她奶她的孩子，一概不回应。祖母经常穿好看的衣服去看戏，也许，台上的那个人是演给她一个人看的。几年后，堂伯父终于娶了亲，搬了出去，但他依然回来，有时背些柴禾，有时带来几条鱼。后来，我年少的父亲大概是听到了人家说了什么，他怒气冲冲地拿晾衣篙去追打堂伯父，来一回打一回。堂伯父就让他打。直到祖母出来喝止自己的儿子。我唯独惊讶的是，我的祖父、祖母、堂伯父这三个人完全无视流言，到底是什么让他们活在自己的结界里？

祖母即将死去的那一个月里，父亲看着终日陪伴祖母的堂伯父，虽然没给他好脸色，但终究没有阻止他的陪伴。我看着这位风烛残年的老人，颤巍巍的，一脸老年斑，连手背都是。他迟缓地忙进忙出，招呼前来打针的医生。以女人的直觉，我深信，堂伯父爱慕着我的祖母，祖母年轻时圆润、白皙、爱笑，从头到脚干净齐整，银饰的暗响应和着轻巧的脚步向你走来，那感觉一定是如沐春风。我依稀记得五十多岁的祖母，头发一根没白，她梳着一个紧贴头皮的矮髻，穿干净的靛蓝棉布斜襟褂，气色明韵，仪态端庄。而我所见乡村的农妇，大多黑糙，一身烟熏的柴火之气，她们席地而坐，放纵大笑。这个被祖母救活的大男孩，温柔，懂事，有一双澄澈的忧郁的大眼睛。我在想，那些他们独处的时光，一定是他人生最好的时光，即便不语，即便各自手头有活干，他们可以用沉默交流，这样的时光是迷人的。也许偶然升起的越轨之念让他感到羞耻，也许他不愿意长大。而她死去的那一刻，他喊她娘。这是他自十三岁那年之后第一次喊娘。

祖母的情事是个谜。这也一直是父亲忌讳的原因，儿子永远不能接受自己母亲的风流。我们深信，她爱着我们的祖父，为他生一堆孩子，为他梳好看的发式，为他学写字认字。在她幼年时代，这个将要成为她丈夫的人在默默地注视着她长大，给她偷来好吃的，带她去看戏，在黑暗中牵着她的手，去集市给她打银簪。初恋，体验人世间最美妙的情感。我们后来叫这种东西爱情。当爱情还未被命名是爱情的时候，它裸露出男女最本质的情感世界。无端喜欢跟自己无亲无故的一个外人，忽然就知晓了男女身体各异的构造，在那样一个男女相爱禁忌的年代，尤其要躲过太祖母那双刻毒的眼睛。只要有默契，藏得好，那藏出的距离反而加深思念和甜蜜的浓度。祖母跟我说，看着自己体虚，祖父从太祖母那里偷了二两白木耳，亲自炖了送了过来，大概是身体经受不起那一补，祖母喝了白木耳之后就开始掉头发，幸好是冬天，她只得围个风兜套在头上，没有人能理解掉发的幸福。你就是变成了一个秃子，我也是要你的。当祖母说起祖父时像是进入幻境，她沉浸在往昔与祖父的点点滴滴中。他能吃两斤猪肉，喝一坛酒啊，脾气大，发脾气就摔碗。特别喜欢孩子，任谁家的孩子他都喜欢，在路上碰到一个村里的孩子，他就掏兜，看有没有吃的，要是没有，他就会摊开手，一副很抱歉很为难的样子。你祖父数九寒冬只穿单裤，敞着夹袄，再冷的夜，只要他上床，床就热了。那大山后面挖出几窖铜钱，叫他去挑两天铜钱，回来饿得倒在地上。人家都偷偷扎了几个钱在身上，在路上买包子吃，你祖父挑两天铜钱，不晓得扎两个。祖母在描述一个男人，说他的好，几天几夜说不完，是没有人能比得上的。

“那天，本来吃了午饭就去后山的小煤窑，可是他看见墙角堆了一堆圆木没劈，就脱了褂子，抡起板斧，赤着上身在那里劈圆木。我就在他背后看啊，心想这个人，这个人要不是我这么喜欢他，那他就太可怜了，要不是我这么喜欢他，他在这世上什么也没有，这个人怎么这么可怜。忽然眼泪就不停地涌出来。”祖母跟我说了这一段我是明白的，那个人去了煤窑之后就再也没有回来。她有时会突然说起某一段话，没有缘由，话语的句式很突兀地跳出来，然而，她说的每一句话我都懂。我认为，我是一个完美的倾听者，祖母向我传递的不是某个故事，而是她整个的人。

我是没有见到祖父的，只在族谱中见过他的画像。父亲长着一张酷似他的脸。祖父在1961年初秋的一天下井挖煤，塌方，人被活埋在地底。第二年冬天，祖母就带着三个孩子嫁给了她的小叔子——祖父最小的弟弟。读者一定感受到了我在这里省略了什么，是的，我的文字根本就不敢去触碰那个地方，只一碰，那文字的触觉就先痉挛般地弯曲起来：一个女人披头散发、赤着脚疯魔一样往山上煤窑里疾奔，要跟着他去，拦都拦不住这个一心求死的人，儿子都大了，兄弟几个把自己的亲娘架回来。那个时候，我的大姑妈已经嫁人生了孩子，两个伯父也娶亲生子，可是已经做了祖母的人居然还要再嫁。这是父亲最避讳的事情了，更让人接受不了的是，43岁高龄的祖母居然跟小祖父又生了一个姑妈。我的父亲一生不喜欢这个小姑妈。虽然他是一个孝子，但他永远无法超越儿子的视角去解读这个女人。如果不是因为是自己的母亲，在他的观念里，祖母这样的女人不贞、不洁，让家族蒙羞。很多年之后，有一次他婉转地跟我说起这么一件事。他目光有些闪躲，有先例的，不独我们家。他说的先例，是指村里别的家族也有小叔子娶嫂子的。可我心里想，人家是因为穷，娶不起媳妇才娶了守寡的嫂子，俗称“肥水不流外人田”。再说人家的嫂子可没有到祖母的级别。可怜的父亲太需要这样的心理安慰了，太需要了。

五

我的小祖父是1995年去世的。对他的印象，我们就非常清晰。他跟我的堂伯父一样的年纪，小祖母五岁。但他长着一张太祖母的脸，然而却生出另一番味道。这脸在他身上是一股懦弱、偏执而又涣散的颓废气息。因为是幺子，自幼深受太祖母溺爱，只让他读书，没让他下过地的。这小小身板、样子孱弱的人性格古怪，不会做农活，也不懂生计。怎么古怪呢，据说他从不祭祖拜祖，说是，拜死人只为了给活人看，有什么意思！因为聪明，很会读书，过目成诵，尤擅书画。十几岁就在学堂谋了个教书的差。祖母说他，打着头油，夹个纸伞，穿一身绸衣，脚上是千层底白履边布鞋，去外面相亲，没看上人家，嫌弃人家脚大，喝汤伸长颈子去够碗。

因为挑剔，他大概在二十五岁才娶的亲。一个乡绅的庶出女儿。世间的事仿佛是天定的，这小媳妇竟把我那剽悍的太祖母治得服服帖帖，还把她赶出家门。太祖母只得住进三儿子的家，来的时候，拎了口木箱，那乡绅女为了那口木箱竟一口气追出近半里路，啊，天底下恐怕再也没有比这更滑稽的场面了，两个小脚女人，噌噌噌，一个追，一个逃，那身姿定是摇曳生姿，无比好看。我那五十几岁的太祖母太不可思议了，竟这么能跑，愣是被她逃脱，那箱子想必宝贝得紧。紧接着是土改，我家被划成富农，小祖父家被划成了地主，好的光景一去不复返了。祠堂被拆，孩子们读的书是小祖父教不了的。这个时候我的那位小祖母卷了钱跟一个男人走了。是一个长工？祖母回忆道，应该是，北方人，高高大大的。那女人连娘家都没回，没了踪影。我太不纯洁了，一听到那个长工高高大大的，既是出来做长工，想必有一身的力气，相比我小祖父那薄薄的身板，我竟肮脏地认为，小祖母是因为沉溺性欲的满足才跟那男人跑的，他们之间一定有美妙的性爱，主仆偷欢，是危险伴着失控的激情。这位未曾谋面的小祖母，谜一样的女人，她大概不知道，多少年之后，我时常在深夜默默地祝福她，只为她敢为自己而活。

老婆跑了，又没得书教的小祖父就变了一个人。这时太祖母又重新回到小儿子身边。他无法面对这人生的羞辱，成天喝酒、赌钱，有时喝多了打人，这个读书人居然连亲娘都打。我们家的男人有一个共性：懦弱，意志薄弱，是那种沉湎内伤、自残且又极度孤独的人。他们是阴性的，活在自我的黑暗里。我的太祖母一生要强，天性霸道，土改时就有长工向她身上投掷石子。然而天变了，人人都可以在她头上横。除了祖母，没有哪一个儿媳妇愿意跟她相处，尤其大祖父家，因为弃子一事也跟太祖母翻了脸。她最后的那几年整天浸在泪水里，小儿子不听劝，管不了，她紧闭双眼，不作声，陷入绝望。

“你不就是盯着我的那点首饰才肯侍候我的吗”，老太婆快死了依然说着那种不讨人喜欢的话。祖母在她面前从来不申辩。其实这些年首饰已经被小祖父赌钱、喝酒败了个精光。祖父在街上拎回喝得醉醺醺的弟弟，跟他说，娘要走了。你的娘要走了。这是一句多么悲痛欲绝的话啊，你的娘，仿佛不是我的娘，她要走了，是你的娘要走了。

“她最后那一口气落不下去，嘴一翕一张，一翕一张，慢慢微弱下去，最后就定住了。”祖母向我述说太祖母临终的那一幕，并用五个手指一张一合来呈现她最后落气的瞬间，她是不甘心的，死的时候面相很凶，脸是变形的。因为是地主婆，最后没让她葬在自家的坟山，因为我们家是地主和富农，所以很多事情只能隐忍，不敢有半点顶撞，我的太祖母葬在杂姓的小山上，在荒凉的角落，小坟包孤零零的。祖父用拳头直打自己的胸口，一句话也说不出来，看到自己亲娘死了被人欺成这样，一句话也说不出来。大概在八十年代中期，祖母跟儿子们商量，就把太祖母的坟迁回自家的坟山。葬在太祖父旁边。父亲打了一个很大的圆拱顶石碑，上题：青山龙虎地，绿水凤凰池。每年祭祖，我都会独自去祭拜这位传说中强悍的太祖母，她终结于她的时代，她死后，我们家也走出了那个时代。

小祖父大概是我们家唯一的文化人。我一直认为，文化人是有气的，他从骨子里透出来的东西跟农夫有着天壤之别。即使在他一蹶不振、穷途末路的颓废日子里，他身上还是有某种清高的气息。说话慢条斯理，从不狼吞虎咽，大热天，长袖长裤，不赤膊，脚上穿布袜，他应该是一个没有体味的男人，瘦瘦小小的。这样一个人，在世代务农的人眼里，应该是有魅力的，他维护着仪表的体面，还有诗书带给他罕见的气场。我相信，对于祖母而言，他更多的时候像一个没出息的弟弟，一个虚弱的大孩子，她能让他长大，长成一个真正的男人。

太祖母死后，他就时常在三哥家蹭饭，顺便教孩子们写毛笔字，念李白的《将进酒》。祖父嫌弃他太懒了，又舍不得打他。决意要带他下井挖煤。只三天，他就偷跑回来，他从来都没吃过那样的苦，受不了煤的脏。然而，一个大男人不能整天闲着吃白饭，后来他就接了一些抄抄写写的活，红白喜事替人家写人情礼单，比如大舅：猪肉两斤，鸡蛋十个，菜籽油五斤，诸如此类。乡村的人情客往，都要记下亲朋好友送礼的内容，以便下回复礼时不能低于这个分量，否则就会非常失礼。我家至今还保留着很多这种人情礼单。去年，我家要回一个礼，父亲翻开礼单，可这个礼是 17 年前对方送的，内容是，绸缎被面一床，花圈一座，礼金 50 元。这是小祖父去世时这位亲戚送的礼，可是时隔 17 年，我们的回礼已经不能停留在“不低于”这个层面上，对方是儿子考上了北京大学，我们家的礼最后封给他们的是礼金 1000 元。祖母去世的时候，父亲依然抄下了亲戚们的礼单，我看了一下，祖母的礼单相当惊人，据父亲说，祖母的葬礼很隆重，可以用壮观来形容。我们家办完丧事，最后居然还赚了两千多块。而这些，需要以后我父亲慢慢地还回去。

可是，我小祖父抄的礼单是书法的精品啊。那漂亮的蝇头小楷，也只用来换一顿饭钱。那些柳骨颜风的字用来书写猪肉、活鸡以及粮油这些名词。小祖父写完，每每要用毛笔给调皮的孩子画个猫儿脸，他给很多孩子起过名字，皆无那个时代独有的各种频率高的字，他给人家孩子取名：黄谦，黄博，黄楚墨。这个国家后来发生的各种火热、亢奋的印记，在他身上丝毫找不到影子。因为干不了农活，而抄写的活计极为有限，即使是后来生产队的广播稿，他也写不了，他使用不了那类味道的汉字。就是这么个废柴一般的人，落后分子，封建残余，我的祖母嫁给了他。直到70年代中期，终于因书法和国画被公社一个文化部门的老领导看中，才去公社打杂，据他说，做得最多的事情却是用排笔写口号和标语。但我家的地位在乡村就莫名其妙高人一等了。我父亲兄弟几个，一辈子都没有叫他父亲，依然保留祖父在世时的称呼，只叫他小爷。我时常琢磨这位故去的小祖父，懂得绍兴黄酒配清蒸蟹，细细地吮吸蟹管里的汤汁。品明前龙井，吃盐水花生，读明清小品文，偷看女人小腿，绝不是把眼睛盯在女人的胸和臀上，他从来不画气烈高洁的梅啊竹啊松啊这种被隐喻过多品格的东西，也不画葫芦架下闲走着两只母鸡那类农趣，他画独峰或者疾水，然而也画张生私会崔莺莺。他的笑声是喑哑的，走路没有声音，常年听收音机，酒是被祖母禁住了。每每用字换来的钱给小姑妈做红烧肉，小姑吃上几坨，他就高兴地哎哟：一张字就这么没了，哦，两张的没了。他的这种趣味被多年之后的文艺青年追捧，在世时，惯于忍受白眼，但有祖母这团火始终温热他一生，给他安稳，护住尊严，我的祖母柔弱中有一股狠狠的虎气，坚韧，仿佛有巨大的能量，垫实家族的底子，有她在，日子是踏实的。

六

有人家主妇要生孩子了，报信到我家里，祖母带上我去接生，她起先牵着我的手走路，后来我走累了，她就把我驮在背上，我有时熟睡，口涎打湿她的衣襟。她有一个口袋，这真是一个神奇的口袋啊，魔术一样，里面能变出煮熟的红蛋、炒蚕豆、蜜枣、还有花生糕。主家忙着烧开水，杀猪，蒸馒头。我就跟那家的一堆脏孩子一起玩猪尿泡，主家在拜托祖母，希望能让老婆生出儿子。仿佛祖母能主宰生儿生女似的。祖母就绽朵笑脸给他，是你的孩子，分什么男女哦。

我似乎每次跟孩子们疯疯打打直至筋疲力尽。终于听到报喜了，鞭炮响起，祖母抱出带血的婴儿接受人们的祝福。她的脸，有一种疲惫后那种虚弱的美丽。天色已晚，我们吃了主家丰盛的晚餐，拿着他们送的一副猪大肠和一堆红蛋慢慢地走回自己的村庄。祖母也累了，但因为迎接了一个新的生命来到这人世间，她的脸一直是有笑意的。为了赶走我的瞌睡，她就边走边为我唱儿歌：小丫头哎，拖小辫，五岁伢，会唱歌，不是爷娘教得好哎，自家聪明拈来的歌哎……三十多年后的一天，我回乡过春节，经过一个岔道口，看见有一户人家，老太太抱着一个女娃娃，边轻声拍打边轻声哼唱这首童谣。我一时呆呆地怔在那里，忽然有眼泪涌出来。

那是多么澄澈的乡村傍晚啊，我跟祖母走过一道道田埂，几处坟山，月亮的镰高悬头顶，萤火虫乱舞，我的祖母为我唱那首古老的童谣。那些弯曲的羊肠小道像发亮的带子，把回家的路在脚底延伸，星星眨着眼，把不眠的孩子带进梦境。快要进村的时候，在后山脚，那儿有一棵高大的木槿，祖母牵着我的手走到那树的跟前，突然间，星光灿烂起来，我们仿佛置身于湛蓝的穹宇之下，祖母用手指轻划着我脸说，我们红啊，快快长大，长大了生孩子，嗯嬷为你接生。（我们那个地方，喊祖母嗯嬷。）祖母站在树脚，躬身拜了几拜，她忽然跟我说，你撞到它开一身红花，你再许愿，没有不灵的。“那嗯嬷撞到它开出红花了吗？”我问。“撞到了，我拜了很多次，最后撞到了。”“你许的什么愿呢？”“许了我们红无病无灾地长大。”

我记得当时头顶的星光在旋转，既而家就出现在面前。既而我就长大了。可是祖母，你许下的是怎样的一个愿望？当祖父去世后，你决定嫁给小叔子的时候，你一定在那棵树下重生过。那棵木槿为你开了一树红花，你将无畏，你成为了大海，被星光照彻。

“不嫁给他，他成天在家里吃饭，也睡在这里，人家在背后一样会说道的。”

“你小祖父是个有为的人，他像是蒙了尘，需要有个女人为他擦亮。”

这正是我父亲终生不懂的。也是我终生难以企及的地方。前面提到过我的大婶娘，祖母就给了她重生的机会。我的大伯父自幼跟大婶娘定了亲，大婶娘长成一个标致的姑娘时，被村里一个无赖玷污了。退亲，合乎情理，是祖母坚持要大儿子娶了她。祖母说，如果儿子不娶，她就认大婶娘做闺女，接到家里来。我的祖父当时是不同意的，唉，我们家的男人啊。我们那个地方的人，很奇怪啊，这件事情，为我的祖母赢得了终生的美誉。我的大伯父，年轻时梳着中分，五短身材，一生只喜欢在嘴巴上逞强，懦弱无能。我的大婶娘，太了不起了，她像祖母一样，坚韧、温柔、开阔，她擦掉了这个男人身上的尘埃，让他发光，我的大伯父是个泥瓦匠，很会砌房子。大婶娘让他去外面找事做，没让他碰农事。后来大伯父就进城当了工人，吃粮票，铁饭碗，成了半个城里人。啊，我们家的女人们啊。太祖母，祖母，大婶娘，还有我的母亲，而我，是不能忝列其间的。我不能。

祖母曾说我会去很远的地方。“你不像是能在这里过活的人。”她说，你的心不会围着男人转。那年，我 23 岁，一个春夜，我在那棵木槿树下坐了很久才回家。我身上多了一种什么样的气息呢？慌乱？春情？抑或臊热的猩红？我的眉眼到底有了怎样的变化？祖母，她察觉到了怎样的信息，她端出一碗红糖生姜水拿到我面前，意味深长地笑着。她准确地知道了我失了处女之身。她拉过我的手，仔细地看着我的脸，是一个不错的男人吧，祖母用赞许的微笑为我祝福。那是一个女人对另一个女人最美好的祝福。我跟母亲从未有过这种隐秘的交流，她身上有一种很强硬的道德观念，还有一种可怕的世俗的成本算计，这种事，在她看来，我是吃亏的一方。她永远也无法从女人最本质的视角去解读这件意义非凡的人生大事。可是亲爱的祖母看错了我，我半世漂泊，只为虚名。我知道，那棵木槿不会为我开出一身红花。

“嗯嬷，我听见你喊我回家。”此刻祖母即将死去，我听见她在暮色四起的黄昏拉着我手，一路撒着茶叶和米，一路喊，红啊，回哦，红啊，回哦。

我大概中邪了，翻着白眼，失了魂，祖母摔碎瓷碗，拉出我紫红的小舌头，用锋利的瓷片去扎破我的舌头，黑血流出来。她拉着我的手，沿着后山的小路，一路唱念，红啊，回哦，这是我们楚地的招魂，我一路应和，我回，我回。一个不洁的女人是无法成为招魂婆的。我们那个地方的人啊，很奇怪，他们比我的父亲更相信祖母的洁净。

多少年后，我读了马尔克斯的《百年孤独》，我对号入座了一番，我的祖母对应着伟大的乌苏拉老祖母，她活得忘记了岁月，带着大地的气息和天空的印记一路带着迷路的孩子回来，然后把自己定格在古老的传奇里。这些孩子，包括她的两位丈夫，和那双手接生出来的孩子。可是，我没有找到布恩迪亚上校的原型，我们家的男人大概出不了这样杰出的人物。我跟他们一样，庸碌、无为，却被家族母性的强大的力量托往金字塔的塔顶，而自己却不屑成为塔下面的垫底。当祖母即将死去，我的大地在摇晃。送葬的队伍浩浩荡荡，钟鼓齐鸣，啊，我眼前跳荡着那些咯咯笑的精灵，那些称男人都是孩子的姐姐，这些水妖一样喊着她们的孩子和男人的女人，我看着她们，一种速疾回归大地母体的意念流遍全身。我流下眼泪。

镜中颜尚朱

梦中又出现那个场景。空旷的钢铁料场，在幽暗的铁轨深处，我再一次被那个人蹲到，巨大的、漆黑的身影突然罩向头顶，我的喊叫、晕厥以及瞳孔的地震永远地留在梦魇的深渊里。而后，我在颜尚的怀中睁开双眼。我记得那黑影在我面前摇摇晃晃地倒下了。我记得有人喊我的名字。红，你醒醒，红。那声音仿佛从遥远的时光甬道中传来，一波一波荡到此刻，荡及此刻中年的我，在异乡的床上醒来。过于真实的梦是可怖的，它复刻了你总是无法忘掉的那个瞬间，就像，它又真的重新发生过一次那样。即使最终我会认定这只是一个梦。可是，就在刚才，我分明面对着那么近、那么清晰的一张脸。颜尚的脸。这张脸时常出现在我中年的梦境之中。能够叫我红的人，都是我生命源头的人。这个源头，正是人生归途中我慢慢要抵达的地方。而现在，人们叫我塞壬。

这些年，我在广东成了作家塞壬。每年春节回家，我都要向友人打听颜尚，皆无着落，或缄语，或摇头，或叹息。隐约听说她已经离了婚，辞了工，闭门在家写小说。近几年，人好似略有癫症，时常衣裳不整、头发蓬乱地跑出来，情绪激动就胡乱骂人。把身边人得罪个干净。已极少有人知道她的近况了。我若执意去寻，那定然是能够找得到她。然而，一丝莫名的隐忧向我袭来：颜尚是不愿意见我吗？人说她有癫症，我是不信的。

一

二十五年前，我在家乡小城的国企钢铁厂开天车。现在回想起来，记忆中竟首先掉落的是一串串明亮而清丽的笑声——咯咯咯，咯咯咯，弹得满地都是。回忆是有滤镜的，即使是那么贫乏的灰色青春，隔着长久的岁月，如今竟是美得令视网膜震颤。临江的露天钢铁料场，我坐在十几米高的天车驾驶室上转料，天气真好啊，天蓝得可以畅饮。底下，料仓中间，颜尚仰着脸对着高空作业的我喊，左，往左一些，又过了，过了，往右，一点点啊。那个时候我的眼睛开始近视了，隔得远，视物模糊，以致铁钩好半天都没个准头，颜尚常常被我气笑。她笑我太蠢了。我惊讶，时隔多年，留存在记忆里的，竟是这灵动的笑声止不住地冒出来。她穿着蓝色工装，戴着红色安全帽，脖上扎着白毛巾，手上是满是油污的帆布手套，正忙着把我放下去的铁钩挂在料斗的双耳上，然后再仰脸对我高喊：起！我回转小车，拉起钢丝线把料斗吊起来，然后迅速移动大车，把它归到有钢种标识的另一个料仓中。隆隆的车声里，颜尚仰给我的脸，鲜洁，像一朵开着的栀子花。

这就是工作中，我跟颜尚之间的一个标准流程，每天我们要重复很多遍的一个流程。我是天车工，她是配料工，有一些作业，得需要她的配合才能完成。每一个天车工，都有一个固定的配料工。颜尚是我的配料工，她小我两岁，高出我一个头，壮壮的身子，脸白白净净，笑的时候，月缝眼流淌出一种甜蜜的柔和氛围，她老是拿她的肉粉拳捶我，用她的大冶家乡话学我说话的语调。两个女孩子，成天黏在一起，从料场回来，去食堂打饭，上厕所，常常窃窃私语笑个不停，那个时候的每一天都浑浑噩噩，时光太匆匆，仿佛等不及让我们去学会忧伤。以致回想起来，仅有一些黑铁般沉重的大事留在记忆的谷底。多年无人翻动，沉睡在那里，我们只能假装遗忘。我果然是一个不会记起快乐的人啊。1999 年，钢铁厂迎来了下岗潮，我被迫出走，而颜尚留在了那里。

我至今记得颜尚被班长带到我面前的样子。她大大方方地直视我的眼，目光平和，表情镇定，仿佛认识我很久了。我倒诧异起来，班长笑着说，这个小姑娘以后就跟你了，她点名要跟你啊。我上上下下打量着她：干净的短发，脸上透着聪明人才会有的“凡事可以心照不宣的默契感”，鼻翼两边有淡淡的小雀斑，身形健壮，脚下穿着高帮的绝缘靴，那脚至少有 39 码大。极少有女孩子愿意干配料工，成天在料场深处，日晒雨淋，夏日炙烤，冬天阴冷，避无可避，灰尘大，铁腥味呛，而且还危险，天车的钩子甩出去容易砸到人。

她向我伸出了手，双眼笑成月牙状，自报家门：颜尚，取自诗句，镜中颜尚朱，庭前萱正绿。我也伸出了手，却被秘密告知：在公司厂报上读了我的许多散文，准备跟我一起学习写作。我大惊，关于我的写作，在料场是无人知晓的，她是如何找到这里来的？我把食指放唇边作了一个嘘的手势，示意她不要声张。突然地感动起来，在那样的环境里，因为文学，居然有人追过来要跟我一起写作。我灰色的天空，灰色的青春，无人应和的孤独，无聊而单调的生存现场，有一个姑娘硬生生挤进来了。

所有的配料工是公司外包的临时工。那个时候钢铁厂有一种特别恶劣的习气，它由来已久。正式工在上中班和夜班时大多外出喝酒、赌钱，活全撂给配料工做。所以，几乎所有的配料工都会开天车，甚至，他们开得比正式工还要娴熟。他们心甘情愿地揽收全部的活，毕竟勤快才能保住饭碗，如果一个天车工不要他的配料工了，可以直接跟外包公司要求换人。

根深蒂固的糟粕文化。工作的实际关系是：天车工是配料工的“主子”。除了白班，他们才是真正干活的人。配料工多是男性，他们很多人都睡了“女主子”。于是活就他一个人包了。白班，女天车工们擦着口红、踩着尖细的高跟鞋扭着腰身爬上天车。她们把一身骚气留在男人们的视线里。夜班，在十几米高空的天车驾驶室，两个人赤条条地被堵在门口是常有的事，工厂的男女关系复杂得如同蛛网。在那样一个荒凉、混沌的世界里，料场延绵起伏，一望无际，江风打着旋吹过，仿佛在呜咽。男人和女人常年一起劳作，钢铁深处的叫床声淹没在夜色里。

于是我跟颜尚这一对搭子显得很特别。我们不打牌，不打毛线，不扎堆八卦，不化妆，几乎不与他人交流。我们从来都是两个人一起在料场工作。活干完了就躲在更衣室看书或者睡觉。有人暗示我换掉她，毕竟有人帮衬会轻松很多。可是，每天的活本来就不多，真正工作时间满打满算不足三个小时，我还要如何轻松？严格来讲，配料工完全可以砍掉。至于电工班、钳工班、维修班里的临时工那更是干活的主力，他们差不多养着整个班组的正式工。那个时候，钢铁厂的管理千疮百孔，有的人名字在班组的名单里，可是多少年，都没有人见过他来上过班。空饷，挂职，留职的到处都是。人不知去向。

对于 1999 年的那场浩大的人事改革，我内心是赞许的。尽管我并不是幸存者。尽管它让千万家庭陷入困境。

颜尚只上过一次天车就会开了，而且，她开得比我稳。夜班，隔壁那条线的那对搭子在休息室与人打麻将，火车来了要卸料，他们甩给颜尚二十块钱让她去卸，颜尚就去，她后来还接了另外几条线的活。凌晨我在休息室醒来，总能看见她满面春风地拿着几十块钱，说是要请我去吃早餐。我好像，仅仅只是享受了她的这一宗好处。是她坚持。

慢慢地，颜尚有小小的短诗见报了。第一次，她兴奋地把我抱起来转圈圈，她把我箍得紧紧的，我看见她眼里有泪花花。她说红，我也要成为作家了哦。颜尚不像我，她憋不住，所以她发表诗歌的事班组的人全知道了。大家吵着让她请客，她就请。那个时候，我其实在骨子里是看不上她的，她那浅显的小诗，有一点点成绩就忍不住招摇的性子，在我看来皆流于轻浮。然而，终归，这都是性格上的小毛病，大体上，颜尚的爽朗、直率里有刚正、坚硬的美好品性，她不是一个小女人。干活比我强，不到一个小时卸一车皮生铁，不用人配料能准确地用钩子钩住斗耳，吊起料斗，飞一样地转料，收仓，指哪停哪，稳当利落。有老师傅评价她的活：这要是技术比武能让她上，这丫头怕是要夺魁啊。这身手，好有板眼。（湖北话，指有能耐的意思。）

她常把我散文中的某些句子摘抄在一个贴身的小本子上。现在想来，颜尚当初做的那些傻事真让人哭笑不得啊，在我们钢铁厂的报纸上，据说有一个女作家跟我旗鼓相当，有一回，她听见有人说那女人比我写得好，颜尚就跟人家急了，还争得面红耳赤。我说话，她大体是听的。

不久，我听说钳工班有个小伙子在追他。正式工，大专毕业，父亲是供应车间的副主任，家庭条件不错。只是人略略矮了些，看上去跟颜尚一样高。颜尚从未在我面前提过这件事，我也不好多问。然而有一天，这小伙子找上我，希望我去跟颜尚说道说道。而那一次对话让我终生难忘。

条件好是什么意思？你是说，我这临时工能被一个正式工看上是我的福分喽?

我们不杠吧，你现实一点行不行?

红，我以为，在你的认知里，两个人在一起的唯一理由只能是因为爱情。

我怔住了。

这样的常识我竟需要颜尚来提醒我。长久以来，身处这人情的荒漠，这世俗的场，这贫乏而又荒谬的现世，我以为我守住了那份灵魂的洁净与安宁。我以为，我与众不同，我自视清高，不与人交际，缩进内心的壳里，将自我深深掩埋。我竟不知，我早已被可悲的价值观浸透，全然不觉已成了其中的一部分。我颤抖了一下。颜尚才是真正保存自我完好的那个人。最初的那个人。

我上前一把捉住她的手，连连跟她道歉，是我错了。是我俗。羞愧涌上心头，我居然还在心里瞧不起她。

二

自行车驶过料场的过道。耳旁传来休息室麻将洗牌的哗哗声。抬眼，天车向天空伸出长长的手臂，那么寂寞，那么萧索。无人的料场，除了风，一片寂静。乙炔烧切班、光谱分选班的工人刚刚从料场收工，几缕青烟笔直地从腹地往上溢，还有几处未灭的明火在闪烁。浓烈的铁腥气灌进肺叶，轻微的眩晕感。黑色的尘粒覆盖一切。这是白班下班、中班接班的时刻，工人三三两两，趿着拖鞋，提着塑料桶去职工浴室洗澡。我迎面与人一一点头招呼。眼前的景，跟我的心一样荒芜。生命仿佛在此静止，仅留一个可以呼吸的口，在微弱地喘息。我是真的要这里待一辈子吗？我快要撑不下去了。

换好工装，正准备上车去收仓、装斗。火车的轰鸣由远及近，扳道工即将将车皮停划归线。出更衣室的门碰到隔壁线上的天车师傅找上来，红，你快去看，你们颜尚打人了。

在那样一个环境里，因为颜尚的从属关系被自动认成是从属于我，所以，有关她的一切，都要我出面调停。可是，我本是一个远遁于他们的世界，与之毫无交集的人。我的懦弱、逃避，和对处理世事的无能让我真切地感受到这一关系实在是一种累赘。她为什么总是惹祸。上次帮人干活人家少给了二十块钱，她把人家自行车后胎给扎了。

污浊的休息室，浓度呛人的二手烟，一地的狼藉，满桌啤酒瓶子和熟食、卤煮的残炙。而我看到的是，我们颜尚被人打了，倒在地上。一个女孩子被男人当众打了，众人围观。悲愤一下子攫住我，双眼起雾，我的手开始发抖，脚站立不稳。一屋子的人，有男有女，竟无人将地上的颜尚扶起来。倒在地上的颜尚嘴角有血，她无力地看了我一眼，叫了一声，红……想到我从来都没能好好保护她，想到她一个小姑娘只身在外打零工被人欺负成这样，想到我自己，这槁木死灰的生命，这毫无希望毫无亮色的青春，这令人窒息的场，这铁与灰的世界，这肮脏、恶劣而又无聊的泥潭，这无边无际年复一年日复一日的寂寞……

我终于疯了。

根本不想去问个中缘由。直接拿起一个啤酒瓶子狠狠摔在地上，而后我又蹬翻桌子，从墙角抽出大竹帚一顿挥舞，来呀，王八蛋，来打呀，我逢人就打，乱打乱扑，嘴里叫嚣着，不要命的就打啊。人皆往外逃，一时间，鸡飞狗跳，我追着人打，披头散发、声嘶力竭地号叫，最后，我的肩膀被一双有力的手钳住，动弹不了，我不依不饶，死命往外挣，对方一松手，我一头栽在地上，身体紧贴着地面，一瞬间，长久蓄在身体的一万吨愤怒涌到胸口。我号啕不已，用尽全身的力气倾泄所有的悲伤，那郁积心中已久的愁绪，还有对命运的深深绝望。我如此可悲，维护尊严的利器，竟是女人自身的弱，用伤害自己的方式。

果然惊动了车间，打人的家伙被辞退了。一时间，人们从我身边走过都不敢正视我的脸：这疯女人指不定什么时候会突然爆发出来咬人呢。

颜尚显然也是被吓坏了。她万万没有想到平常一声不响的文静人居然会这么可怕。但她似乎面有愧色。毕竟是因为她，我才做出失格的疯狂举动。终于弄清了事情的原委：原来那帮喝酒的男人见颜尚过来接班，调笑说，小姑娘，能不能跟你调换一下，让我去侍奉你们红姑娘啊？一阵哄堂的浪笑，紧接着，他们开始公然对我身体的一些具体部位进行语言猥亵和意淫，——言辞无比下流……颜尚哪里能忍，她扬起手，一个重重的耳光打在那男人的脸上，随后，男人起身反抽了她一个，再用那双穿着厚底绝缘靴的脚狠命一踹，颜尚就倒地上了。

在料场，似乎每一个年轻女人都逃不过男人的视奸。她们身上的任何一个部位仿佛都是透明的，无法隐藏，他们皆尽收眼底。乳房、屁股、胯，包括最隐秘的部位。我时常能感受到如芒在背，听到猥琐的窃窃私语。等火车来料的时光是漫长的，每天都有好几个小时，女人们打着毛线，也混在其中添油加醋，那种低俗的恶意混着无聊的爆笑不绝于耳。职工浴室是肉体展示的陈列馆，我的身体，毫无例外地，成为他们可耻的谈资。当然，主要还缘于我性格的高冷，和不屑与他们为伍的姿态激起的某种征服欲。

这一点，我跟颜尚从来就没有交流过。我想，我们彼此都有各自的秘密。无法说出。无法分享自身的耻辱。可是，那是怎样的噩梦啊。我相信，颜尚来自这方面的骚扰与伤害一定不会少，在她眼里，红，是一个让她尊敬的作家姐姐。是云端上的人，来自于文明的世界。她因我而来，来到只有男人工作的配料班，她以为寻到了乌有乡，却发现我困在这污浊、肮脏的泥潭里。最终我们都困在这可怕的泥潭里。

可是有了颜尚的陪伴，我的脸分明是多了太多的笑意啊。她是我在此处唯一的光。我们是彼此照见的人。那个时候，她的工资少，我偷偷往她的饭盒里塞红烧肉，让她共用我的卫生巾，我还把饭卡留给她。（临时工没有饭卡。）

我如何能告诉她，我曾经被一个死变态堵在料仓的腹地，被迫看了他那丑陋的器官，那无耻的淫笑将是我终生的噩梦……

沉默。忍耐。每一天的煎熬。生命的至暗时刻。当你想要赢回尊严，却发现自己必须先暴于耻辱的焦点中。这是我难以跨越的人格障碍，我如此懦弱却又如此清高，伤了里子我会慢慢去自愈，如果丢了面子，等待我的，只能是社会性死亡。如此不堪的我，如何保护得了颜尚？那个时候，我认为用文字谋生是不可想象的。而对于去谋另一种活法，放弃稳当的铁饭碗，哪怕只是稍稍说出这个念想，那将面临的是家人的公开处刑。那是一个真正的怪物和疯子。

我跟颜尚说，这儿不是缪斯眷顾的地方。毕竟她是因为文学这种荒谬的理由才来到这里的。反正是打零工，她可以有更多的选择。然而颜尚却告诉我，如果离开这里，那么在她的世界里，将没有一个人可以跟她说起文学，时间一久，她害怕自己会彻底放弃对文学最后的眷顾……后面的话，她没有说完就可怜巴巴地看着我。我其实很想告诉她，文学它并不存在于有作家的地方，甚至它可以不需要交流。不，我更想告诉她，颜尚，你在这方面的天赋实在是——太有限了。

好像，真正想说的话其实一句也不能说出。如果她真的离开，于我，那更是一种掏空吧。身边的那个位子突然就没人了，它空了出来。起先，我会无意识地用眼睛四处寻找她，还会脱口叫她的名字，颜尚，打饭啦，颜尚，去看一下车皮归线了没有。颜尚……回头是——空。最终留给我的只能是落寞与更深的寂寥。在这空阔的场。你去喊一个无人应的名字，那是一种难以言喻的悲伤。可能潜意识里，我并不希望颜尚离开吧。最直接的现实是，后面配给我一个陌生的配料工，将是一个什么样的男人呢？不愿意去想这个问题。

自我暗示让她离开的那一天起，颜尚几乎不让我上天车了，她揽下所有的活，看她在天上飞，把钩子甩得出神入化，还把咯咯咯的笑声从十几米高空抖落下来，我觉得她让整个灰暗的料场发光、发亮。她这样的人才是真正地享受操作，享受技术啊。看她干活，就像看她吃东西，瞬间地空盘、空碗对应着迅速地清仓和卸净的车皮，极有视觉的快感和一种对饥饿的满足感。颜尚，她是属于天车的。她比我更适合坐在那半空的驾驶室里。

她似乎意识到了什么，极少让我一个人落单。夜班，即使不让我驾驶，她也让我上车坐在她旁边。在十几米的高空，极目四野，料场像静默的海。我们可以眺望星空，畅饮这澄澈的夜。远远望去，江面上的船只走得很慢很慢，不时传来呜呜的长鸣。不远处的西塞山如同一个巨大的怪兽蹲在江中央，弓着背，仿佛随时可能站起身来。渡轮码头上的探照灯不停地旋转，照到料场这边，如同白练一般。这时颜尚会对着天空发出敞亮的啸叫，那种冲破身体、直贯云霄的啸叫，她在释放心中长久的憋闷吧。我也把头伸出窗外，江风呼呼地打在脸上，颜尚推推我，示意让我也喊上两嗓子，我笑着摇了摇头，说了一句什么却被风吹走。

这情景，在我未来的人生中竟从未有过。此刻，忆起这个片断，我得说，即使在那样一个环境里，两个女孩子的青春是那般美丽：露天钢铁料场。江边。铁轨。吊车。这冰冷的重工业背景，在我们的青春里，有嘹亮的呼喊和忧伤的诗歌，有不屈的愤怒和紧握的拳头。

那天夜班我来晚了，休息室一个人也没有，颜尚可能已去了料场。我沿着铁轨走，经过磅房背面的暗处。那里，竖着一个火车的指示灯牌，恰好是视线的盲区，突然，指示灯牌的旁边蹿出一个人来，他巨大的阴影罩向我的头顶，我惊见一个男人赤裸的下体，和一张扭曲着怪笑的脸，我发出了那声响彻了无数个梦境的尖叫。在瞳孔地震的惊厥中，那黑影在我面前摇摇晃晃地倒下了。我听见颜尚在喊我的名字。喊我多年以后不再有人叫的那个名字：红。

那声音从岁月的甬道传来。遥远，寂寥。我试图在梦中循着这个名字回来，让一个一个的场景退到起点，回溯，我一步一步倒回来，让时光一分一秒后退，让一帧一帧的往事还原，让每一张面孔清晰，让声音和光进来，让我踏破梦境抓住现实外面的那只手醒来，让我看见颜尚的脸。

此刻这张脸正对着我。颜尚用砖头砸晕了那个露阴癖的变态。她拉着我的手向有光的地方跑去。第一次，我感受到一种力量试图把我从泥潭里拉出来。在我二十多年的逃避型人格里，第一次，有人把我从壳里拉出来。临门一脚，我仿佛踢走了脚下的阴影，迈向那头的光。

我决定离开。

不久，钢铁厂面临改制，据说要减一半人以上。可怕的氛围笼罩着所有的人。人人自危。人们想尽一切办法留住岗位，钢铁厂到处上演着阴谋与算计的戏码，师徒反目，朋友背叛，钱与性的交易，黑势力横行，谣言四起。所有的临时工被清退，颜尚走的时候哭了，她的哭声里，我觉得，很大程度上是因为离开天车，离开料场，而并不完全是因为离开我。（这一点，后来被证实纯属我个人的恶意。）我安慰她说，我也快了。在那场声势浩大的历史变革中，我注定不会是一个幸存者，然而，主观上，我早已是选择放弃的人。我会将这里的一切埋葬，那生命的至暗时刻。只是颜尚这个人，我该如何安放？

她其实深深地刺痛过我。在我看来如此灰暗的青春，行尸走肉般的生命，毫无意义的每一天，冰冷的机器，空旷的钢铁料场，无聊低俗的人事。整天麻将和酒、黄色笑话、家长里短一地鸡毛，琐碎，不堪，令人窒息的孤独。而她，却过得如此喧哗、明亮，生机勃勃。在她身上，我看到一种热情，一种我从来就不具备的天生的热情。我认为这是一种能力。

三

去年，我回家乡做了一场文学讲座。主办方很早就做了推广——海报，地方微信公众号，还有各种微信群的转发，当天的现场座无虚席，我竟不知许多二十年前钢铁厂的同事也来到了现场。签名、合影，接受采访。突然，有一个手机微信码递到我面前要求加我。我一抬头，遇到一张久违的脸——颜尚，二十多年未见的颜尚。啊，我们都老了，脸上皆是岁月的痕迹。我迅速扫了码，正要说什么，却见她对我笑了笑，招招手，人已经转过身往外走。

忽然觉得眼下所有的事都不重要了。急切地想要结束手中的这一切。

一车皮的话等着我。好奇与不安，兴奋与无措，有一个叫我红的人，她知道我最初的模样。可以彻底放松，摘掉面具，素颜，真实相对。

我草草了结活动的后续。一打开手机，颜尚约我见面。地址：露天料场。江边码头。时间：晚上十二点。她把场景拉回到二十年前，她把时光衔接起来。她甚至没有问候我，仿佛，我们之间从来就没有隔着这二十年。有的人，她从来就不会给你一种疏离感。或者说，所有的客套与修辞，对我们来说都是多余的。

我如约到了那里。靠近江边，熟悉的料场近在眼前了。天车林立，车上的照明灯是开的，把料场照得如同白昼。而颜尚却在旁边的码头开坦克吊车（履带式起重机）。今晚她夜班。她依旧穿着蓝色的工作袄，脚下是厚底的绝缘靴。我们来到码头边，这是长江的枯水季，大片的白色沙滩裸在月光下，一排挖沙船泊在岸边，旁边支着几个帆布帐篷，几只马灯亮在头顶，颜尚带着我钻进了一个帐篷里。这是她简陋的休息室了。

此情此景，我兴奋得想要尖叫。夜空晴朗，江面有细浪，几乎没有风，空气凛冽，水瘦船稀，可以望见江对面的灯火。颜尚抱出几截粗壮的圆木对我说，我们烧一堆篝火。

我经常一个人在深夜烧一堆篝火，坐到凌晨。

是思考什么问题吗？

没有。只是在这种时刻，你真切地感受到一个有温度的实物在陪着你。

这话，我一时接不了，但心里仿佛被扎了一下。啊，有温度的实物。是火，却不是人。我们坐定。她熟练地架起圆木，往上淋上汽油，从底部的空心点燃纸团，火噌的一声腾起，好闻的汽油味弥漫开来，火苗开始啪啪地响。我们对视着笑了好一会。

红啊，是大作家了呀，真是没想到呢。

这话，依然不好接。我问，现在一个人过？孩子呢？

嗯，一个人过。七年前离的婚。说来奇怪，有一天，我忽然看不惯他对着电视里讲相声的周立波时发出的笑声。他笑得一抽一抽的，样子非常愚蠢。我无论如何都接受不了这个人了。它让我一瞬间觉得自己非常可怜。她顿了一下，问我，你觉这个理由荒谬吗？

不，这个理由对于离婚而言极其充分。它是一个实质性的理由。我深知这其中蕴含着两个人在审美上的巨大差异。

也只有红才会这么认为呢。所以啊，那个男人到处说我疯了。她凄怆一笑。

火烧旺了，身子暖了起来。忽然间，气氛变得有点奇怪，我有点小心翼翼，只要她没有起头的话题，我不敢先去拆开它。我看着火，火光居然有两层，芯是橙红的，外焰则是橙黄，焰尖处有细长的黑烟。时间在燃烧，我感觉到，我和颜尚之间，正要逼近最核心的话题。

沉默良久。她说，你写的书我全看了。然后她冷冷地看了我一眼，苦笑道，当年的下岗倒是成全了你。所以，你今天拥有的只是侥幸而已。我虽然最后通过技术比武夺冠留了下来，但实际上，我失去了一切。

话里有一股尖酸的恶意。但我不以为意，因为我面前的是颜尚啊，来自颜尚的所有恶意它只能是读书人君子般的意气。我笑了：这就是这些年，你不愿意见我的原因？

你成名之后，我辞去了天车的工作，把婚离了，我开始闭门写小说，着了魔一般，四处投稿，结果一篇未中。几年之后，我再读你的作品，觉得我永远写不到你那样的程度。于是来江边码头开吊车，不再写，也不想见你。剩下的人生，不过，混吃等死罢了。

这还是当年的颜尚吗？那个对着人生有着无限热情的颜尚，咯咯咯的笑声，在高空飞翔。为了我，敢对男人出拳；为了爱情，拒绝条件好的男生的追求。而今，她总结人生的失败，居然是因为文学。因为我，树立了一个糟糕的榜样。

在中国，广泛存在一种社会情结。那就是文学带给人的荣誉有一种致命的毒性。中毒的人，耗尽一生，沉溺其间，不愿回头。有多少人饭都吃不饱，不找工作在家写书，最后为了出书四处借钱，人到中年债务缠身，潦倒落魄，还坚信总会有出头的那一天。在乡村，在城镇，到处都有这样的人。

突然，颜尚拉住我，问道，你知道班宇吗？那个写《冬泳》的班宇？

我知道的。一个年轻的东北作家。他刚好写的是下岗的北方工人的故事。最几年突然爆红，有小说改编成电影。

颜尚站起身，她喃喃道，那样的小说怎么可以被班宇写出呢，它分明是属于我的。你读了他的《盘锦豹子》没有？他写的每一个人，每个场景，每个细节都是我熟悉的。下岗，生存的挣扎，离婚，被践踏的尊严，被逼到墙角，退无可退的命运，最终人以豹子之形冲破身体，以豹子的怒吼划破人生的冰面，亲人以号啕大哭相拥。书里说，以腾空的方式，在裂开的风里出世……

这本书，我反复读过。红，这本书应该是属于我的，却被这个叫班宇的人窃走。还有他写的《工人村》每一个字都是我熟悉的。没有想到，在我看来，这种熟视无睹的人和事，这种见惯的人生常态，却被他写得那么叫人痛彻心扉，问题是，我怎么就从来没有为身边这种命运的人心痛过呢？

她开始啜泣。

我站起身，想要拥抱她。可是手却僵在那里，因为震惊，也因为被深深触动。颜尚，我们都是拥有那种命运的人，我们身在其中，不觉得痛，可是，我们却是这悲痛的本身啊。

一根粗壮的圆木烧断了，它倒了下来，搭的架子瞬间垮了。有一截滚到脚边。颜尚蹲下来重新架起圆木，我看见她的脸，火光闪烁，这张因为文学依然保持纯粹的脸，在我看来，这些年，她严格地依着文学的准则而活着，道德、审美，心性，跟二十年前一样，完好如初。

而我，老实说，说到初心，却是不敢面对了。我深知此刻的我早已被某种虚荣、名利浸透。我从未想过，为什么对于苦难命运的人们，我竟也是没有痛感的。不仅如此，长久以来，面对在灾难、病毒面前死去的人，面对亲人痛哭的画面，面对他人的生离死别，我竟是毫无动容，没有了共情的能力，我的内心已然荡不起一丝风暴与热血。

有的人，即使是沉默地跟她坐在一起，那些未说的话却是相知的。

许久，颜尚说，要不要去她的坦克吊车上看看。

还是那个她。在操作室甩起钩子来得心应手，她快速打着方向盘，把船上的废钢料吊到加长的大卡车上，然后再由卡车运往料场。你信吗？她问，我来应聘坦克吊车的时候，先前从来没有开过它，可是一上车我就会了。

我当然信。

只有我一个女人开这种坦克吊车。

我还是信啊。

她让我坐上操作台，说，你来试一下，原理跟天车是一样的。我迟疑了一会，却被她推了上去。我看着磨得锃亮的方向盘，破了皮露出海绵的操作椅，按下操作键，电机瞬间轰鸣起来，稍微的震颤，时隔多年，我完全找不到当年操作的手感。大车是三百六十度旋转的，跟天车完全不同。我的双手混乱起来，毫无章法，大车疯狂旋转，钩子失控了，横着甩，我慌了，吓得尖叫，我依稀记得这样容易烧掉电机。颜尚在我身后大笑不止，突然，她俯下身捉住我的手，我感到一股清晰的力量从手心注入肢体，进而注入心脏，她温热的气息从头顶传下来掠过我的脸，那双有力的大手三下两下，把车停稳。一次奇妙而陌生的体验：惊险，伴着紧张的心跳。这是一种在你身陷险境之时，从天而降不再让你害怕不再让你独自面对的力量。我熟悉它，类似于深藏的肌肉记忆。以致我会脱口喊出那个名字，正如多年前的那一幕，我在惊厥中喊出：颜尚。我终于明白，二十多年前，有颜尚的地方，我是在安全区的。在以后的那么些年里，我再也没有遇到一个让我觉得自己是处在安全区的人。一个也没有。我怔在那里，百感交集。

最后我被称作一个笨蛋从操作椅上被踢开，我听见她大声说：你终究有一样东西是不如我的。我看着那张脸，有一种得意的挑衅成分。我不如你的东西何止是一样啊颜尚。只是，我没能说出这句话。我连连附和道：你赢了你赢了，我认输还不行吗？

颜尚见我这态度，甚觉无趣，她叹了口气。我听出这声叹息里有这样的意思：在这种东西上赢过你有什么意思呢？

又回到困扰她一生的话题，以文学的标准去论一生的成败。不，我绝不能再让它去困扰我们颜尚了。我正视她的脸，用严肃又诚恳的语气说，颜尚，告诉你一件事，这一点恐怕我跟你是一样的。无论我们怎么折腾，无论我们的人生处在什么样的低谷，或者遭遇什么样的困境，我们从来就没有慌过。就像我，在广东流浪多年，即使困顿落魄也从未真正担心生存的问题，正如你，因为文学把人生搞得乱七八糟，但最终折回来，你还会重新找到没有女人能干的技术工作。就凭这一点，我们就赢了很多人。我们是独立的，人格和精神，不依赖任何一个人。

她的眼泪流了出来。因为彼此懂得。

我们还是沉默了很久。颜尚忽然说，红，这些年你辛苦了。

我说，你也是。

四

几天后，颜尚带着女儿来见我。大学快要毕业的孩子，叫了声塞壬阿姨，不多话，只是温柔地笑。她的身子壮壮的，脸白白净净，像一枝开着的栀子花。她递给我一沓文稿，说是自己写的小说，希望阿姨多多指教。我打开一看，作者署名：颜尚。我看着眼前的两个颜尚，笑着对那做母亲的说，这一个，才真正是“镜中颜尚朱”呢。那位母亲马上正色纠正道，我们三个都是。

消　失

在郊区长大的孩子惯于等待和张望。在通往钢铁厂的煤屑路口，在面朝碧波荡漾的稻田的窗前。钢铁和水稻，潮湿的枕木，蜿蜒而不知去向的铁轨，还有那忧郁的、一望无边的菜地。它们一下子就说出了工业和农业这两个词。这是两个大词，而此刻却异常具体：钢铁和水稻。这是贯穿着一个人成长的两个关键词，它像一道咒语，箍在我们非此即彼的命运里。这样的孩子就生长在它们中间，被它们追赶、驱逐，而我们对此更多的则是眷念的纠结和一种无法舍弃的——牵挂。多少年过去了，我无数次地想起那样一个月夜，我被一种力量驱使，披着头发，赤着脚，一个人从稻田的埂边向钢铁厂奔跑。奔跑，仿佛一束秘密追光紧跟着我，它挟裹我内心的黑暗直奔澄明，血液的速度，喘息，骨子里的信念，冲破躯体。此刻，它又清晰地出现在我散漫的下午茶的时光里，出现在这松弛、疲惫、厌倦和无聊的生活场景里。这样的比照太响亮了，近乎残酷。我试图梳理这一路走来，探寻生活究竟是在什么地方拐了弯。回溯，记忆的垃圾斗被踢翻，往事潮水般涌来，这么久远了，我的双手已经够不着那一端了。悲伤袭来，月下裸足激情狂奔的少女，镜中一脸沧桑的三十四岁的女人，大段大段的岁月，它们去向不明。

还有谁会记起西塞曾经的模样？西塞，当我再一次轻轻地喊出它的名字，那些概貌轮廓的脉络，它们一寸一寸地恢复、拼合，蛇样游走并勾画呈现出来，往昔的气味也迎面扑过来，明媚，忧伤，就像一个人在眺望她的过去。村庄是寂静的，一律地红砖黑瓦平房，竹篱笆的小院子，屋前屋后皆种满了香樟，球状的树冠像一团团的云，这景象像是入了画般，散发着黏稠、浓郁的油彩气味。而那一望无际的稻田，风吹过，那满眼的、让人不知所措的浓绿，一下子将一个人彻底淹没，所有的喊叫、踢腾，所有的意志都是徒劳的。多少年后，我在南方见到了大海，这神秘的、魔性的、浩瀚无边的蓝，再次让我感知了无从逃离的绝望。水稻的身上就有这种摄人的气质，让人生畏，它能洞穿每一个人的内心。我是不敢与水稻对视的，它知道我不愿意做一个农民。

半边户这个名词慢慢淡出了我们的视野。我的父亲是钢铁厂的工人，我的母亲和我们在农村，我们家就叫作半边户。西塞是湖北黄石市的郊区，靠钢厂这头就住着很多这样的半边户家庭，母亲带着我和弟弟从江西农村来到这样一个郊区，全家挤在窄小的房子里，在钢铁和水稻的夹缝中生活。是那种两层的旧楼，没有粉刷，红砖裸在外面。一梯四户，四个公用水龙头管，底下是永远潮湿的水泥地。阴暗的楼梯间，塞满了农具等杂物，过道里停放着春燕牌自行车和一垄一垄的蜂窝煤，过道有一溜风，住户们就在那儿生炉子，呛人的煤烟像吐出的墨汁，每天都蛇样地升起。房子全是一大整间，母亲用布幔隔开，我和弟弟就睡里间了。许晓东就住我家隔壁，他家也跟我家一模一样。我们是那种早熟的孩子，在黑夜里睁着大眼睛等待，默默无语，我们的父母在我们假装睡着的时候做爱、争吵。还有艰难寒冷的冬天，丑陋的钢厂蓝制服，经母亲们改小，一年四季地穿在身上。我一直相信，一个人性格的形成都可以在童年中找到痕迹。坚忍，像大人那样，在沉默中想办法解决自己的事情，瞒着父母，我们有太多的秘密。半边户的孩子注定是相对开阔的，他们了解钢铁，了解水稻，也了解忧伤。抬眼就是著名的西塞山了，它多么像一个庞然大物从遥远的地方奔跑过来，然后跑去蹲在长江里，伸出峭壁的脸，竖在江面上。我和许晓东时常在落日的黄昏前坐在山顶，吹着风，看着江面上往来的帆船，不言不语。落日的金辉照着孤独的童年。多少年过去了，西塞完全改变了模样，唯有西塞山，它依旧桃花流水鳜鱼肥。

“要是考不上大学，你们就只能回农村种地！”这句话在我们很小的时候，父亲就唠叨上了，这个在中年就开始微微秃顶、腆着肚腩的男人自豪了一辈子。炉火烤红了他的脸和胸膛，仿佛国有企业的荣光在他身上也镀了一层似的，他咋咋呼呼的，喜欢吹牛，时常大发脾气，或者开怀大笑，他还经常摆出一副瞧不起别人的姿态：楼上顾师傅的大儿子找的对象是农村户口的，真没有出息！这个男人从未插手家务，他把他所有的忠诚和爱献给了钢厂，他那一辈的工人，大多如此。他的业余生活是多彩的，下得一手很臭的象棋，但这丝毫不影响他对它的狂热程度，只要有人陪，可以下一天一夜；要不就备好渔具，骑上他的春燕牌自行车，去野外的湖边钓鱼。因为父亲，我家具备上个世纪八十年代一个中国工人家庭的所有特征：黑白电视机，单卡录音机，自行车，瑞士机械手表。我们早餐吃着钢厂食堂的白馍，冬天在大澡堂子洗澡，傍晚拎着热水瓶去厂锅炉房打回热水，夏天拿着汽水票在钢厂福利处领回成箱成箱的橘子汽水，母亲把父亲几年积攒下来的劳保用品换成肥皂、洗发水和卫生纸。多年来，母亲一直细致地照顾父亲，小心翼翼地，头天晚上把菜炒好，装在一个小铝盒里，夹在他自行车的后座上，把他要穿的干净衣服拿出来，搭在他床边的椅背上。天一亮，父亲便一路叮叮咚咚地去上班。他的工作服的口袋里装着红的、绿的、黄的塑料菜票，五角的、两角的、五分的都有，好看极了，这种菜票在钢厂范围内可以充当货币，它可以购买钢厂商店里的任何东西。但是这样的家，由于我们的母亲，它却有着一种不同的气质。

母亲们和她们的孩子都是农村户口，城市不属于她们。她们来到这里，为的是照顾丈夫和孩子。我的母亲在钢厂看澡堂子，许晓东的母亲是钢厂清洁工。她们没有编制，是临时工。因为上班清闲，母亲们就把屋后的空地弄成了一个菜园。很小的年纪，我能准确地辨认出各类蔬菜瓜果的秧苗，知道何时栽种、何时插杖、何时打枝，并懂得打底肥、追肥的概念，我还能按说明书兑好农药的配比，能叫出几种疾病、害虫的名字。母亲太聪明了，她种的菜都水灵灵的，正如她对我的期望那样。她了解它们的脾性，我经常在菜地里，听见她一个人微笑着跟它们说着话，她抚摸着它们，竟甚于抚摸我。我依稀在她身上看到农业浪漫的田园气息，她健康的亮皮肤、结实饱满的臀和大腿、弯曲的力道和弹性，把阳光的甜都压进那水嫩而丰美的蔬菜瓜果里，这样的性感，是我在城市里读书的同学无法感知到的。母亲是相当专业的，她种的菜多得吃不完，我就提着竹篮到集市上去卖。我的秤杆翘得漂亮，口算价钱迅速而准确。这样的背景，注定我们在很小的时候就已经是个大人了，那双清澈的眼睛很早就有了一丝不易察觉的忧伤。父亲和母亲，一直以来都跟我有一种隔阂，面上生硬得很，我们不多话，就一两句，我就匆匆逃离。但我知道底下那灼人的亲情却是烫的，我仿佛是害怕被烫着而故意躲开似的。这种古怪的隔阂在父亲和母亲之间也有，我在很小的时候就感受到了。他们从未对我有过亲昵的举动，我从来都不会撒娇，甚至很少叫他们。我想我是一个独立的孩子，不要人操心，自顾自地做自己的事，然后又自顾自地长大了。

父亲粗糙些，也许没有多想，但是母亲一直为我担心着。孤独，我这里是，而父母之间也是。多少年后，我一个人去外地读书，上了车才发现牛仔裤口袋里塞着500块钱，眼泪就无声地流下来。

因为借读费太高，我们半边户的孩子在西塞读完了小学和初中。高中才进入钢厂的子弟学校。西塞是我的故乡吗？或许钢厂才是？不，它们两者都是。而对湖北黄石这个城市，我素来是陌生的，它存在于我的视野之外；至于江西农村老家，我几乎没有印象，尽管我出生在那里。也许我的一生，只要有西塞和钢厂就足够了。我的童年、少女时代，许晓东和苦贞这两个人是无法绕开的，一提起，他们的名字必然会齐刷刷出现。许晓东的父亲是电工，和我父亲是棋友。苦贞是西塞人，父母都是农民，种田，也种地。她家住在西塞山靠西边的村庄里，平房，有很多间。写到这里，我想描述一下西塞农家的风貌。我想，只要我把它们描出来，它们将永远不会消失。啊，太多的美好类似如此，比如我的西塞，我的已逝的青春岁月。

房子都是红砖的，外观干净平整。玄漆木大门，狮子鼻的铜环锁，叮当有声。一推，吱呀一声响，显出村庄的寂静来，偶尔传来一两声狗叫，便把这寂静推往季节的深处，天空也由此更加辽远。门前是青石的门槛和石凳，冰凉，光滑，总有一只懒懒的花猫趴在上面假寐。这标致性的东西，图标一样，永远刻在记忆深处了。进门就是堂屋，两边各摆着四把暗红漆靠背木椅，擦得一尘不染，卫士般队列着，却有一种森严的威仪效果。抬头看墙上挂的中堂轴，两侧有对联，画面有仙翁寿桃的，有松鹤长青的，也有花开富贵的。雕花的长条桌，放着座钟、热水瓶、大肚瓷茶壶，搪瓷托盘装着洗净的茶盅，反扣着；塑料假花，在长着耳朵的白瓷花瓶上红艳艳地开着；还有一个大大的短颈玻璃瓶，泡了药酒，小时候，我们在那里认识了海马、人参、蛤蚧、枸杞子这些古怪的东西。条桌右侧的角落里，放着主家逝去老人的黑白遗照，镜框裱着。少年时，我在很多西塞人的家里都看到这种镜框，照片中的人，老态龙钟，皮肤松弛、涣散，但唯独眼神鹰隼般凌厉，小孩子们在堂屋玩耍着，我分明能感觉到，这样的眼睛不论在哪个角度都死死地盯着你。我曾跟苦贞说，我非常害怕你祖母的遗像，她像是要把我吸进去一般。红漆，雕花，富贵中堂，阴森的黑白遗照，冷不丁座钟传来沉郁的声响，这些既隐秘又华丽的记忆都无法在现实中复活，它们已淹没在岁月的深处。苦贞的床非常古老，有粗壮的雕花圆腿，床是一个宽大的无盖匣子，她往匣子里填满稻草，然后再铺上棉絮和用米汤浆过的床单。我曾多次在她的床上睡过，梦里萦绕着稻草的清香。两个少女，在那个房间一起读了琼瑶、三毛，还有《简·爱》《安娜·卡列尼娜》《红楼梦》，还写着很嫩很嫩的诗，我们还反复听了张蔷、费翔、齐秦、王杰的歌。这些书都是我用父亲的借书证从钢厂的图书馆借到的。因为是农家，一般都会有谷仓、柴房和红薯窖。鸡舍是竹编的，搁在院子角落里，晾衣竹篙上是半干的雪里蕻菜和苦贞的花裙，还有她的布胸罩和橡皮月经带，风一吹就一搭一搭的，还有水缸、磨刀石，一蓬茂盛的栀子花，它们静静地守在小院里，显出那样单薄的寂寞来。厨房是柴火灶，两口大铁锅，做出的米饭松软、清香，苦贞的母亲腌制的咸菜，味道要比龙窟庵的尼姑腌制的还要好。厕所和猪圈是一起的，青石板的过道，两边栽种着柑橘，春天，白色的小花开满了院子，香气播撒得很远。我十四岁，苦贞和许晓东十五岁。初二，同班，两个少女的身体慢慢在变化，我和苦贞都有了初潮，面色变得好看起来，乳房硬硬地胀痛，一天大似一天，带着羞涩的欣喜，所有这些秘密，我们不知道许晓东是否清楚。

那一年的冬天，我带苦贞去钢厂的澡堂子洗澡。我们彼此看到了对方的身体，两个过早地承受了重力的年轻身体，她劈柴、翻地、担粪、割谷、插秧，我捡煤、挑铁、用板车拖菜、刷洗厚重的帆布工作服……苦贞的身体逐渐发育起来，麦色的皮肤，细密的绒毛也仿佛镀了一层光晕，结实的大腿和有力的翘臀，潜伏着惊人的爆发力，体形已有浑圆的立体质感，仿佛能破衣而出，好看的莲蓬乳房，娇嫩嫩地抖动，她削瘦的锁骨，微微地显得单薄，却有着一种正面迎接生活压力的泰然，整个身形精致得如同一只漂亮的蜥蜴，有快速的灵动感。十五岁的苦贞，大眼睛里有了少女的天然风情，唇略略突出，由于惊愕表现出一种令人不安的美。紧追其后，十六岁的我，能挑一百斤疾走一里路，十七岁，在钢厂子弟学校，班上没有一个女生掰腕能赢我，我隐隐觉得，这种力量不仅仅是生理的，它更多的是源于内心，它支撑着一个人的勇气、决绝，和一种力图改变命运的狠劲。多少年之后的一天，我试图提一桶水去阳台浇花，三楼，中途竟歇了两次，额头青筋暴涨，胳膊酸痛得厉害。我全然不知道，生活究竟在什么时候从我身上抽走了力气，抽走了铁质和盐，而把一堆苍白、柔弱、甜糯、做作且有一种虚伪优雅的皮囊扔给了我。

我真切地感受到农业这个概念就在我身上是在一次夏季的双抢上。西塞的学校，有农忙假，五月收割油菜和小麦，七月抢种抢收。应老师和同学的邀请，我和许晓东都不同程度地参与过。而七月的双抢，他们要忙足一个月。初二那年，我和许晓东应苦贞的邀请，整整一个七月，充当了她家双抢的主力。我和许晓东真正做了一个月的农民。我必须说，那一次我看见了农民清澈如水的命运，那种深藏在丰收喜悦背后的悲伤：世代都无法改变的贫穷，靠天吃饭，像牛一样，有的只是原始的、体能的较量，终其一生，直到老死。那首《悯农》的五言，我不知道，还有多少人能解其中味。贫穷，卑微的地位，苦贞觉得许晓东无论如何也不会爱上一个农民。啊，我们都是土地的背叛者。

谁见过如此壮观的场面呢？满眼的金黄，像是佛光普照，风微微地吹，浪潮的波被风传得很远很远，唰唧唧的声响此起彼伏，仿佛神的低语。稻谷静穆地立着，等待收割，那情状，让人感动得直想下跪。天空是让人窒息的钢蓝，云朵锃亮，正值盛夏，沙镰，它锋利的锯齿，凝闪着酷暑最毒的一滴阳光。我们全都穿着密实的长袖厚布衬衫，长裤卷及膝盖，跳下稻田，左手把稻，右手用沙镰尖轻轻一抹，“噌”，稻子割断了，这金属般的声响，像阳光的簧片被轻弹，坚挺而瓷实。双抢开始了。稻子不断在后退，倒下，而人，深入这盛夏的深渊。这是一场战役。

苦贞的父亲是一个身形挺拔的中年男人，宽阔的肩膀，褐红的胸膛和脸，好一口劣质的旱烟和浓酽的黑罐茶，他厚实的背脊像两块峡谷，朝两边分开，四块腹肌像波浪般，非常清晰，他话不多，偶尔一笑，无声的，两颊露出很深的法令纹，那是生活给刻下的，看上去却有一种坚毅的气质。阳光照着他满是油汗的身体，如同钢铁浇铸一般，苦贞说，她的父亲年轻时能把一头倔牛给拉趴下。我想起我那骄傲的工人父亲，他肥白的身体，头上开始秃顶了，话多、挑剔、琐碎而脾气暴躁，加了一个晚上的班，他的表情是那样痛苦，像是生了病，倒在床上呻吟不已。我有一种奇怪的偏见，一个人的体形，很大程度上体现他的精神面貌。我在很早的时候，骨子里就崇拜力量、崇拜彪悍的体格之美，我认为，拥有力量和强健体格的人是一个明亮、进取而开阔的人。挥汗如雨，炎热和高强度的劳作终于把我们三个孩子撂倒，苦贞的父亲告诫说，一开始不要用力太猛，一个月，还长着呢。我们喝着搁了盐的茶水，吃着当年的荞麦馒头，有点黑黑的，却有一种天然的甜味，很多年以后，我在法式西餐厅吃到的全麦烤面包，居然吃出了这种久违的甜味。

天空的钢蓝一直蓝蓝地烧着，我们的脸蛋、脖颈全都红红的，当弯腰挥镰已失去了前面几天的兴奋和热度，面对让人生畏的金黄，挥镰是别无选择的事情。齐头并进，巨大的噌噌声，织成一片，我们连话都不愿多说，我理解了农民的沉默。劳累，我和许晓东想退出，但始终没好意思开口，是的，面对苦贞和稻子，我们说不出口。收割完，看着堆成大山的稻子，心里突然涌起感动，那场面，很是悲壮，仿佛黄金的尸体，不断放大的光芒，在等待一场盛大的法事。喜悦，也只是在泪水背后，苦贞的父亲低声说，换不来几个钱的，换不来几个钱的。紧接着，就是插秧，就是命令，我理解这季节残酷的命令，它再度命令农民弯腰。烈日把稻田的浅水晒得发烫，锃亮的白云也倒映在水中，擦来擦去。我们默念着，每插一棵，就离结束更近一步。我突然发现苦贞的裤裆湿湿的胭黑一片，漫至屁股后面，呈醒目的枫叶状，啊，她来月经了，深蓝的布裤，映出的红是黑黑的，我跟她说了，她理都不理，继续疯狂地往田里搁秧苗，捣蒜般，一搁一顿，头都不抬。当我回望她身后微风中的秧苗，淡淡的绿意，它们每一棵都像是苦贞的笑脸，在点着头，那苦涩的味道。我紧追而上。

西塞的夜晚是静谧的，月光皎洁得可以畅饮。我们睡在露天的竹床上，仰面看天上的星星。我和许晓东去旁边大队林场偷梨，林场的狗很凶悍，看林的徐跛子嗓门特别大。啊，二十年过去了，很多人已不在人世。咬一口青梨，这清冽的甜，皮和果肉的质感，脆生生的声音，像清晨的阳光。这偷来的甜，慌乱的气质，一个浑圆的梨，在嘴边，来不及滚落，睡意已铺开，太香甜了，我依稀记得苦贞在我耳边说，很害怕在田里跟许晓东对视，很害怕遇见他的目光，红，我一定要读大学，我们都要……我不知道嘟哝着什么，梦境像涨起的潮，慢慢向黎明跌落。

也许，我还不算是一个真正的农民，我在当时无法真切体会苦贞的感受。我很晚才意识到许晓东是个男孩。这个跟我有着相同成长背景的男孩，英俊，腼腆，沉稳而不张扬，他身上没有农村孩子的自卑以及城市孩子的优越感。他天生就从容着，去世界任何一个地方都是那副样子，不会忘形，也不会沉沦，他很清醒，却总有着自己的一套，去偷梨，用一块骨头就打发了那条看林狗。一直以来，我把他当作伙伴，完全没有性别意识。我们家都是半边户，很小的时候，我和许晓东的意识里就有如何去弄活钱的想法。一起去集市里卖蔬菜，这个钱上交给母亲。而去西塞山捡枞树菇、砍树劈成片柴卖，这种钱就落到我们自己兜里，当然，来钱最快的还是去偷钢厂的铁卖。而所有这些，他都带上我。许晓东，跟我一起在西塞长大的男孩，手拉手的童年，他很小就是一个男人了，他懂得承担。我在多年之后才感受到的。“红，我们是不可能成为农民的，你放心吧！”我们坐在西塞山山巅，望着滔滔江水，他跟我说，我们都不会成为农民。那个时候，他不知道，红连工人都不想做。那么熟悉的人，却有彼此不为人知的想法。那么深的寂寞啊。

钢厂运铁的平板火车每天都会经过我们家的菜地，它呼啸而来，长长地悲鸣着，我们忧伤的童年，永远有火车开过的背景。十一二岁，许晓东就能三下两下爬上火车，以我的野性和矫健，却一直没能学会这个本事。他攀上钢铁料斗，在押车人未发现之前，快速地往下面扔铁块，由于总想多扔点，难免会被押车的发现，那人瞪圆了眼，疯狂地吹口中的哨子，挥舞着手中的三角旗并一路奔跑追过来，许晓东纵身跳下火车，朝我跑过来，我见那人没有追过来，摆手叫他别跑了。啊，那个时候，他仰着脸对着天空喘气，天空真蓝啊，空气清冽，我们兴奋地收获着战利品，盘算着可以换到多少钱。但有时运气却不那么好，有一次押车人也跟着跳下火车，他们有两个人，许晓东朝着另一个方向跳的，所以我没有暴露，他被他们追上了，被打得遍体鳞伤，我的少年吭都没吭一声，只跟我说了一句：统一口径，回家就说是跟同学打架打的。那些年，我们用这钱买了书，给弟弟妹妹们零花，偶尔也贴家补，买了磁带，买了牛仔裤和衬衣，还买了带耳机的单放机。

在西塞的中学里，我和他的成绩一直领先，因为成绩，我们后来双双被钢厂子弟学校录取，没有花家里一分钱。

友谊也无法抑制成长的寂寞。苦贞在男女之事上比我早熟。“我的终身一定会误在他身上。”她常跟我这样说，她知道只有考大学才可以改变命运，实际上，我和许晓东也唯有如此。初三上学期，苦贞的父亲在采石场被火药炸死了，我不能相信这样的男人也会死去。这晴天霹雳般的噩耗一下子改变了她的命运，家里有两个弟弟和一个妹妹，一根强劲有力的顶梁柱被抽走，一个家就这样瘫了。苦贞要辍学，我们最后一次见面是在一个初冬的傍晚，我和许晓东的意见是，无论如何要挨到初中毕业，钱的事情，我们大家一起想办法。但是她下定了决心，而且再也不愿意见我们。是那样一个傍晚，落日照着她家的小院，慢慢收回余光，像是在慢慢告别。我们的话不多，心里炙炙地痛着。我明白，苦贞想把有关先前那种命运的所有信息全部切断，了断自己的妄念，而把自己关进另一个世界的深水里，我的在稻田里被经血染黑裤子的少女，她性格的刚毅，她身上潜伏着惊人的爆发力，她尖削的锁骨，所有这些将不再浪漫，友谊，诗歌，爱情，音乐，将从她的生活中彻底抽走，她要承担的将是另一种东西。我想起她写给许晓东的一首小诗，只记得其中一节：

来生，我愿做你体内一枚小小的骨头
如果你情有别钟
我就使你隐隐作痛

对于初恋，苦贞其实早早就让它寂灭了，而现在，她要将她的一生也这样寂灭。那年冬天可真长啊，去学校上学，我要经过成片成片的野塘子，窄窄的埂子路，两边都是。冬天，出门时天色还是微微亮，我穿着母亲给我做的黑灯芯绒“贝壳”棉鞋，轻快地往学校飞奔。每每，到野塘子处，我的脚步就会惊飞细腿长嘴的鸟，一只，或是几只，忽地从我身边蹿出，飞向塘中央。一搅动，浓腥的湖水的气味扑面而来，接着，我便闻到了这死荷风干的药香。死荷。荷的尸体，我看见死荷低头浸入水中，它的腐质与水相融，水色微微地昏绿，腐质就沉在荷叶上。时间长久地停在那里，无人惊扰。那样的野塘子，除了风，没有人知道它所发生的一切。我突然看见苦贞在前面的塘子里挖藕，这么早，这么冷的天，她放干了塘水，穿着水衣在泥沼里挥动锹，把干枯的荷叶铲断。挖藕是一项很重的体力活，男人都不愿意干。她的棉衣、鞋袜都放在岸边，新翻出的淤泥发出阵阵腐臭。她一定看见我走过来了，但她一直低着头，挥着锹。我从她面前走过去了，没有问候她。我没法问候她。

那个时候，我迷上了诗歌这种东西，迷上了舒婷、北岛。我的世界变得很大很大，我沉迷在波德莱尔、兰波、里尔克、艾略特、西尔维娅、荻金森们的世界里，我了解这个国家出现了莽汉一族，出现了“非非”，出现了《今天》《他们》，还出现了我一直喜欢着的翟永明。坐在西塞山山顶，放下手中的书，俯瞰着西塞，钢厂耸起的大烟囱还有寂静的村庄和我们半边户破旧的居民房，火车隆隆地开过，那背影充满忧伤。啊，多年后，它们无数次出现在一个叫塞壬的女人的梦境里，这让她在漂泊生涯中一直深爱的容颜，连同她的名字红，连同那段岁月，物是、人非全都一去不返，了无痕迹。而那时，我常打量着自己的生活：卑微，贫乏，无聊，被孤独浸透。我再打量我的父亲和母亲，可怜的父亲，一生只为是一名国有企业工人而骄傲着。母亲，悲伤的母亲，生活的难，让她掏空了身子，她睁着清癯的大眼睛，担心着我，这个从小就有太多秘密的孩子。我在诗中看到别处的光亮，那光亮的口子越来越大，它照亮了我的内心，点燃了眼中的灯盏。我的双肩仿佛要生出翅膀，全身涌动着激情，凝聚着惊人的力量。那些个有月亮的夜晚，我成了《战争与和平》中的娜塔莎，抑制不住对未来憧憬的激情。寂静的田埂，蛙鸣寥寥，月光皎皎，我开始奔跑，沿田埂往钢厂方向奔跑，但塑料凉鞋带似乎断掉了，我脱掉它，裸足狂奔。我在书中看到那些诗人们在年轻时去巴黎，对，必去巴黎，在那里，他们的人生才真正开始。我也要离开这里，我的人生在别处，离开水稻，离开钢厂，我要去——啊，这让人心碎的奔跑，多少年之后，这其中的幸福与忧伤被塞壬一一擦亮。那个时候的红，多叫塞壬羡慕。

许晓东——我的一首小诗在钢厂报上发表了！我兴奋地喊着去推他的门，那是高中二年级的一个清晨，他为我开门，他只穿着内裤，那里勃起得很厉害，把内裤撑得怪异极了，阳光照着他赤裸的身体，高大、修伟，一个男人，一个完美、有力的男人体呈现在我面前，太陌生了，陌生得让人吃惊，惊讶，害羞，慌乱，我扭头就跑开了。我们的身体各自长大了，我们相互藏着身体的秘密，竟毫无知觉。我和许晓东会发生什么呢，两个如此熟悉却又如此陌生的人，这么些年，无论去哪，他都拖拽着我。我中暑了，倒在田边，他背着我一路奔到钢厂门诊部，他悄悄往我的菜盒里装红烧肉，替我整理课堂笔记，为我跟男生打架……生活把我们彼此嵌入对方的内心，而且入了骨，牢牢地，两个孩子就这样长大，爱是什么呢，像我们这种成长背景的孩子，要把爱字说出口，是那样地难。

红，别走，我想当着你的面做这个，求你别走……我看着他痛苦的表情，是那样难受，而我在慌乱中不知所措。手淫，他要当着我的面手淫，我看见他猩红的阳具，胀得很大，像是发怒般地支着。“只一会，很快就好了”，恐惧、慌乱和羞愤攫住了我，一个念头牢牢地映入脑中：许晓东变坏了。我转身就跑，身后传来他绝望的喊叫，那喊叫，那情形，至今历历在目。那个秋天的傍晚，在西塞山，我和我的许晓东就这样完了，终结得如此简单。我伤害了他。几年后，我读了村上春树的《挪威的森林》，里面居然也有类似的情节，只是，我做得太差劲了。很对不起，许晓东哥哥，那个时候的红，她不懂一个男人的寂寞，不懂一个男人内心深处的悲伤，还有什么事情比一个男人独自手淫更凄凉的？

大学实习安排在钢厂报纸的编辑部，应该说，我在钢厂的氛围中长大，但对钢铁的理解却非常肤浅。当我跟着老记者下车间，那致密的，猩热的炼钢车间如铜墙铁壁，压倒所有人的意志，我想起了那一望无边的稻谷，那让人无从逃离的金黄，它们居然有相同的气质，令人生畏，唯有服从。巨大的马达声淹没了一切，车间时常泛着浓浓的机油味、钢铁味、汗味，混着马达声、钢铁撞击声、车床声、电机声和锻锤声一一展现在我这个年轻女孩的眼里。钢铁并不是具体的一个实物，而是一个存在，它包围着你，渗透你所有的生活。心高气傲的女孩子，把实习当成浪漫的人生体验，更没把“没有才华”的老记者放在眼里，在每一个车间，那位老记者跟工人们都很熟悉，招手，递烟，寒暄，他们尊重他，或者说，他们尊重劳动。这里面有一股朴实的真诚。“小红啊，你要了解炼钢的整个工艺，了解工人们的内心情感才能写出好稿子”，我已交了几篇新闻稿，却被他批为漏洞百出。他看出我并没有完全俯下身来贴近钢厂，眼毒的老家伙！我注意到，他走在车间里，脚上如果踢到废铁，会习惯性地捡起，随手扔进料仓，看到没有关好的水龙头，会赶上去拧紧，这些细节，我立即想到了我的父亲，他在他们车间也是这样，我突然感觉到，整个钢厂的气氛有一种特别熟悉的亲切，我会遇到很多像我父亲那样的人，许晓东的父亲，那个老电工，楼上的顾师傅，搞化验的，他们就像家里人一样。老记者藐了我一眼，说了一句重要的话，如果钢厂都不能让你激发诗情，那其他的地方也未必会有……

实习初期，我的自尊大大受挫，慢慢地，我不由自主地贴近了我的钢厂。钢厂有比较成熟的文学艺术门类，有才华的人非常多，但是，钢铁的气质却吸引了我，我相信，太多着迷于文学、绘画、舞蹈等艺术类别的人被钢铁吸引。“向成本要效益”“全员挖潜增效，奋战最后一季度”“把好质量关，出好每一炉钢”……这些红色标语张贴在各车间的墙上，只要身处车间，我都能听见它们振聋发聩的喊叫。我感到钢厂有一种场，有一种力量，这种力量并不是报纸电视上天天说的，这个季度比上个季度产量增长百分之几，完成全年计划的百分之几，在我国航天领域上，我厂 ××× 钢被派上了何种用场，省领导 ××× 来我厂调研……诸如此类空泛的陈词滥调，这种力量在于，每一个个体，为了炼出钢这么个事儿，从不同角度使劲的过程，并从中获得快乐的过程，非常实在、具体，荣誉是别人的事情，遥远得可以不管，唯有工作和生活才是自己的。这个场，也围绕着工资奖金劳保福利、围绕着女人，围绕着生活的种种八卦，工友的老婆是可以调戏的，厂长是可以开涮的，车间主任办公室是可以拍桌子的，扣奖金是绝对要计较的……钢厂，应该跟任何地方一样，是鲜活生活的场，散发着原生的、旺盛的活力。我理解了钢铁带给我的关于平凡人生应该拥有的那种生活，并不卑微，无须伟大，却泛着健康、自然的人生底色。钢铁，它跟水稻还是不同，水稻太敏感了，钢铁根本不在乎我是否愿意成为一个工人。它的魅力就在这里。

我再一次打量我的父亲，这个快退休的中年男人，他一生所有的快乐和幸福都与钢厂有关，我理解了他一生中的那点小骄傲，那种优越感，契合了作为一个钢厂工人身上特有的痞气、狭隘、粗粝但却心地纯良、明亮的大方品性。他得知我决定留在钢厂，兴奋得逢人就说，而我的眼睛闪出久违的泪花花。

多少年过去了，苦贞啊许晓东啊，西塞啊钢厂啊，他们跟太多的事物一样，全都不知去向。我下岗只身来到南方，漂泊，终于堕落成一个舞文弄墨的人，一个不再叫红，却叫塞壬的女人。而我有一只耳朵却异常灵敏地捕捉关于西塞和钢厂的种种消息，然后又费力地去绕开它们，啊，我的脆弱。西塞和钢厂已不再是过去的模样，半边户消失了，我们的房子早已拆迁，现在都住在城市，一楼是商铺，二楼是我们的住宅，我们的孩子从小迷恋电子游戏，他们全然不懂水稻和钢铁的意义，也许他们也不需要懂。出门，是车水马龙的城市街道，它把一个人的成长遮蔽得严严实实，没有一丝痕迹。诗歌，我丢失了多年，我的生活不需要抒情。而在电脑前写就残章散句的黑夜里，我努力保持着水稻和钢铁的姿势，在南方逼仄的生存的场里，在为了五斗米折腰的生存境况里，我疲于奔命。关于理想，关于我们口中曾热烈传播着的理想，我们不曾提起已有很多年。

托养所手记

手机响了，我一接，是一个怯怯的、迟疑的女声：老师，我好挂住你咯（广东话：我好想念你）——是残疾人托养所智障部的孩子打来的，电话里就感觉到粗重的呼吸。我抬头看墙上的挂钟，晚上八点多，这个时候他们应该刚刚吃了药，我在电话里对她说，乖不乖啊，吃药没有啊。那边连连说，食左啦，食左啦，老师几时返啊。（吃过药了，老师什么时候回来啊。）我沉默着，不知道说什么好。那边的嘈杂声传过来，啊，都争着抢着要跟我说话呢，闹了一会，不知谁把电话挂断了。

我从残疾人托养所回来已有一个星期了，有好几个晚上，孩子们给我打电话，都会问到我几时回去。我似乎很难搪塞这个问题，我无法确定会再次回到那里。对智障的孩子们说谎，太残忍。我只能沉默着。一个问题始终纠缠着我，我是否真的有必要把这段经历写出来，不，我应该把它保持在秘密里。我深信。它们一旦付诸文字，就会有令人可疑的动机，这样的动机是那样具有某种明显的公共性，它的遮蔽性太大了，甚至是，它根本偏离了我所想要表达的。看吧，它有多愚蠢：为了唤起人们对残疾人足够的关注，献出更多的爱……在过去的很多次关于写作的思考中，我认为文字不是为了解释世界，而是一个人通向世界的秘密进程，并在这个进程中去呈现真实的自己。这段经历尤其如此。悲悯，爱，在此时都是极富优越感的词，它来自于强者的言说姿态，我耻于提及。然而，某种内心的期许又不时地撞击我，我知道它是什么，但无法准确地说出它。面对电话里孩子们的提问，毫无疑问地，我已不愿意再回到那里。从那一刻起——

电梯突然断电，它急促地停止降落，卡在三层，灯灭了，一片漆黑，我带着孩子们准备下一楼的操场去活动。我吓得一身冷汗，手足无措，按铃，它发出可怕的巨响，一个人慌作一团，脑子一片空白，我怕得要死，只得紧紧地拥着孩子们，把他们紧紧地抱着，低着头，我能感觉到两腿在发抖。保安从外面强行扒开门，光亮照进来，我这才看清周遭：孩子们安静地站在我身边，羊群一般温顺，像是什么事都没有发生过，他们澄澈的眼睛看着我，没有一丝恐惧。危险是什么，死亡又是什么，在那样的干净的眼睛里，你找不到答案。他们很乖地站在那里，天使般地，被我拥成一团，默默地等待着将要发生的一切。威胁是无效的，他们不害怕这世间的任何东西，包括死亡。我在那一瞬间感受到了自身的弱、猥琐，还有难以启齿的羞愧。这样的羞愧不断地发生在以后的日子中。在我离开残疾人托养所的这段时光里，我总是试图摆脱关于这羞愧情绪的困扰，我想出一堆自我辩解的理由。啊，上天更应该怜悯我。我是那么不堪，那么可笑。

我真不愿意说出，我是以作家的身份被安排在这里体验生活。这个感觉太糟糕了，近乎可耻。我太像是一个猎人，潜伏在孩子们之中，来捕获他们的一切——最隐秘的一切。包括满足好奇心，猎奇，想尽办法引诱他们说出或者做出。享受这种另类体验，拿着相机在他们宿舍一阵猛拍，然后想象着这些图片发到网上将引起的的震撼。孩子们毫不知情，在我面前，他们清澈如水，包括皮肤、毛发、脏器以及他们裸呈的命运。在最初的意愿里，我居然恶毒地希望看到，工作人员是如何虐待这些残疾人的，托养所是如何克扣了孩子们的口食，他们的父母及亲人是如何地冷血，对他们的生死不闻不问……似乎是，越是残酷，各种关系越是激烈和尖锐，就越利于我写出好的文章来。我以揭发、爆光的心态来到这里，满怀着恶意。应该说，我最终的感受并不如我先前想象的那样简单，以至于，在后来的事件中，在表述上，我都难以实现一语中的的效果。

托养所行政办的林小姐给我安排好了宿舍，我跟三个女孩子住在一个大的套间里，大概她们被告知有个作家要住进来，所以在相处的二十几天时间里，我得到了她们有着距离感的尊敬和礼遇。跟她们聊天，她们说的尽是一些关于托养所相关荣誉、相关职能方面的信息。不用说，她们被叮嘱过了，口径惊人地统一。我反而从她们那里得知，托养所的领导希望我能写一篇溢美之词的报告文学。算计和反算计，最初就开始了。托养所是残联的下属单位，配套的硬件设施都非常好，学员宿舍、餐厅、健身房、阅览室、电脑室都很齐备，操场上铺着环形橡胶跑道，围起来的院墙里，栽满了四季桂和玉兰，此时它们正开着，浓郁的香气蒸在空气里，散都散不掉……墙上的宣传栏上，有中国残联主席张海迪跟学员们的合影。在短短的二十几天里，我看到几拨来自省里、市里的参观团莅临这里指导工作，这些人免不了要亲切握手、合影，语重心长地问东问西，然后满意地离去。

一、智障部

那孩子十九岁了，然而看上去才十四五的样子，她长着一张处女的圆脸，她惊恐的大眼睛莫名其妙地打动了我，她的瞳孔异常地黑，仿佛吸收了摄进去的光亮。靠近她，她很重的鼻息，濡湿的唇，嘟着，上面长着清晰的黑绒须，她就那样惊恐地看着我，像个不出声的小动物。我把手伸向她，她的身体往后缩紧了一下，垂下眼睑，我看到一弧漂亮的黑睫毛。

“她非常害羞，怕生人”，智障部的教导员小姐告诉我，然后她鼓励那孩子，叫她跟我这个新来的老师问好，我看着她，她的头一直没抬起来。随后，教导员小姐把我领到走廊，看着智障部，三个班，五十几个孩子，年龄从十四岁到二十二岁，走廊两端的门锁死，一整天孩子们就在教室里，或者游走在走廊间。我翻着花名册，男孩子，他们叫着振轩、嘉豪、伟康这类阳刚而响亮的名字，女孩们的名字则一律地琼瑶化，文艺得很，可仪、紫菡、洁如，看着这样的名字，我就想着他们的父母对他们那最初的期盼，多么美好，男孩，大概希望他们长大了去干一番男人的事业，博取功名利禄；女孩子们，则都要长成知书达理的淑女，美丽，温婉。然而……他们最后却把孩子们送到了这里。因为绝望。

课程类似于学前班，唱儿歌，辨认画册上的小动物，玩拼图，玩击鼓传花的游戏。虽然他们基本成年，但智商依然停留在五六岁的孩子阶段，要靠哄。他们很快就跟我熟悉了，我被获准可以跟他们中的任何一个单独聊天，在此之前，我并没有接触过智障的孩子，他们之中，仅有四到五个，一望便知是异常，体形痴肥，或口歪，或眼斜，流着口水，大部分的孩子看上去干净、体面，与常人无异。那个害羞的女孩叫洁如，读过小学，能认很多字。第三天，她就黏着我了，像一摊泥那样搂着我，用她的下巴尖抵在我的肩膀上，我唯一觉得她不对劲的是，她有时会满脸凶相，一个人爆着广东粗口：扑街！（意为混蛋）这让我疑惑了很久。年轻的教导员李小姐笑着对我说，塞老师，你跟洁如太亲密了，孩子们会吃醋的。

我疑心自己对他们的热情仅来自于一种新鲜感和好奇，一时间，我甚至忘了来到这里的目的。在跟教导员们的交往中，我发现她们的耐性、关切只是出于工作职责方面的范畴，却不见来自于私心，她们给出的，是那样精确，一分不多，一分不少，且人人平等。我这么说，大概是因为我只是短暂地待在这里。而她们，是要待在这里几十年的。她们从来不跟孩子们进行内心的交流，不，她们认为这些孩子根本没有心，所有的努力都是徒劳的。只要一下课，在饭堂，在宿舍，她们的话题从来就没有提及工作，提及某个学员，仿佛那是属于另一个世界的事情。啊，我是不是太矫情了，在工作时间内，恪尽职守，不就足够了吗？

“早上阿豪对我笑了，他这应该是在问候我，”我兴奋地对教导员李小姐说，“他现在很有礼貌，有进步呢。”

“不，塞老师您不久就会发现，他的笑只是肌肉的痉挛而已，纯物理性的，他没有意识。”听到她这样冷酷地纠正，我心里生出莫名的反感。潜意识里，也许她们是在指责我：你是在表现，短短几天里，你就让孩子们都喜欢上你了吗？或者是认为我太可笑了，难道你还指望谁谁可以彻底康复吗？

但是，我如何能相信，那一双双清澈的眼睛是没有心的？坐在色彩鲜艳的卡通木凳上，我教他们叠纸鹤，他们围着我，那么多话，叽叽喳喳个不停，都吵着要我看他们叠得对不对。他们怎么可能是没有心的呢？洁如忽然在休息间里跟我说，再过五年，她就要从这里毕业，然后去香港工作。我认真地点点头，她又跟我说，我现在很想恋爱。

这根本不像一个智障者能说的话，她的话总会让我产生幻觉，我从未觉得她跟我们有什么不同。我轻声地问她，你想恋爱吗？她沉默不语。我看着她，生怕错过她的每一个表情。那边教室里的音乐响起来，她跟我说，我要去跳舞了。

智障部有十几个孩子对音乐有着天然的敏感，只要音乐声起，他们就会各自起舞，节奏感很好，拍子也押得准，因为父母早就发现了他们这一点，在他们年纪小的时候，都进行过舞蹈训练。我看着跳着舞的洁如，她的身体发育得很好，胸不大，但明显地隆起，腰腹有柔软的弧度，手臂像摆动的枝条，俯仰间，舞态有仙姿。她踩着细碎的步子，在快速地旋转，我怎么能相信，这样的一具充满灵性的身体是没有心的呢？这样的身体，只要触碰它，它都会有隐秘的回应。我想起教导员小姐跟我说过，切不可在洁如面前提起她的父亲。具体的情况，她让我去找洁如的心理辅导老师梁生。

这位梁生不到三十岁，理着精干的平头，说话慢条斯理，很重的鼻音，有点傲慢，他摊开手，一副你随便问的样子，仿佛这里所有的孩子他都了如指掌。我看着他的办公室，三面靠墙都摆放着资料柜，隔着玻璃，我看见排得整齐的黑色文件匣，一层层地竖在那里，白色的标签纸上写着孩子们的名字，赫然醒目，一个孩子装一个匣子，那里面封着他们的资料——他们的灵魂。我怎么看，都觉得有一股阴森森的气味来，申洁如，找到了，他迅速地抽出它，把它递到我面前。

我一下子幻灭了。如果说，我是满怀着曝光这样的恶意来到此地，不，这种说法只是表面上的一种潇洒的自我嘲解，骨子里，我是那样热切地期盼他们正一步一步走向康复，或者正朝着这个方向努力。而且，我将见证着，我将陪着他们走过一段走向康复的时光。我从未怀疑过这一点，正如我不断质疑的，这些孩子怎么可能会没有心呢？申洁如，一级智障，二级精神分裂，伴有自闭、癫痫……明白了，教导员们是真正地在嘲笑我——我徒劳的热情，我种种无效的试探、引导，我带来的，开发他们兴趣的各种有意思的小课件，所有的这一切，都将是无效的。我根本就没有理由去指责谁没有对他们倾注足够的——我说不出来。

“她是不是跟你说，她想恋爱啊？”梁生的话忽然从我头顶飘下来，我猛一抬头，他继而用全知全能的口气说道，她这种症状叫作“钟情妄想”，现在是五月，三四月份春天的时候比现在严重多了，她陷入这样的幻觉中，总是认为某个男子喜欢她。她发作的时候，看到帅一点的男生，就跑过去，要人家跟她谈恋爱……不知道为什么，我很不喜欢这个梁生，不喜欢他跟我说的这一切。还有他的表情，有一种自以为掌握了真相，然后享受独家发布权的得意。有点奸奸的。我知道，我的情绪让我偏离了客观判断，但忍着没有对他发火，我这是怎么啦？

以梁生的话说，这里的孩子都是重度残疾，除了智障，都伴有不同程度的精神分裂症。他们全都坏掉了，而且坏得万劫不复。我慢慢走到篮球场，此时这里一个人也没有，空荡荡的，隔着距离，我开始打量这座八层的大楼，此时，我看着它，它多么像一座——这里关着的近两百多个活着的死人。他们吃得很好，住得也很好，他们只是活着。家属资源部的工作人员曾告诉我，申请来托养所的家庭排着长长的队，还有太多的孩子源源不断地要送到这里。他们，全都是回不去的。他们的父母亲把他们送到这里就意味着……放弃。

洁如依然是一如既往地黏着我，说她跟妈咪通过电话了，药物控制着她，她看上去没有异常，我仔细端详着她的脸，像不认识她那样，我寻思着，这么漂亮的女孩子，当她痴痴地跟一个男子说，她想要跟他恋爱，谁能抗拒呢，她这么反复地说着，梦幻般地痴痴絮语，凑近那个男人的脸，喃喃不休地把她的少女气息喷到那个人的身上，这不正是她贞洁品格的裸露吗？人们太笃信科学的那一套了，那么冷酷，说她失心，说她处在妄想症中，说她又发病了。在我的家乡，也有这样的女孩子，人们说她们是疯子，她们披散着头发，像个野姑娘那样在村庄里游走，正值妙龄，衣衫破得难以蔽体，她们露出雪花一样的皮肉，忽然地就大起肚子来，是狼一般的歹人对这样纯洁的姑娘下了手。即便是这样的姑娘，最后都嫁了，老鳏夫、瘸子、聋子、瞎子，这些人娶了疯姑娘，为了什么呢，毫无疑问地——性，男女间最本质的关系。我不知道，相比洁如，那样的人生是幸还是不幸，我时常有一种荒谬的想法，觉得再不幸的人生，但起码有过——洁如，她将什么也没有。托养所的生活每天都是一样的，明天和后天一模一样，没有变数。时间死了。

每个周五，托养所门口停满了车，很多家长都过来接孩子回家去过周末，周五下午的气氛很活跃，孩子们双手抓着窗子，焦急地望着窗外，刚刚爸妈通了电话的，说是在路上，在路上。然而，总有那么几个，他们的父母亲没能来接他们回家，说是忙。看着同伴被接走，这些孩子就闹别扭，哭着，不肯吃晚饭，拿东西砸老师，有个男孩子一着急，就尿裤子了，他哭着喊，妈咪爹地不爱我啦，不要我啦……大家手忙脚乱地把他哄到宿舍。洁如的母亲每周都过来接她，开着宝马，我看到这位阔太熟门熟路地进得门来，跟工作人员打着招呼，在登记簿上潇洒签名，然后领走孩子，洁如扭过脸来跟我说再见，她是迫不及待地等着这一刻，整个下午，她的心都飞了，不停地看墙上的挂钟。他们全都没有忘记星期五，智障也没让他们忘记这一天，这唯一的念想——回家。他们并不知道，亲爱的妈咪爹地是真的不要他们了。

楼下精残部和重残部的学员都是成年人，他们的父母基本上都不会来这里探望。智障部毕竟都是些孩子，父母还难以割舍。但是我知道，总有一天，他们也将不再来这里接孩子，因为厌倦，因为受够了他们带给他们的折磨——这小恶魔。生出这样的孩子是不幸的，医治了那么多年，花了那么多钱，这其中的滋味……我想起来接孩子的那些父母亲，他们，他们都不是狠心的人，都不是。我看见有好几个，一见面，就迎接着孩子们扑过来的拥抱，轻言款语地跟孩子说着话。但是，过不了几年，他们将不再来这里了。智障的孩子最终会走向精残。

我亲眼见到洁如发病的时候是一个周一的下午，她突然就蜷缩在地上抽搐，翻着眼，口吐白沫，脸青紫，我注意到她的手指，那样僵硬地颤抖，梗着脖子，身体犹如被电击中，一弹一弹的。那一刻，真让人心碎，这个样子就像是一只濒临死亡的动物，让她如此地没有尊严，如此地没有体面，她是那么漂亮、听话的孩子。几个教导员迅速把她抱起来匆匆往门诊室里跑。梁生摇摇头说，双休日在家里，她的父母没有按时给她吃药，周一又不愿意回到这里，有情绪，所以就发作了。每个周一都会有孩子发病。他顿了顿说，其实我们都是极不情愿他们被接回去的，在家里，他们被父母宠坏了，由着他们放任，周一送回到所里，免不了一番挣扎，就收不回心。可是，回家几乎是每个孩子最为期盼的事情。到了晚上，洁如才慢慢恢复过来，她睡在宿舍的床上，我过去坐在她的身边，她认出了我。看着她的脸，我瞬间有了面对石头的绝望，有一扇门在我们之间，它正在缓慢地关闭，之后，她将在那个世界，而我们在这个世界。如果对她的热情将是徒劳的，我还要继续吗？如果没有希望，是不是意味着就要去放弃？我看着智障部那一张张年轻的脸，他们不是石头，是一种无法唤醒的活，如果说爱，我说到爱，如果去对这样的生命保有爱，我看见自己身上，丝毫没有这样的能力和意愿。我听见心里有一种紧绷的东西倏地折断了，很干脆。

二、精残部

从智障部到精残部，我迅速地清醒过来，这幢楼里的所有生命仅只是一个躯体，不会有奇迹发生。主管告诫我说，不要靠他们太近，精残部的学员是有暴力倾向的，他们会突然袭击，你要注意人身安全。我似乎没怎么听主管的话，先前在智障部，主管叮嘱我不要把手机号告诉学员，可是我没有做到拒绝他们。以至于后来，我接到孩子们很多恶作剧的电话，他们居然能记住我的号码，但是我从那里回来后，电话慢慢地少了。我不害怕突然袭击，相反却有隐隐的期待，到底会因了什么，或者根本就不为什么，我受到袭击了呢？

第一次被领进精残部的时候，我确实吓了一跳，一个高大的男子突然冲过来抱住我，他一脸猥琐的笑，被教导员老师拉开后，他继续对着我笑，然后做一个极下流的动作。我后来从他的心理辅导老师那里得知，这个男子正处在性亢奋期间，目前已将他与女性学员隔离，现在已控制住他当众手淫的毛病。我想起年少时，在乡村曾被一个得了花痴病的男人追赶，他向我露出了他那可怕的生殖器，我拼命跑啊，这样的奔跑无数次出现在我少年的噩梦里，巨大的喘息、恐惧带来的内心的轰鸣，这影像大块大块地出现在我脑海里，进入精残部果然是身犯险境，见我吓成这样，教导员们笑着说，他们大多比较稳定，发病的时候都有先兆的，叫我不要太担心。

精残部都是成年人，年龄在25岁至50岁之间。两层，百来人。这百多个人，就是我们俗称的疯子。他们有先天的，有后天的。显然，疯子比智障要可怕得多，也复杂得多。应该说，疯子的世界更加接近我们的世界，不，太多时候，我们比他们更疯狂，也更可怕。这里不像智障部那样给孩子们上课，而是把这些精神分裂者集中在庇护工场。所谓的庇护工场，其实是一间间小小的手工作坊，这些精神分裂的学员在药物的控制下，基本保持稳定，据心理辅导老师说，让他们从事穿珠、粘贴绢花这样的手工会转移他们的注意力，对稳定病情有好处。进入庇护工场，立即就闻到一股成人的浊气，五月的天气已经很热了，这样的浊气里面包含着太多复杂的东西——欲望、自私、欺骗，而不像智障部的孩子那样，是一股清新的皂香，鲜艳的糖果色教室布景，墙上有大朵大朵的葵花，他们泉水般的咯咯的笑声，在教室里打闹、哭喊、撒娇，向老师告状，没一刻消停。而庇护工场是一片滞重的沉默，他们伏在案前穿珠、贴花，表情麻木。他们有相当一部分人是因为受了刺激发疯的，有强烈的金钱意识、鲜明的爱憎，还有丰富多变的内心世界。当他们稳定的时候，状态接近常人。而我恰恰认为庇护工场的这种手工劳作加重了他们的麻木，重复的动作，身体的协调能力已机械化，可是，加不加重，又有什么关系呢，反正都是万劫不复的人。我看过他们的档案，都是一级精神分裂，转了很多个医院，有多年的病史。在精残部，我对任何学员都没有了先前的热情。我非常清楚地意识到，他们，是那个世界的人。

也许，麻木了更好，只要不闹事，没有破坏性，日子就会这样平稳地过着。

在智障部期间，我完全忘记了来此的目的。而我现在跟精残部的主管说，能否找一个沟通能力好一点的学员，让他给我讲讲他的故事。主管是一个特别能侃的人，三十来岁，小山眉，肿眼泡，一口广东话，大有把精残部那一箩筐的破事全都告诉我的架势，我连忙止住了这个话痨，他以为我需要的是一些奇闻逸事，正兴致勃勃地跟我比画某个学员裸奔的事。而我，只是要倾听一个精神分裂病人的内心最真实的想法。我也疯了。

他把一个看上去二十出头的男孩带到我面前，说这个孩子叫钟绍晖，高考前夕突然发的疯，因是读了不少书，能够比较完整地表达自己的想法。他看上去明显地抗拒我，低着头，很怕生人。很瘦弱的一个男生，苍白，戴着眼镜，窄窄的面庞，长着个直挺的大鼻子，样子很清秀，眼睛躲闪着，眼皮在快速、不安地眨动，他是敏感的，穿着宽大的白T恤、大裤衩、人字拖，手臂垂着，我注意到他有一双大骨节的手，呆呆地垂放在两侧。我喜欢这种气质的男生，他应该还有倔强的血气，或者说是那种可爱的书生气。主管把他带走，我看到他高耸的八字型肩胛骨，那晃荡的宽衣里，飘荡着他瘦弱的灵魂。很意外地，他回过头来，看了我一眼。

在以后的几天里，我试着去靠近他，开始他很警觉，但是慢慢回答一些我的问话。两个人相对沉默的时候，他会突然冒出“老师，我偷了妈妈的钱”“我打了我妹妹”“我不去日本”这类极其突兀的话。这些话全都是跟他的家人有关，而精残部的学员，他们的父母已是很少来到这里的。他告诉我，喜欢张国荣的歌，他有他所有的碟，我哼出《风在起时》，他马上说出了它的名字，说，我也喜欢这首。我还见过他手写的钢笔字，有锋有骨的，很漂亮。庇护工场里那种难度大的手工活就属装电脑键盘了，绍晖不到两分钟就可以准确地把每一个键装好。中午在饭堂，洁如看到我跟一个男生在一起吃饭，向我作了一个不知羞的手势，我对她笑笑，智障部跟精残部的学员吃饭是隔开的，我听见她喊我，就向她走过去，绍晖也跟过来，洁如看着钟绍晖一下子愣住了，既而她脸上露出痴傻的表情，贱贱的，满面春色。我忽然想起了什么，忙拉着钟绍晖走开了。难以想象，如果让他们混在一起，天知道会出什么事来呢。可是，看着这两个人，明明是极相称的。我其实多么希望洁如能真正有一场恋爱，跟一个男子狠狠地爱上一把。

坐下来，我笑着调侃钟绍晖，呢个女仔，中唔中意啊？（你喜不喜欢这个女孩啊？）“唔中意！”（不喜欢。）他回答得很坚决。我听出这话里有故事，难道他有中意的？但心里隐隐地为洁如感到失望。一个四十多岁的学员蹭过来，他要我给他买香烟，我立刻摆出一副老师的严厉嘴脸：回你位子上吃饭！那人萎了下去。钟绍晖突然跟我说，老师，如果我也要香烟，你会给我买吗？

这话问住我了。最初主管就交代过，不许给学员买香烟，无论他们怎么哀求。我靠近他的脸，嬉笑着：你不抽烟吧。“你会给我买吗？”他又追问，我觉得无法敷衍这个问题了，于是我凑近他的耳朵，清晰地，一字一顿地说出，我——会。

他试探出，我愿意为他违规。接着，他向我提出了一个请求：打的送他回一次家。我看着他的脸，觉得他很苦，很苦，这个瘦弱的孩子，这要有多么想家，想亲人才会说出这样的话。他的家人，到底有多久没来看他了？我想，整个精残部的人都是想家的，教导员曾跟我说过，很多人故意装病，只为了父母来探望。我似乎很难对他说“不”，仿佛他就是一个玻璃人，我一说不，他就碎了。我为什么顺着他，是为了想套出他的故事吗？不，我觉得不是。当我走近他的时候，我就彻底忘掉了此行的目的。我之所以难以拒绝，是因为——我说不出来，啊，我多么希望能够满足他们所有的愿望，一个都不拒绝。但是送他回家，风险太大，我并不害怕所里领导的责罚，可以肯定，我会立马被赶走，我并不担心这一点，我隐隐觉得这小子没有我想象的那么简单……他好像吃准了我的弱点。

见我不作声，他立即站起来，转身要走，我知道，他这一走，无论我怎么赔尽笑脸，说尽好话，都无法让他回心转意。而且，他开始恨我了。饭堂闹哄哄的，没有人注意到我们的谈话，我也站起身，跟他说，你别急，我安排一下。我想，我真的疯了。

我跟主管讲，中午想单独跟钟绍晖聊一会，请他到会客室里去。他答应了。我顺利地把绍晖领出来，叫他站在门口拦的士，我去办公室拿钱包。等我拿了钱出来，远远看见他拦了的士，正往里面钻。我急步快跑，那车扬长而去，我只记下了车牌。他一个人跑了！这下祸闯大了，我把人弄丢了，我吓得方寸大乱，这小子，果然把我算计了，怎么办呢，我该怎么办呢？肯定不能先跟所里汇报。我得镇定下来。

如果回家，他还是会被他的父母送过来的，这样的话，我不必担心。如果不是回家呢？那他会去哪儿，我不敢再往下想。这家伙城府很深，我一直没有摸透他，我更倾向于，他没有回家，他逃离了托养所，成功飞越。我越想越怕，追究我的责任事小，我更担心他的安全，他的下落。忽然间想起车牌，我记下了车牌，于是我打电话给交警大队的朋友，问他有车牌号，可否查到车主，他说可以，我如实地跟他讲了整个事情的经过，他安慰我说，不要担心，一会司机会把车开回来的。

半个多小时后，的士司机载着钟绍晖返回了托养所，司机告诉我，他正要去虎门，突然手里的对讲机跟他讲他载了一个精神病人，要他赶快把人送回来。啊，虎门，他果真是要回家的。他只是要回家。我没能满足他回一次家的愿望，我难过地闭上眼睛。主管见我们从车里出来，我说刚带绍晖去兜了会风，他拧高了他的小山眉不满地说：塞老师，这样不行哦。我说我知道了，对不起。他没再说什么，我心事重重地跟在钟绍晖身后，他看都没有看我一眼，我知道，他恨透我了。

晚上的时候，钟绍晖就发病了，他先是无故发笑，自言自语，接着就咒骂，最后就把头往墙上撞。我赶到现场的时候，看到主管抱着他，钟绍晖就把头撞在主管的胸口上，他使劲地撞，主管死死地抱着他，我看到主管手肘有血迹，可能是被他抓伤的。周围围了一圈人，谁也拿他没办法，教导员跟我说，主管每次都这样抱着他，让他撞，只有这样，绍晖才不会受伤。我忽然对这个肿眼泡的广东男人有了敬意，那一下下撞在他胸口的是什么呢，太痛了，谁会不痛惜这样一个好孩子竟成了这样，他的心气儿很高，很激烈。撞吧，撞吧，可怜的，如果你能好受一点的话，一股很咸的东西流进嘴角，几个教导员小姐也都忍不住捂着脸哭泣。我不知道，他晚上发病是否跟下午的事情有关，但他应该再也不会理我了。

他折腾了十几分钟，两人都累了，教导员们就哄着他去吃药，我知道精残部的每个学员每天至少要吃二十几粒药，这些药，我闻所未闻，富马酸喹硫平片、奥氮平、阿立哌唑片、VITB4 等，这些白色的药粒维持着他们的稳定。主管叫住我，我知道他想问什么。我们在会客厅里坐下。我没打算隐瞒他，他跟我讲起了钟绍晖，也讲起了托养所。

我这才知道，大部分学员家里都是不缺钱的。甚至有一部是相当富裕。钟绍晖家里就特别有钱，可是，他来托养所之前，他的父亲在家里用铁链子锁着他。双手，双脚，都锁，因为绍晖发病有自残的倾向。他的家人为他伤透了心，甚至想把他送去日本的寺院。几年前，他的父母离异了，年轻的后母就把他送到这里，从此，就很少有人来探望。“塞老师，你也不必可怜他，我们精残部每一个病人都有悲伤的故事。”然后，他看了我一眼，不解地说，你要写这些故事干什么呢？我无法回答他，一个在托养所待过多年的人，他认识的人和世界比我要深刻得多，他们从来不谈及爱，或者生命这样的词，他们觉得可笑，因为他们比谁都了解这两个词是怎么一回事。还有，他们一定觉得我非常无聊。

洁如和绍晖，他们发病都是因为回家。家里有爸爸、妈妈，托养所里没有。

三、重残部

我灰头土脸地从精残部来到重残部，恍惚间，忽然有了从青少年到中年，然后走到暮年的感觉。楼层渐渐低下来，重残部，他把一个人最不堪的样子呈现在世人面前。大部分人没有下肢，因没有臀部，都无法坐着。他们被塞在轮椅上，我不能去细致地描述他们的样子，那样太不敬了。照顾他们生活的是外聘的阿姨，她们来自农村，长着粗壮的胳膊腿，她们把这些不能动弹的残缺身体搬来搬去。

我试着跟一个老太太交谈，可她的声音太含混了，很偏的地方口音，她的喉管咯着一口痰，我努力地听，怎么也听不明白，最后阿姨跟我解释说，她就是要回家，没别的。

又是回家。这几乎是托养所学员的唯一愿望，永不熄灭。

操场上空无一人，桂花和玉兰的香气依然是浓得化不开，我坐在红绿橡胶跑道上，望着高耸的托养所大楼，不到二十天，我就待不下去了，我被孩子们打败，也被这里的工作人员打败。此时的我，很多余，很无趣。我听见高楼处智障部的孩子们在喊我，他们在窗口发现了我，晚餐的铃响了，我闭上眼睛，觉得二十天竟那么漫长。长廊里，阿姨们推着重残部学员纷纷往饭堂里走，我听见有人喊我去吃饭，好像在很久很久以前。

在这里，如果不能真正为学员做点什么，继续待着是可耻的。我在这里的目的、身份、姿态都让我无地自容。但是，我还是要说，这二十天里，我真的忘记了来到这里的目的，我不知不觉地跟着洁如，绍晖他们一起度过了书声朗朗的上午，沉闷的、即将要下暴雨的闷热午后，还有凉风习习的美好夜晚。我融进了他们的生活，愿意为他们违规，想尽办法，只是为了他们高兴。看着他们发病，心都碎了。这是我的秘密，它让我在我的世界里，更加看清了自己。我坚定了某些东西，但它不必说出。

我帮阿姨给一个从小患了小儿麻痹症的妇女净身，她胖得肉在晃动。我第一次见到下肢萎缩的躯体，她的手也萎缩了，长出很小的、像两枝芽一样的肢节，无奈地挂在两边。她还有旺盛的例事，量很大，阿姨给她换卫生巾，给她擦洗，我帮着托起她的后背。一阵腥臭味扑过来，我皱了一下眉头，希望没有表现出异样。以后的几天里，我帮着阿姨打下手，喂食、换衣、洗澡，包括拉屎拉尿，把那肥重的、瘫成泥状的肉体搬到坐便器上，把一堆尿湿的裤衩扔进洗衣机。啊，我都做到了，我都做到了。

我从那里回来后，好多朋友打电话问我此行的收获。我笑着在电话里说，我落荒而逃，狼狈之极。那边就笑了，早知道你是吃不了这种苦的，回来得好。忽然地，一股悲凉从心底升起，无可名状，无可诉说，就像无法排遣的寂寞，只属于你自己。

哭孩子

这回是瓷盘碎了，那碎片带着弧光飞溅出门外，我探出的脚缩了回来，我知道它能伤人。刚才是木椅被重重地掷在地上，它现在完全散了架。凶狠地咒骂、扭打，地上茶杯的碎片，相框，流淌的水迹，撕烂的衣物还有女人踢飞的拖鞋，被吓坏的孩子退缩在墙角，爆出尖厉的哭喊，女人赤脚干号着，她的手指在滴血。这些刺心的声音和场景再一次侵害了我。在南方漂泊，我害怕一切锐利的东西。声音、光、色彩还有面目狰狞的人和现场，我甚至害怕有着尖角的物件，它们一定会想方设法扎到我。我害怕破碎、水或者玻璃从高楼处被倾倒下来，泼在水泥地上的声音也让我害怕，仿佛一个生命在碎裂时发出的惨叫。水的尸体、瓷盘的尸体、木椅的尸体摊晾在那里，它们破碎了，破碎的地方就有那样的尖角，它们会扎到人的皮肉，扎到心。而后来的阒寂，水龙头总在滴水，断断续续的抽泣，像一串串省略号。残局，废墟一样的荒芜感长长地散落一地。

我看着那个孩子，他的嗓子喑哑了，但身体还在抽搐，肩膀还在不受控制地一耸一耸。他累了，或者说他厌倦了。我想，做他们的邻居太不幸了。争吵一开始，我和房东就开了门，房东，那个矮小、沉默的广东男人，他默默地冲进凶险的现场，把孩子抢出来，我们担心那些飞溅的碎片和那些失控的拳脚会伤到孩子。不劝，我们全都不劝了，那没有用。我蹲下身子，给孩子擦脸，他抗拒地把脸别到一边。这是一个特别倔强的孩子，不到五岁，他哭，像是要把命搭在这上面，撕裂肺腑，他僵立在那里，握紧青紫的小拳头，闭目，然后凶狠地呲嘴哭号，直到把嗓子哭哑，没有人能让他妥协。这样的哭声和那现场太具有毁灭性了，就像一场灾难，倒刺一般，卡在我们神经和肉体的某个部位，让人长久地不安、受罪。这些年，我似乎没有躲过这样的侵扰。广州、深圳、东莞，我的租房生涯无一例外地被别人的生活打扰，无处躲藏。匪气横生的市井，斗殴、抢杀、偷窃、淫乱，它们时常发生在身边，来历不明的邻居，他们有古怪的表情，楼下士多店里间的小赌坊，隔壁的暗室有彩票点，黑网吧，洗头坊，私人诊所……这些暗无天日的城市的私处，像毒癣，它们独自肿胀、旺盛。在这杂芜混乱的现场，孩子，我时常注意到很多孩子在这样的场景中渡过了他们的童年。挨打，被呼来喝去，在地上打滚，他们是肮脏的一堆，土豆般，一串串的，有结实的生命力，拿着小木棍去挑排水沟的秽物，在台球桌肚间钻来钻去、追逐，在烟雾缭绕的游戏机室捡地上的矿泉水瓶……他们有黑乎乎的小手和沾满鼻涕的脸蛋。这些孩子全都是外来人的，他们住在城市的暗处，打着零工，开个小士多店，摆地摊，偶尔偷窃、抢劫……我想起在少年时曾读过的一些书，说一个人的童年，他的父亲是个酒鬼，母亲是一个经常哭泣的洗衣妇；或者父亲是一个赌徒兼恶棍，母亲是一个站街的下等妓女，光是罗列出这两句，马上就能让人闻到了暴力、危险、凄厉、悲伤和让人心酸的气味。我想起《悲惨世界》里面的小珂赛特，啊，她揪痛了多少人的心。她冰冷的小手，乞丐般，在黑夜里独自走向寒冷的水井，吃着猫食，满含着泪水。这样的孩子，从小他敏感，抑郁。他不合群。

现在，我身边就站着一个这样的孩子。他从不跟我对视。因为，他从不求助于人。多少次，他哭得像决堤的洪水一般，我难过地看着，竟毫无办法，我只得蹲下身去，跟他一般高地待着，面对着面。他的父母在屋里激烈地扭打、争吵，他就用这渗血的哭喊来抗拒。我试图把他拥抱在怀里，抱紧他，但他用力挣脱开了。我想安慰他。他的小手冰凉冰凉的，唇也乌紫。房东忙他的去了，他扔下一句话：有人在跟前，他倒哭得带劲。于是这个孩子就撂给了我，我们对峙着，我如何能直起身离去，把他一个人扔在过道里，那么黑的过道里。直到他累了，眼里泛起倦意，最终无力抗拒，被我抱回我的屋子，我把他放平在沙发上，盖上线毯。他依然微弱地抽搐，但渐渐合上眼。那做母亲的结束了吵架，敲门要从我这里接走她的孩子。我轻轻地抱起那孩子，递交给他的母亲，然而，他还是醒了，睁眼看见自己的母亲，突然又放声号哭，那做母亲的扬手一记重耳光打在孩子的脑门上，哇——哭声陡增一倍，我正欲上前说点什么，刚要张嘴，那女人重重地将门摔上。耳畔的哭声犹在，心里毛炽炽地，他们打扰了一个不相干的人啊，一个多年来怎么都学不会无动于衷的人。

我其实是多么熟悉那些聪明、乖巧、在阳光和花丛中奔跑的好孩子啊，他们身上的香气，那瓷器般的脸蛋，他们咯咯的笑，咿呀地背着唐诗，多么美好，被赞美和温暖环绕，啊，他们总是让人亲了再亲。我不知道，有没有人亲过那个孩子，他拒绝拥抱，拒绝跟人亲近，至今都未喊我一声阿姨，叫他喊，他只低着头。经常挨打，被呵斥，哭，是他的态度，也是他唯一的表达，没有人能走进他的内心。雪糕，巧克力冰激凌，我试过，我触到他试探的目光，怯怯的，但还是有强烈想要得到的热情，面对诱惑，孩子的眼睛暴露了他本真的内心，像小兽一样纯洁。他几乎是以抢的速度从我手上拿走了它们，然后迅速飞跑而去，却再也不愿碰着我的面了。终究，他是个聪明的孩子。只一瞬，他的心窗开了一个眼。但他太警觉了，气味稍有不对，他就把自己封得严严实实。看着他飞跑而去的小背影，我隐隐地担心着。他跟那些在贫困、肮脏、混乱场景中练就一身狡猾、顽劣气质的孩子不同，他怯弱着，倔强着。

这是东莞的 H 镇，惯于流浪，我熟悉这匪气横生的市井。在午夜写了很多字以后，我黑着眼圈，像这黑夜的幽灵，恹恹地打呵欠，关上电脑，系上裙，风一样行走在这动荡、危险的街道，找家潮汕粥馆，点上蟹底的砂锅粥，一个人慢慢吃到凌晨才摸回寓所。那是搬到这套公寓的第三天，凌晨三点，宵夜回来，邻居的房间里就爆出这激烈的争吵，男人的咆哮、女人的哭号及厮打的声音，还有那孩子，他发出尖厉的哭声。像锥子，锥进人的脑壳，无法遣散，梦魇一样。第二天房东告诉我，女的是河南人，然后竖着两根手指头说，她是这个。是二奶，我听明白了。男的是跑货运的卡车司机，东北人，因为常年在广东跑车，就找了个小的。房东努了努嘴说，女的原先是一家电子厂的女工，性子太烈，跟东北汉子倔到一堆去了。唉，孩子可怜。那孩子……房东略略地停顿，想要说什么，却怎么也没有说出什么来。面对这个孩子，他遭遇到表达的困难。

二奶，对于这个群体，我是神秘的。我原先在东莞一家贵族学校工作过，那里就有传说中的二奶的孩子。每每周末，同事就会指给我看，二奶们在周末开着宝马来接孩子，推开车门，她先伸出修长的美腿，出来，人们可以看到她 LV 的手袋以及阔太们常有的圆润，然而却性感、妖娆得多，一律地，那跋扈的气质，向上挑的眼角，仿台或仿港的口音，夸张、发嗲，分明彰显出的是一朝得志的张扬。我对二奶的总体印象就定格如此。但眼前的这位二奶，她住在这混乱的市井小公寓里，这小镇的繁靡之地，她的周遭，是镇区密集的低档商业区，肮脏而恶劣。我端详过她的脸，高颧，脸颊线急急地向下尖成一个瓜子脸，薄唇，嘬着，且不见上唇，仿佛随时都准备冒出一两句不厚道的话来，修了两道细细的拱眉，有点妖，它时常蹙着，让人觉得她对什么都不满意。身架高挑，有宽宽的胯骨，适合跟男人火拼。这个相，一看就是块爆炭。做人家的二奶，住这样的地方，想来生活不尽如人意，如果男人在外面还有这样那样的破事，她势必铆足劲跟她的东北男人折腾到底。后来听朋友们说，这样的二奶，在工业区附近有很多的，基本是工厂的女工，跟了不算有钱的有妇之夫，搬出了工厂集体宿舍，跟男人住进镇区的小公寓。她再不愿意工作了，成天跟下面的闲太太们打牌，牌桌上，满嘴脏话，牌风不好，爱欠钱。我偶尔也去打，听几个广东女人说，都不喜欢跟她打牌，她那孩子没人管，在旁边一个劲死哭，那个揪心啊。那个孩子，唉，怎么打他，他都不妥协的，那个孩子啊。再一次，我听到人们对他表述的困难。这个郁郁的，一直愠着脸的孩子。

很多次，跟他母亲打牌的时候，我试着去靠近他，我想让他柔软，想让他笑一笑。我叫隔壁士多店的老板娘拿冰激凌来，我喊他的名字，他拢身来，愠着脸，不眨眼地、定定地看着冰激凌，等你给他。东西一到他手上，他就转身走了，不着一语，也没有表情，我还是走进不了他。我曾想起他的母亲那一连串的可怕的话：猪脾气，就是个猪，生你做什么，你不该到这世上来的……你这恶讨债的……劈头的耳光，尖厉的哭声，女人继续嚷，你哭死算了，哭死吧。这性格悍烈的女子，这样的话在我听来，怎么都让人感觉到的是浸透着辛酸的悲伤气息。牌桌上，她输光了所有的钱，还欠另两个广东女人两百多块，那两个广东女人毫不客气地要她给钱，她死赖，不肯回家取，我只得拉开皮夹链，替她还上。此后，她就当我是朋友。那钱，她却只字不提个还字。后来，她像倾倒垃圾似的跟我说起她的东北男人：那个没用的骗子，那个混蛋，她倒了八辈子霉，她的悔恨，她的苦命，她的不值。我想起那个东北男人，他时常在下面的低档饭馆喝酒，光着胖膀子跟一堆司机打扑克，把手臂扬得高高的，扑克牌重重地摔到桌上，发出清脆的声响，他时常洪亮地大笑，有时满脸通红，跟人争执着。

我真能相信他天生如此吗？不，我不能相信。我曾经跟他待了整整一个下午，那是河南女人急着去广州办事把他撂给我的，她也只能撂给我。我看见他狠命抱住母亲的腿，要跟她去，他哭着，不肯松手。那场面，很是生猛惨烈。河南女人猛地一扯，举起他，他的脚悬空剧烈地踢腾着，她把他硬塞给了我，她绝情惯了的，指着他鼻子骂，正要扬手一耳光，被我挡住。她这才脱身。我把他放下，可他立在原地，不肯挪步，依然是决堤地哭喊，大雨滂沱般的气势。再一次，我蹲下来，陪着他。慢慢地，我的眼里满是泪花花。直到他声音喑哑，直到他疲惫地被我牵手走进我的屋子。这么多次了，对他好，他无动于衷，没有回馈我一个笑脸，甚至没有回答我任何一句询问。他跟我隔离着，他跟任何人隔离着，除了他的母亲。

这样打他、骂他，他依然是恋着那个人的。生死离别般的，要跟母亲去，不松手。我似乎慢慢地懂得了他一点点。一个长期目睹母亲被父亲暴打的孩子，他还没有学会如何去笑。我记得一次，我和房东在他们厮打中再次抢出了孩子，争吵厮打声平息了好久，我敲门去还他们的孩子，男人把门打开了，面色略略地有些局促和尴尬，他急急地上洗手间。女人衣衫不整地从床上下来，我看到她蓬乱着头发，衬衫的扣子半开着，乳房晃晃荡荡，只穿着小内裤，她伸直腿，慌乱地找地上的拖鞋。那凌乱的床，微酸的腥气，像汗酸、精液的混合气味。种种迹象表明，这对男女刚刚结束了一次疯狂的交媾，在激烈的扭打、争吵、撕咬之中，这两个人居然进行了一次疯狂的交媾。是它结束了扭打，这暴力的巅峰，却最终让他们达到狂欢的极致，以致他们忘了过来接孩子。这对失控的男女，这样的事件，不幸的孩子一定曾经目睹。他看到，他的父亲对他的母亲施暴，这样的，那样的。同时，我在一瞬间感受到，性，这结实的纽带，牢牢地拴住了这对男女，这疯狂的肉体之欢，荡涤着他们那太多的咬牙切齿的、势不两立的怨恨，而后，一切冰封瓦解。

他终于止住了哭。我拿出彩笔，他在上面工工整整地写出了阿拉伯数字，123456789，这是母亲教他的，他写满了一整张，密密麻麻、五彩缤纷的，真是好看。“5”字，弯钩钩反了，全朝左，我接过笔，重新给他写了一个朝右的，他看了看，照着样子，也写了一个朝右的。我对他竖起了大拇指。我又拿出了一张，他画了一张脸，卷发，还画了连衣裙，那连衣裙上有耳朵一样的花边。这时，他指着那画，跟我说了唯一的一句话：妈——妈。他发出一个音节，重叠着，既清晰又混沌，仿佛冲破了什么，没冲开，有点受阻，不太确定不太稳当的样子，这声音好像来自他的灵魂深处，显出那样不确定性的孤单来。我的眼泪一下子就流出来了，起身拿出一瓶优酸乳放到他面前。他不再抗拒我靠近他，我指着画上的连衣裙花边啧啧地赞，说，美美。他抬头看了我一眼，依然是没有笑。他是懂的。我看着他，心里突然踏实起来，这是个正常的孩子，他懂得美，他知道爱。但是……我不愿意把话说完。因为突如其来的伤感。

那哭声，只要一想起我就会把心一阵抽紧，它们在我的周遭不时响起。在广州、深圳、东莞，我眼前就会涌现那些黑乎乎的脏孩子，一串一串的，土豆般结实，在地上滚来滚去。没有人担心他们的命运，没有人关心他们的成长，不可遏止地，他们一样会慢慢长大，在匪气十足的市井，在混乱肮脏的街头，在暴力、恶劣的家庭，他们会慢慢长大。只是曾经生活在他们身边的人，那个流浪的异乡人，一直没有学会去做一个无动于衷的人，她的停留或者离开，在她的内心已经伤了一个很深的口子，很久都无法结痂。东莞的H镇，我还没有来得及再次踏进，那哭声却迎面而来。痛，我颤了一下，整个身体开始下雨。

无尘车间

岭南的春天似乎被时光折叠过。它了无痕迹地跳进这万物吐纳旺盛的初夏。黄铃木、三角梅、木棉把花开得到处都是，尽显荼靡之美。穿单衣，趿塑料拖鞋骑辆共享单车在花荫里穿行，后背微微地出汗，森森细细的风把人的骨头吹得酥软。黄金般的时节，只是太短。我是都虚掷了啊。回忆过往的春天，居然没有值得记住的人和事，眼前浮现的不过是花花绿绿的皮囊之乐。年后一上班，单位就开始改制，目前的归属未定。手上的事，做与不做都不太打紧了。似乎只能是宅在家睡觉，读闲书，写诗，看电影，打王者荣耀。潜意识里，我还是非常焦虑的。我还是找不到生命之重。我是说，我与这世界隔离得太久了，以至于没有了切肤感。看网上的新闻——瘟疫，失去亲人的悲恸画面，都没能让我有锥心的痛感。不知道这是从什么时候开始的，我知道这很危险。不论对灵魂的质量还是写作生涯，这都是致命的危险。

洪水猛兽般的新冠病毒似乎并没有影响世界工厂。在东莞，很多工厂从来没有停工。因为封闭式管理，整个工厂，既无人外出，也无人进入。病毒似乎是另一个世界的事情。

逃避着，混着，把它扔进内心的角落。日复一日。可是它竟越长越大，郁结于心。现在，已经没有单位工作这块遮羞布了，于是，一个颓败、虚空、麻木的人就赤裸在面前，避无可避。我竟接连读到三位打工作家的作品。一位是东莞作家莫华杰的散文《苦涩年华》，另两位是深圳作家程鹏和顾启淋，一本诗集《装修工》和一本散文集《小人物》。前面说过，我已然丧失了共情的能力。让写一个推荐语竟让我有些无措，我实在说不出什么。我甚至羞愧得无从下笔。广东二十多年的打工文学，其关键词依然是铺天盖地的底层苦难，卑微的人，他们形同草芥一样的命运，那种无力的抗争抑或绝望之喊叫依然是这类作品的主流方向。我知道，对这个群体的书写，作家们远远做得不够，不论是内容还是文本，其丰富性还远远不够。尤其，打工这一时代命题还在发展和变化中，如今的工厂流水线，零零后已经登场了。我的恐惧在于，面对三位作家所写的底层苦难，我竟然不为所动。这些年，我的灵魂已然干枯了，它已荡不起一丝血性的风暴。是因为我没有身在其中吗？我为什么不能真正的“身在其中”一次呢？忽然间有一种醍醐灌顶般的开悟——趁着手上富足的大好春光，我为什么不去工厂流水线？给报社跑工厂这条线的记者朋友在微信留言，让她想办法把我塞进一家工厂。对方的回复是：塞壬，现在东莞的工厂大多都缺人手，工厂门口就有大把的招聘信息，进去非常容易，我用关系帮你反而对你不利。然后她发了一个坏笑的表情，并祝我一切顺利。

我不知道这件事能够给我带来什么，但是，在决定的那一瞬间，一种久违的振奋与激情流遍全身。

一、危机重重的面试

我一年四季都喜欢穿裙子。记者朋友给了我几个建议，香水、红指甲、口红、细高跟鞋都要戒掉。脸必须素颜。穿普通牛仔裤和衬衫，帆布鞋。眼镜最好换成隐形的。她还告诫我，最好把苹果 8P 手机换成一千多块的旧款 OPPO，除了换眼镜我觉得没有那么必要外，其他的，我还是能够毫无障碍地接受。毕竟，于我，这件事太重要了，我能否重新归来，从颓败、钝化的人生中醒来。当我几天后正式进了工厂，我发现，几千人中，唯独只有我一个人戴着眼镜。多么惹眼的败笔啊。这个眼镜带给我的祸害还远不止是外形上，我后面会慢慢写到它。

突然发现，我生活的周遭被工业园区包围。除了镇中心广场的商业步行街那条主干道外，星罗棋布的五金模具厂、电子厂、塑胶厂、玩具厂、鞋厂、印刷厂密密麻麻地将城市的缝隙填满，它们充塞在万达广场、万科广场、青少年宫、行政办公厅、沃尔玛、电脑城、街心公园以及长途客运站。无处不在。有时，我站在自家阳台上眺望，那些成片的、外墙漆成深蓝色的、嵌满纽扣般窗口的建筑里面到底有些什么，它们在那里很多年了，毫无表情，一片死寂。仿佛存在于另一个世界，尘埃将它们覆盖。在此之前，一直生活、工作在镇中心的我从来都没有意识到，它们才是这个城市的主体和主场。一百多万人口的城镇，那些我们平常看不见的人，那些隐身在这些神秘厂房里的人，才是这个城市真正的主人。

我突然领悟了东莞制造是一个什么样的概念。全部的声音是一个声音，全部的意志是一个意志。它是一个绝对的存在，笼罩着整个东莞的天空。制造业的帝国，它将向我徐徐敞开大门。等待我的是耳光，还是一种回炉重生般的脱胎换骨？

小区旁边就有一个大的工业园。大型电子厂伟达电子在园区的外面有一个醒目的蓝色路标。出了小区的大门，横过马路，对面的公交车站牌就是伟达电子。每天上下班打那里经过，却从未留意过它。我去的那天上午，厂门口的保安亭外摆着一张长条桌，一个中年保安坐在那里，桌上有一摞入职表和一支水笔。一张大大的红底黑字招聘广告牌支在工厂的门边，几个年轻人围在那里看，保安桌边也围着几个咨询的人，他们应该都是过完年刚从家乡返回这里重新找工作的。我简单说一下工资待遇。我得说，我们时常抱怨的每天工作的八小时制，相比工厂那简直就是人间天堂。伟达厂常年无休，包食宿。工作从早上七点半到晚上九点，午休一小时，晚休半小时，每天工作 12 小时，含加班 4 小时。每小时工资 10 元，平常加班是 1.5 倍工资，双休日算全加班，是平常工资的 2 倍，法定节假日是 3 倍，也就是每小时 30 元。我算了一下，一个新工人不缺勤、不迟到早退，一个月下来刚好能拿到 5000 块钱。（加上全勤奖 70 块）每月 15 号准时出粮。

这是东莞普工的价格。10 块钱一小时，而且极少有工厂会高于这个价格。这 5000 块钱并不好拿，它很重很重，像命运那样重。凡是能熬过三个月的人，工厂就会给予一千块钱的奖励。站在广告牌前，我仿佛就感受到了一股重重的力量猛地往我的身子骨压下来，我战栗了一下，这意味着，每天，我最多只有三个小时属于自己。其他的时刻，我只能是一个机器。可怕的是，对我来说，成为一个机器是一件非常痛苦的事情，我知道那意味着什么。我身体的每一个细胞都是不安分的，它充满了质疑、冒犯和对抗的基因。即使我全程只需要演戏。有那么一瞬间，只是一个闪念，我想抽身离去。然而，我还是径直走到了保安的桌前，拿起了入职表。

总算，那股一直伴我多年的狠劲还在。

我能感觉到保安的目光整个地覆盖着我。我在学历那一栏犹豫着，是填大学好呢还是就填个高中？突然一根被香烟熏黄的食指猛地戳进我的表格。头顶一个不容置疑的声音说，这里，填上初中。呛人的烟味袭来，我抬起头，别过脸去，然后站起身不知所措地看着这个保安，他把头歪了一下，盯着我，瞬间，仿佛明白了什么：哦，你小学是吧，没有关系，就填初中，没人查的。放心。

我感激地朝他笑了笑，复又坐下填表。那双眼睛依然在头顶注视着我的笔尖。突然，他一把把我拉起来，你74年的？今年45岁啦？我有点紧张起来，心里嘀咕：糟了，年纪太大会不会不要我。那保安又歪着头盯着我：不像啊，顶多三十七八吧，不像啊。他突然向我伸出手掌，以制止我继续填表：你等会，我打个电话。

几分钟之后，一个微胖的中年女人走过来。她穿一身半旧的黑套裙，西服领子镶有两条白筋，袖口那里也是，梳着一个矮马尾，一丝不乱。面色黑黄，两颧有黄褐斑。浓黑的眉毛中间连在一起，目光凌厉深邃，仿佛能洞穿人的心底。薄唇，撮着。这一看就知道是个狠角色。保安说，她是人力资源部主管武姐，还兼管女工宿舍。

女人上上下下打量着我，那仿佛就是把刀子在我身上比画来比画去。令人窒息般地局促。我从未被人这样放肆地盯着看，那目光露骨地针对着身体的每一个部位反复翻拣。那感觉，就好像我不是一个人类，而是某个物品。最后，她把目光落着我的手上，说，把手伸出来。我只得照做，把手掌面朝上伸在她面前。

她一把抓住。那是一双冷硬而有力的手。她那大大的拇指反复揉捏我的手掌，然后又查看了每一根手指。我的手柔若无骨，小巧白嫩。你以前是干什么的？她一直盯着我的眼镜看。我早已准备好了标准答案，回答说，在一家工厂负责仓库领料。这是记者朋友教我的。那为什么不干了？听说这里工资有5000块，我在那里只拿2200。理由充分，她不再说什么。紧接着，她掏出手机，啊，是45岁没错，手脚还是蛮灵便的。她又扫了我一眼，对着电话那头说，头脑也还清醒。干活没有问题。

这是对我的描述。纯物理性的。我先前觉得自己像被当作了某个物品，此刻，我被当作了一个劳力。就像在市场买牛买马，看牙口，看蹄，看它的体格够不够壮。此前，我待价而沽，现在，我具备了每小时挣10块钱的资格。

明天带着你的身份证和两张一寸照片一起去门诊体检。女人说，上午九点在厂门口等，别迟到。如释重负，这么容易就进厂了？不，我得多挑几家看看。于是我跟她扯了个谎，说是要处理一些私事，只能后天上午过来体检。她脸上有些不情愿，横了我一眼，用鼻音说，行吧，别耽搁太久。她转身离开，我注意到她肉色丝袜下那粗壮有力的小腿肚子。

保安的脸一直挂着笑容。看上去，他在为我的顺利通过而高兴。“有合适的老乡帮忙多多介绍进来，介绍一个奖励800块呢。”我没有回他话，看了看他胸前的厂牌，他的名字:李银火。他应该比我年纪小，四十上下，五官，不必细说。这就是在尘世中我们必然会遭遇到的那一类人，友善，好相处。但是，一旦离开，我会迅速地把他从记忆中擦去。相反，武姐，却留在我的记忆库里。我跟她的故事注定不会这么早早收场。

当天下午我去了美泰。美泰是全球最大的玩具厂，它在长安的工厂依然还有五六千人之多。产品是芭比娃娃，就是那种衣着华丽、性感，大波浪卷发、长睫毛大眼睛粉红唇色的女郎。在国内卖场看不见它的踪迹。我记得第一次去香港，我的女同事突然指着橱窗的一个芭比娃娃惊叫起来：看，那些芭比娃娃是我们东莞长安生产的。那语气，满满的自豪。相比伟达电子，我更倾向于去美泰这样的大厂。想想，光是五六千人的午餐，那个场景该有多么壮观。

填完入职表，交了身份证，我被带进了一个宽敞的培训教室，里面有四五十人已经候在那里了。大多是女性，中青年都有。只有我一个人是独自前来的，她们都三五成群地结伴而来，女人扎堆就是一群麻雀。教室一片嘈杂。她们把行李箱、红蓝大胶袋、装着洗漱用品的塑料桶放在座位边的过道上。

美泰一个月休四天，晚上加班不到九点，赚个狗屁的钱。

电子厂工资高，累死人，还不让辞工。

这是我听到的旁边两个女人的对话。这话里，我听出居然还真有人嫌弃加班时间不够长的。百无聊赖，起身走向饮水机，不料一次性纸杯没有了。忽然墙角喇叭喊出我的名字，让我去一下招聘办公室。

人事部消息，让我停掉现在正缴纳的社保。因为我没有辞去图书馆的工作，所以身份证可以查出图书馆在给我缴纳社保。我还在职。跟我交接的办公室女人目光越过金丝边镜框向我投射过来，意味深长地说，现在很难钻这个空子喽。

我被揭穿了，沮丧而归。同时，我也清楚地意识到，大的正规工厂，诸如 OPPO、加多宝、劲胜，如果我不辞掉图书馆的工作，那就根本进不去了。而且，即使是已经通过面试的伟达电子，我也最多只能待一个月，一旦涉及缴纳社保，我就会露馅。幸好，我请了一个月的假。

仿佛在心里听见一扇扇大门向我重重关闭的声音。我身子往后倒退了两步。

我只得去工业园碰碰运气。工业园里面是多如牛虱的小厂子。园区门口有一个大大的电子显示屏，上面滚动着工厂的招聘信息。三两个年轻人在那里驻足观看。我也凑了上去。因为文字滚动太快，还没读完一条完整的信息它就跳走了，我只好拿出手机拍下一整个页面的文字。忽然听到旁边的年轻人说，不用拍啦，直接进工业园挨家挨户去问就行了。我收起手机，扭头朝年轻人笑了笑，然后走进工业园。

有一家玩具厂门口聚集了十来个人，想必是一家不错的工厂吧，吸引了这么多人。这家工厂很特别，它并没有要求填入职表。一个年纪三十多岁的女人站在他们中间，说着一口广东话。她说，先进工厂试试看，真心想留下来再填入职表，做工作牌。

因为省去了面试，没有门槛，也因为好奇，我们十来个人一起进了车间。整个车间是一个大通间，大概有三四百平方米。有六条作坊线，拼起的长条桌有十几米，一字排开，上面堆满了产品和材料。五颜六色的塑料材料堆成小山，一垄一垄地，延绵在长条桌上。整整一面墙层层码起的大塑料筐有一人多高。空间充斥着报警的鸣声。呜呜的声音此起彼伏，那声音比嗡嗡的蚊蝇声要大，颇让人心烦，感觉身边的一切都是乱糟糟的。产品是一种蓝色的塑料小汽车，巴掌大，里面有一个小电池，小车拼好后，按下红色的钮，它就立即发出呜呜的鸣声。屁股那里的红灯还一闪一闪。

工作很简单，就是把三块材料拼成小汽车。那女人为我们做了简单的示范，她啪啪两声，两只手往拢一并，就把车拼好了。最后检验是否鸣叫，按下红钮。这些材料之间是有卡槽的，只要一对准往里一并就成。质量标准是掉到地上不会散架，衔接处的线条摸起来不割手，外形流畅完美。我看了看车间，有一百多人，那些埋头工作的女人们，有的可能有五六十岁了，头发已经花白。只有几个中年男人，他们像一尊雕像那样坐在那里，岿然不动，双手机械地拼着小车，目光呆滞，面无表情，匀速地往筐里扔着成品。

我身边的一个男孩，应该不足 20 岁，染着一头黄发，左手腕文着一朵红玫瑰。他站在那里，拿起拼材，咔咔两声就拼好了，接着又拼了一个。他拼完第三个的时候，看着手中的小车，它呜呜地鸣叫着，后面的小红灯一闪一闪。他愣在那里，片刻，把小车扔进塑料筐，然后头也不回地走了。从进门到他离开，整个过程，他连坐都没坐下来。

我这笨手笨脚的人，拼好第一个足足用了两分钟。但我很快就掌握了，一连拼出十几个。一回头，发现一同前来的人竟走了大半。只剩下两个年纪大的中年妇女和一个个子矮小长相黑丑的男子。我看着手中呜呜鸣叫、闪着红光的塑料小车，听到车间此起彼伏的、乱糟糟的嗡嗡声，忽然觉得这一切非常荒谬。不，准确地说，我突然看见了自己人生的荒凉，和悲凉。对于这个技术难度近似于白痴的工作，我丝毫没有歧视的意思，它清澈如水地照见了众生，我看见我也身在其中，我跟他们一样，卑微地为揾食而活，这可怜的肉身。太多人活着，他们不需要有思想和个人意志。

是的，我是有选择的人，不必留在此处。可是，我去任何一个地方能改变低伏肉身只为谋得一口饭食的命运吗？

走出工业园，忽然对再试试其他工厂的兴趣已灭。明天上午九点，我将随伟达电子的新员工一起去门诊体检。然后入职。

晚上失眠了。凌晨三点还在床上摊煎饼。我被患得患失的情绪左右。在流水线，如果我陷入了另一种人生的荒芜与麻木，那会不会比现在更糟？我一遍一遍地回忆白天那劳作的场，巨大的沉默，压抑的空间，耳边挥之不去的嘈杂，而人只是机器。忽听得外面下雨了，点点滴滴打着窗玻璃。探起头往外看，街灯在雨雾中昏黄暗淡，周遭一片宁静。这样的春夜是温柔的，我也安静下来，慢慢合上眼。早上九点的体检，我绝不能误了。

二、有人在体检中离开

面包车一行有十几个人，我们去一家社区门诊体检。只有正规的大工厂才会有体检这一项。体检查三样——血液、胸透、照CT，体检费40元自己出。武姐坐在前面，与司机并排，她刚点了名，清了人数，这会扭过脸来大声呵斥那些不满自费40元体检费的人：谁不想体检现在就滚，马上滚，做个体检反而是害了你们？

我听见底下一堆激烈的回应：老子健康得很；我打小就没生过病；这叫白白浪费钱。声音虽不高，但表达的语气很绝对，而且充满不屑。我笑了。环顾了一下这十几个人，大多年轻，95后，他们来自乡村或者是小县城。有几个染着黄毛、红毛，黑沉的脸，头发很油很脏。他们低头玩手机，从后面看，那露出的一截脖子也是脏黑的。他们中有人在看视频，车厢嘈杂一片。我听见视频中传来岳云鹏的声音。

坐在我前面的女孩不停地跟她的邻座聊天。她的侧影很美，眉毛细而拱，鼻翼两边有淡淡的雀斑，皮肤有点黄，没有擦粉。奇的是，这么一张素脸，她却涂了桃红色的口红，口红看上去很劣质。这种直接往素脸上涂口红的，我以前还真没有见过。但是她在笑的时候，鼻翼在微微地抽动，月牙儿般的眯缝眼，笑意从眼中流泻出来，亮晶晶的。我竟被这无遮无拦的笑容打动了，虽然她只是被刚才车厢里男人们的黄段子逗笑的。她叫赵妮，湖南人。她有我喜欢的直性子，身上透着一股打工生涯的油滑历练。邻座女孩跟她年纪相仿，肤白，馒头脸，肿眼泡，也跟着笑得打颤。上车前，我们几个在厂门口等车，那个时候，赵妮就搭讪了我。她说我不像是来打工的人。

我听赵妮说，她在伟达干了一年多，春节前从伟达辞工的，这是她第二次进厂。伟达厂有一种福利，第一次进厂的新工人，干满三个月有一千块钱的奖励。所以，她一直都在惋惜。我心里暗想，我也领不到，顶多一个月，我就得走人。这女孩眼里跳闪着莹莹的异光，一接她茬，她就问东问西停不下来，她突然把目光停在我手腕的绞丝银镯上，要我撸下来给她看，我试了试，假装镯子很紧，撸不下，我心里很担心她要求加我微信。好吧，即使真要加，我也只能屏蔽她。半个多小时的车程，赵妮就已经加了五六个男孩子的微信了。

我其实不愿意为了一个什么目的去靠近一个人。这是底线。或者说，我可能更害怕自己暴露给别人。

乌沙社区门诊。武姐把我们当幼儿园的小朋友，在那里喊要我们排好队，就差要求我们手拉手进去了。我有两个朋友在这个门诊工作，希望今天不要碰到。体检很顺利，不到二十分钟就查完了。我们回到车上等着回工厂。

“李明凯，你下来。”武姐站在车门口，朝车厢里喊，她手里拿着一摞体检表。一个三十岁左右的男子应声离开座位，下了车。我们都好奇地把头伸出车窗外。

这个男的肯定得了病。他完了，工厂不会要他的。旁边的赵妮嘀咕着。

果然。这个叫李明凯的人最终没能跟我们一起回工厂。我们看到他的哀求被一只手无情地甩开了。武姐上了车，吩咐司机开车。车启动了，它把那个叫李明凯的男人扔在了医院门口。我至今没有看清那个男人的样子，但是，我却无比清晰地记住了现实的残酷是如何伤害了一个人。赵妮觍着脸笑问武英姿：哎哎，武姐，那个男的得了什么严重的病啊？武英姿瞪了她一眼，没有作答。

伟达厂也是怕了，听说以前有个女的猝死在岗位上，赔了好多钱。赵妮压低了声音跟她的邻座聊着，她作出夸张的表情表示吓得要死。作为看客的我和她，包括车上所有的人，除了冷血，我们没有其他选项。而我似乎只能在心里把武姐的称呼改成武英姿。在她拂下那双哀求的手，转身离开的时候。

如果我在武英姿那个位置，我也一样，绝不会把有病的人招进工厂。面对一种悲剧，没有人是错的，我们不知道该恨谁。可是，就是有人被损害了，就是有一块巨大的东西梗在胸口，它让人那么难受，说不出话来。

三、培训中的小插曲

我先前以为培训是针对工作的技能，好让我们熟门熟路地上岗。我们被带进了一个大教室，一个胖保安坐在黑板前的讲桌边，见武英姿进来忙站起身，把她迎上讲台。武英姿坐在讲台上给我们讲她的个人打工经历。

并无特别之处。但她表现出的得意让人不适：相比你们，我是成功的。她摆出的那种所谓高级蝼蚁的嘴脸，我太熟悉了，那些文化人的文章里头称它为：底层互害。二十多年的打工经历，四川人。十几年前在一家鞋厂打工，工厂搬去福建莆田后，她就进了伟达。但她说了一句有点信息量的话：别看我今年 48 岁，已经做了奶奶的人，一旦厂里缺人手、活太忙的时候，我也时常会顶上流水线。在我年轻的时候，一个女人过了 35 岁就很难找到工作，现在，只要你健康，手脚灵活，五十岁还有工作的机会。这话听起来也特别让人讨厌，仿佛工厂给了五十岁的女人多大的恩典似的。原来东莞招工已经到了如此严峻的地步。我还知道，劳务市场的中介引进了很多越南人。

在工厂听到一个说法，全世界最能吃苦、最聪明、最有效率的是中国工人。他们是全世界最优质的工人。我想起我们的父辈，我们这一代，以及当下中国的年轻人，最根深蒂固的一个品质是勤劳。这也是中华民族的优秀品质。一听到这话，眼泪就要来了。我们的工厂什么时候招了这么多越南人？

紧接着，她开始讲劳动纪律和福利待遇。她突然提高了嗓门，这表示下面要讲的内容会十分重要。纪律严苛，我后面会专门提及。但有一条我觉得有意思，值得一说。辞职得提前半个月申请，否则算自动离职拿不到一分钱，工资是第二个月的 15 号发。难怪先前就听到电子厂辞工难的说法。理由是，你得给出时间让工厂招到顶替你位子的人才能离开。

突然，我后面一个女人站起来问武英姿，可否放弃社保的缴纳？她的话一说完，竟有一干人站起来附和，表示不愿意交社保。

赵妮冷笑一声，社保每个月扣两百多块，扣得肉痛。谁想交啊？

这是我万万没有想到的。如果不是亲眼所见，我不知道天底下居然有这种事情。了解其缘由后，我只能沉默，我忽然觉得自己活在另一个世界里。

谁能不知道缴纳社保是自己的福利呢？谁愿意放弃福利呢？是他们短视吗？

“我只想现在多拿点现钱，我父亲一直有病，在吃药。”

“家里俩孩子读书，重要的是多拿钱回家。”

“以后受益，以后的事谁知道呢，两百多块钱够我回趟老家的车费了。”

“扣两百多块钱是我孩子两个月早餐奶的钱。”

…………

那么多人站起来，他们要求放弃社保。理由让人心酸，他们甚至具体到这两百多块钱可以用在何处。我已经很久很久没有意识到，两百多块钱居然这么重。我曾经熟悉那样的日子：放在枕头下面的几百块钱，一百一百地打开，打开后，它就十块十块地消失，直到为零。我熟悉那样的感觉：那种像是被扼住咽喉的生活。武英姿双手拍着桌子，大声呵斥着让他们坐下：你们以为工厂愿意交啊？工厂交的比你们多得多，你们以为企业的压力不大吗？

再一次面对那种无奈，不知道该恨谁。唯有心里的难受是真的。

只得怏怏地坐下。接下来，我们做了一张奇特的考卷。我说奇特，是因为，这张考卷的主要意图是想知道我们是不是文盲，或者白痴。有一道四则混合运算的算术题，问我们从东莞去郑州是往北还是往南，火锅在广东叫什么，辨认禁烟标识，毛主席是哪里人，端午节是农历什么日子，写出几个英语字母的大写，最后，要求我们写出工厂的全称，可是这个全称就在试卷的抬头上。

教室一片混乱，众人交头接耳。让人难以置信的是，这个考题大部分人都拿捏不准。武英姿也不管。想来，即使是文盲或是白痴，都没有什么太大关系吧。招人，到了饥不择食的地步了？我后来才知道，的确有不少轻微的智障者、残疾人在工厂。

接下来，就是登记住宿。我是一定要住宿舍的。见我登记，赵妮就笑我：凡是住宿舍的女人是没有性生活的哦。这句话，非常精辟。我反问她，你住吗？这女人扭出一副风骚的表情，吐着舌头说，我男朋友一天都离不了我。我笑了，这算是整个上午稍稍愉悦的一个时刻了。这个上午，居然这么沉重。

下午拿到了工卡，我的工号是：39336 号，光学部无尘车间。宿舍非常简陋，而且肮脏。四张铁架子床，上下铺。已经住进了三个人，上铺堆满了杂物，地下的蟑螂见有人来吓得在四处逃窜。一张大长桌摆在正中间，上面摆放着各种洗漱用品和塑料脸盆，还有两桶没有倒掉的吃剩的方便面，上面浮着红油。充电器、镜子、梳子、雨伞、食物保鲜盒还有一些不知名的药瓶也全堆在桌上。墙边立着一个没有门的破木柜，塞满了衣物，从柜子牵了根绳到蚊帐，那上面也挂满了厚衣服。一股方便面味夹杂着洗漱用品的气味，瞬间使我清醒。地板有陈年的老黑垢，后门通着晾衣的阳台，地上有块砖头别住门脚，以免它被风哐上。铁架子床裸露出锈迹斑斑的床沿和扶手，上面就一块木板，一端还翘起来了。我铺上棉褥子和浅蓝色小花的床单，被套是白底同色蓝花，粉红的荷叶边小枕头。白色提花蚊帐拉好后，看上去倒有几分朦胧的温馨，竟有一股小闺房的味道了。洗澡堂跟厕所是一起的，洗脸台那里常年提供热水，用桶接了热水后，提到蹲厕的位子，关上门洗，这厕所有八个蹲位，女工们结伴洗澡，偶尔还能听见有人唱歌、打闹和喧哗。她们还会趁着充裕的热水顺手洗完内衣，这大概是一天中最放松的时光吧。接热水的管子很粗，一拧，一股很大力气的热水打进桶里，发出巨大的声响。我家就住在对面的小区，仅七八分钟的距离。但是，我还是选择住进宿舍。

下了场雨，春寒侵体，我看见隔壁床位上只铺了张苇席和一条起满了球的薄毯。

武英姿反复强调，一旦住进了宿舍不可以夜不归宿，更不可以带陌生人来宿舍过夜。东西被盗概不负责。这可不是校园的宿舍啊，这里有底层成人世界的欲望与混乱，黑暗与孤独。

四、我进入了无尘车间

A 三分钟，我顶进了线位的坑

所有的新员工都被安排进了新厂区的无尘车间。带着好奇，带着体验另一种人生的亢奋，我满面春风地随着上班的队伍打了卡。滴的一声，7 点 25 分，我的指纹显示在打卡器上。一切都是那么簇新，我像是刚踏进大学校区的新生，心里充盈着清脆的阳光。保安亭的入口很窄，工人们鱼贯而入。一个大大的篮球场，一溜长长的自行车棚，绿化带种着一圈矮丛的四季桂和三角梅，四周围着七层楼的白色厂房，临街的是高高的白色围墙，铁门是关闭的，正好形成一个巨大的矩形。我看见那些如工蜂般涌进各个楼层的工人，他们都渐渐消失在那些方格子里。四千人，我仰望环绕着操场的厂房，感到不可思议。有四千个活人无声无息地在这毫不起眼的建筑里，每一天。

在外面，我们很少有机会能够看见他们。一个百万人口的城镇，人口，绝大多数都隐在这沉闷、压抑的方格形建筑里。我忽然觉得头顶在响彻一种巨大的合唱，像大海，淹没着一切。我感受到了一种绝对的意志：你必须从属这里。

你发什么愣啊？我一回头见是赵妮，她催促道，快点去领工服。赵妮分在二楼，我在三楼。还是挺遗憾的，我其实很想跟她在一起工作，毕竟她是这里的老员工，可以听她说说八卦。今天，她没有擦口红。

我领到了一套白色的无尘衣，外加鞋帽。号码是297，印在左袖的胳膊处，两只鞋的后跟写了一个名字：郑秋香。用圆珠笔写的，非常醒目。这套行头的前主人是一个叫郑秋香的女子，她应该跟我差不多的体形，瘦小的身体，还有小小的脚。这无尘衣是用特殊的材料做的，防静电、防尘、无菌。洗的时候用的是纯水及专业的设备烘干消毒，所以不论它曾经有多少个主人，一旦洗过之后，一切的过往归零。可是，因为看见了那个名字，我就没法把它认作是我的了。

无尘服是蛙式连体的。从中间开链，先套裤子，然后再从袖里伸直双臂，拉上拉链，竖领直顶下颌。鞋是连袜式，侧拉链，它包住裤腿，在小腿肚那里绑紧。长发要盘起，箍上发网，这东西很像浴帽，其实是一张极薄的半透明纤维丝网。浅蓝色的口罩是一次性的。接着套上无尘帽，帽平顶，连肩，戴上后很像修道院的嬷嬷，它还遮住额头、下巴和半侧脸颊。最后吹鼓橡胶手套，然后把五指伸进去，用腕口的橡皮筋扎住袖口。一整套上身后，只有眼睛露在外面。

我是郑秋香还是黄红艳或者是别的什么人，根本没有区别。我们没有性别，没有性格，没有体形，唯有一个抽象的轮廓，我们只是高高矮矮的轮廓。我第一次试穿的时候花了近六分钟，而正常工人穿、脱总共不到五分钟。我先前听说，要适应无尘衣至少要三天。主要是口罩的不适。可怕的是，直到辞工的那天，我都没能适应。这是后话。我穿上的那一刻，感觉到一种速疾融入这宏大整体的力将我拉伸、压扁、压薄，直到个体的我完全消失。直到我成为那一堆轮廓的一部分。

更衣室的门被拉开，一个高个子男人走出来，他是拉长助理。拉，是英文line的中文读音：流水线，拉长即线长。在进入车间之前，他跟我们讲无尘车间的纪律。纪律最严苛的有两条，手机不准带进无尘车间，上班时间只能出车间两次。上午一次，下午一次，每次不能超过15分钟。（你可以上厕所、喝水，打电话。）超时以迟到论处。

我已经有很多年没有让手机离身片刻。

男人说话的声音低沉而纯净，他的话听起来就像是为你一个人说的。他长着细长的单眼皮眼睛，目光温柔。虽然看不见他的脸，但是在最初的印象里，这个声音让人有信赖感，仿佛是，你有任何问题都可以找我。拉长助理在车间实际上充当着“搭子”的角色，所谓搭子，就是随时可以顶替任何岗位的人，只要车间突然有一个人没来，他就得顶上去。搭子必须熟练操作每一道工序，正常情况下，他充当普工，或负责不良品的修复和技术故障处理。而拉长，只是监工。

他把我们带进车间，去见拉长。车间是一个大平层，可能有七八百平方米。不锈钢工作台像庄稼一样一字排开，目之所极，应该有十垄，放眼望去，一大片低伏的白色脑袋，像是被整齐安放在固定的格子里。工人们低头忙着手中的活，专心致志，听不到人说话，他们跟机器一样。车间异常地亮，那种亮不是阳光的亮，它不刺眼。工作台上面、左边、右边全都装着三根并排的细长 LED 防尘灯管，因为手中的产品器件非常精密，一个小小的污迹、毛发、折痕、小气泡必须照得它纤毫毕现。可是，面对这样的强光，我只觉得头顶像是被凿开了一样，光，一泻到底，从头到脚，无一处可以隐藏，仿佛我的脏器、肠子、骨骼全都暴于他人视野中，我定神之后才意识到，在这里，没有人关注你的身体，你不存在，你是流水线的一个岗位，是机器的一部分。每个人都有清晰的岗位描述。

工作台的下面通着压缩空气的管子，这十几条流水线同时开了气，它发出嗞嗞的声响，无处不在，很像是管子破裂了，强烈的气流从那里喷出来的声音，但又似乎被一种力量摁住，变得喑哑。我后来才知道，习惯了的人，是听不见这声音的，它已经融进了一种环境的背景中，剥不开了。无尘工作室的禁尘程度的要求是将每立方米空气中小于 0.5 微米粒径的微尘数量控制在 3500 个以下。我虽然不懂这个数据意味着什么，但我已然清楚女人化妆的粉底、口红、睫毛膏已不再是尘埃，它们是巨大的固体颗粒。头皮屑、说话产生的唾沫、手与手的接物传递产生的菌、汗，全都被这一身无尘衣挡在门外。最变态的防尘防菌莫过于此，靠墙的地板约半米宽处涂了一种深蓝色的胶，为的是掉到地上的尘埃，它再也没有机会扬起。至于每天的紫外线杀菌、酒精消毒，以及保洁人员的全天候拖地只是日常的防护。绿色的油漆地板发着光，在灯光的阴影处，它就变成了黑色。头顶，是一堆奇奇怪怪的装置，粗大的弯管子，像油烟机一样的大罩子，它们全都被包裹成银白色，看上去有一种太空的效果，也很像达利的超现实主义的绘画，这些怪物在头顶俯视着我们。

我看了那么多的打工文学，却没有发现有人写清楚他们的工作环境。我认为除了人能够造成压抑的场之外，环境也一样。尤其当呼吸都不能够随心所欲的时候。感冒和拉肚子的人是不准进入无尘车间的。因为请假无薪，所以得了轻微感冒的人舍不得请假，拉长助理就经常帮助他们隐瞒病情。我们车间有近两百人。

见到了拉长。她的大眼睛有着浓密的长睫毛和很宽的双眼皮，它几乎不眨动，一动不动地盯着你，时刻充满质疑和问责的语气。这眼睛看上去不年轻了，眼珠发黄干涩，但眼神专注严厉。她看了新工人一眼，然后把嘴一努，示意助理安排线位。待到看我的时候，她盯着我的脸，说了一句，口罩要遮住鼻子。然后对着我做了一个往上拉的动作。我只得照做，可是，我心里叫苦不迭，因为从口罩呼出的气往上走，居然喷到眼镜上形成雾，直接让我视物不明。所以，我刚才因为难受，偷偷拉下来了，瞬间就觉得呼吸顺畅，空气清新。

从未在无尘车间工作的人，习惯口罩最快需要三天时间。

可是她并未像对待其他人那样放我走。她继续盯着我的脸，问道，你以前是干什么的？我按事先的答案回答：仓库管理员。不像！她当即果断地否决这个答案。她并没有挪开目光，我只得再编：我先前在老家的民办小学当过老师。读了大学？不，我只读了中专师范。只因我太好奇了，一进车间就东张西望，甚至一个人走到了工作台那里，弯着腰看人家工作，还问东问西，是助理把我喊过来的。这已经引起了她的注意。

她迟疑了片刻，最终还是信了。我如释重负。只因今天是第一天，工作柜没有安排到位，所以手机还在身上，我突然掏出手机跟她说，这是我第一天进工厂，特别有意义，我们合个影吧，以后请多关照。她猛地扭过脸来看着我，表情特别震惊，一瞬间，她可能明白这是文明人交往的基本礼仪，只是在这样的环境下显得很怪异。但她还是同意了。我挨近她的脸，左手举高手机，右手比了个V，笑脸盈盈，就这样，我跟这个叫张淑云的女人合了张影。我，的确表现得跟所有人都不同。这里面没有一丝刻意的成分。

我身上关于性情的东西在自然流露，我属于另一个世界的特质也在发散出来。在这里，实际上是最不需要的。它显得特别惹眼，像一股刺耳的岔音。我感受到了，同时暗自下决心：谨言慎行。我现在是女工黄红艳。

助理把我带到一个女工面前，跟我说，你就跟着她吧。这算是我的师傅了，我上前打招呼，她抬起头，眼带笑意算是回应了我。她放下手中的活，让我坐在她的对面，然后过来跟我讲活怎么干。她说话的声音很细很轻，还时常干咳几声清嗓子，唯恐别人听不见，但她眼波流转机灵，是一个瞬间就能意会他人眼中之意的聪明人。她比我小，大概三十五岁左右。

我们这个厂是日本人开的，做的这个产品叫背光源，供货给日本的索尼、佳能、东芝这些大品牌。我跟师傅的岗位叫：看外观。意思是从外观上检查产品是否合格。目前就我们两个人。这个叫背光源的东西具体的原理我至今没弄明白，它是一个不到巴掌大的长方形塑胶薄片结构件，厚度不到两毫米，很轻，正面是一层闪着七彩荧光的彩虹膜，边缘拖着一条细细的尾巴，它叫 FPC 柔性线路板。我上一道工序的人负责组装这个结构件，实际上具体的操作就是贴膜，贴各种我叫不出名字的膜，顺序、正反面、朝向皆不能弄错，如果装倒了就算是废品。这个工作需要细心、熟练、手快，不能出丝毫差错，膜片有折痕、污迹、出位的现象都要返工。到了我这里，最重要的检测指标就是查看增光膜和扩散膜是否装倒了。从外观上看，如果装倒了，它的背板就看不到一个白点。

一版无色透明的模具盒里装有九块背光源的结构件。我的速度要求五秒钟扫完一版。除了背面的白点，还要看正面的膜和 FPC 板是否有歪斜、溢胶的现象。装倒的废品拣出来直接交给拉长张淑云，其他仅有小小毛病的拣出来送给助理修复。

非常简单。我师傅三秒看一版。她跟我解说完毕之后，眼睛露出叹气的神情，仿佛在说，远不止如此简单呢。这是我第一次读懂眼睛的这个表情。等到我们看完 500 版之后，还要将产品用手推车拉去扫尘，扫一次要二十多分钟，用手举起扫枪，打开压缩空气的阀门，抬高手臂，一版一版地扫，用强大的气流将产品的尘埃扫走，原理很像洗车用的高压水枪。这才是这份工作最累的环节。每天，我跟她至少要各扫六趟。扫枪有两斤重，枪管是铜做的。

我先前觉得手工装一个塑料小汽车的工作很荒谬，然而，我现在手上这份活的难度丝毫不比它大，奇怪的是，我却没有荒谬感。我想，这应该是缘于整个环境带给人的那种仪式感和压迫感，直白地说，那种煞有介事和不容置疑的气氛把人唬在一个电子高科技的幌子里。实际上，整个工作流程是贴膜，以及看这个膜是否贴得合格。无尘车间的任何一个人都只是简单的手工活。但是，它的产量要求，你必须要手快，并且不能停歇。我一回头，发现拉长张淑云坐在一个高两米的操作台上，上面的高脚圆凳可以旋转，隔着玻璃她俯视着下面的每一个人。像一只敛翅的鹰。

导光板、FPC、五金结构件，反射盖，这些名字都是我第一次听到，它们散发着一种性冷淡的工业气质，整个无尘车间都散发着这种冰冷而残酷的气息，身着无尘衣的人其实也很像做外科手术的医生。我没有料到的是，仅三分钟授徒，刚坐到那个位子上，我就顶下这个坑，正式的、跟所有人一样，肩负着严格考核标准的工作开始了，没有给我们任何缓冲的时间。它们像一个庞大的、饿极了的怪物，迫不及待地把我们这些新人吃了进去。

墙上挂钟指向早上八点五分。我开始了我的工作，看外观。反面一扫，一版九块外盖皆有白点，正面，端正、干净。看好后，在右手边一版一版地往上码，二十格为一组，然后贴上货单，那上面有我的签名和日期。

这个工作只需用眼。但是稍一分神，手就会按照惯性机械操作，把没看过的也一版一版往合格的右手边码。它要求你注意力绝对集中。就好像是，有时候在家择扁豆，可心里边在想事情，我们就会把没有剥筋的扁豆往筐里扔一样。等醒过神来，那些有虫眼的都逃过了。

可是，这么无聊、枯燥、无休无止的工作，谁能做到整天不分神呢。我试了一下，仅五分钟，我都无法做到聚精会神，我的思想里充满着各种纷扰在奔蹿，耳边仿佛有嘈叽虫在叫，而且它们不以我的意志为转移，要我彻底地把意志定在这么乏味、犯困的活上面，那简直是不可能的。可是，每天 12 个小时，我重复着这个动作，必须心无旁骛。坐在我对面的师傅，她是如何做到的？她在想什么呢？

我看了三分钟，脑子里突然想到微信里跟我暧昧的那个男人是不是又给我发信息了，他会发什么内容？发了他的航拍照片？还是截图我书里的某个段落，说他反复看了好几遍？我又跳到自己未写完的文章，被卡在一个别扭的细节里，找不到解决的办法；淘宝的购物车有单品今日减价；我心仪的电子竞技战队 RNG 在春季赛的糟糕战绩，偶像选手 UZI 面临退役；美剧《曼达洛人》更新了，我还没有追……我甚至在心里还惦记着一个已入围的文学奖还没有揭晓……

在不知不觉中，我往右手边码了七八版产品，我，根本没有细看，只是机械地重复那个动作。回过神来的时候，我将它们全部拿到左边返工重看。

因为是第一天，我看过的产品，师傅会复检。两个小时以后，她的眼睛已经开始横我了，满满的嫌弃和鄙夷。毫不掩饰。

你知道这些没有白点的产品落到拉长手上会是什么结果？她没有抬头，扔给我这么一句话。

是炒掉我吗？我挑衅地问。对于第一天上班才工作两小时的人就给这样的脸色，我心里颇为不满。

要不你试一下？她依然没有抬头，但我相信蒙着口罩的嘴角一定有一丝冷笑。我偷偷地抬头去寻找俯视我们的那个人，此时，她的方向没有对着我这边，但它正在缓缓旋转，马上要转到我们这边了，我低下头，心里对于落在她手上的那个下场非常好奇。我告诫自己，这个想法已经不是女工黄红艳的心态了，没有哪一个女工会对找抽这件事情去好奇。

如果我不能成为一个为了谋生只能出卖体力的女工，不能是那个在艰难揾食的人生中别无选择的女工，那么，我根本就没有办法干好手中这份简单的工作。

可是，作家塞壬就这么一直干扰着此时的我。我要解决的是，必须成为一个纯粹的、每小时价格 10 块钱的女工，简单、空白，人生没有别的妄念，安于此，服从这既有的规则。我知道，坐在我对面的师傅，以及无尘车间里的所有人，他们，皆服从于此。因为，他们的人生不会有任何变数和奇迹。

这是一个令人心碎而残酷的认知。他们是作为这个巨大的分母而存在的。他们隐身在这个国家那一串串亮眼的数据背后，隐身在大国正在崛起的背后。此时，我看见了他们，并成为他们的一员，我突然觉得这里的所有人一下子变得庄严起来。我为自己的种种怠慢感到羞愧。

我清空了自己。现在只剩下了女工黄红艳。直到耳边听到嘈杂的声响，工具的叮当碰撞，还有人伸懒腰的声音，我抬起头，师傅说，下班了，看墙上的挂钟，十二点。时间居然过得那么快，我竟毫无察觉。有人关了压缩空气的阀门，整个空间陷入了巨大的寂静中，灯也灭了，我们站在黑暗里，各条线排着队，依次往外走。犹如蚁群流向出口。

在更衣间脱无尘衣。那浓烈的脚臭，避无可避。玩笑声起：同样的配方，这酸爽！换好的无尘衣挂在墙边的架子上，鞋柜在另一边，排得密密麻麻的鞋，我发现，所有人的鞋后跟都写了名字。我的叫郑秋香。因为第一天没有来得及准备拖鞋，我只好赤脚下到一楼。整栋大楼，地板、墙、窗口、楼梯、扶手皆一尘不染。

在保安亭打完下班卡，我们去饭堂就餐。

凭借脖子上的工卡，我打了一份青椒炒肉、一小份青菜和一点米饭。米饭盛在一层一层的铝屉里，木勺铲，不限量。汤盛在两个白铁皮的大桶里，木柄长舀斜躺，紫菜蛋花汤，上面漂着星点般的油珠子，打汤的人拿起勺子都要搅上一搅。午餐和晚餐皆是免费。也有私人入驻的小炒窗口，品种很多，有鸡腿、扣肉、烧鹅、牛肉和红烧鱼，还有面食窗口，有水饺和各种面食，这个得付钱。

饭堂很大，能容下两千多人就餐，就餐分两批进行。三排大吊扇，呼呼地吹着，墙上还有转头风扇。连椅桌，能坐四个人。不锈钢套餐餐盘、筷子、汤匙从一排排消毒柜中自取，这场面，有茫茫人海的壮阔与虚无。我没有伴，独自一人哑默就餐。

忽然觉得肩膀被人撞了一下，是赵妮。她惊呼：你怎么吃这么少？

她在我对面坐定，我看她的餐盘，分量足足有我三倍还要多，满满一盘，米饭堆成一座大山，除了青椒炒肉和青菜，她还打了西红柿炒鸡蛋。也就是说，赵妮把免费标准中能打的全打了。

我颇为不屑。这种恶意报复式的伎俩，是品格的下作。

赵妮看懂了我的表情，她冷笑道，你以为工厂会给你浪费粮食的机会？没什么油水，只能多吃饭而已。我看了看邻近的女工，扫了眼远处黑压压低头用餐的人，无一例外地，所有人都把头埋在堆成大山一样的餐盘里，男人用筷子快速扒食，呼哧作响。赵妮从老乡处弄来两块腐乳和一匙黄豆酱，她分给我一点，然后熟练地把它们拌在米饭中，就着西红柿的酱汤，拌了拌，大匙大匙地进嘴，鼓着腮帮子大幅度咀嚼，十几分钟，她的餐盘干干净净。她是一个身架纤细的女孩，锁骨高突，肘弯尖削。她把一顿简陋的工作餐吃得如此豪华，没有放过一粒米饭。

三天之后，你也会像我这样吃饭的。她说。

这里的每一个人都给予粮食足够的尊重，一块肉、一粒米、一滴油，刮干净全部吃光。我想起一整天 12 小时那心无旁骛的劳作，粮食在他们心中的分量。对肉的渴望，对肉的舍弃，在他们的生活里，也许都要反复掂量。赵妮告诉我，厂里有几个特别厉害的大神，他们从来没有花钱吃过一次小炒。

我已经忘了对肉的渴望是个什么滋味。

我们打完上班卡，离上班还有四十分钟，赵妮说去四楼走廊眯上一会。我跟着她赤脚上楼。四楼是仓库，楼道和走廊里坐满了人，他们靠着墙，坐在地上伸直双腿，有的玩手机，而更多的人闭着眼睛打盹，还有一些情侣，女的枕在男的大腿上。我毫无睡意，忽然记起手机整整一上午未看，待我打开时，看到那些无聊的、荒谬的闲聊，微信群里的种种链接、视频，有人拜托我帮忙转发他的公众号，有人让我点评她的新作，市作家协会的活动邀请，还有一两个男人不明就里的搭讪，我摇了摇头。我已经没有兴趣回复他们任何一个人了。一瞬间，我感受到了生命之重。

赵妮挨着她的工友睡着了。墙两边的女工们也都歪倒着睡着了。四处静悄悄的，我也试着闭上双眼。可是，我听见巨大的轰鸣冲击着耳膜，静不下来，茫然四顾，依然寂然无声。我为自己此行的动机感到羞愧。我羞辱了这里的每一个人。

打铃了，突然的巨响，仿佛整栋楼都颤了一颤。被惊醒的工人们缓缓站起身，挨挨擦擦下楼去到各自的楼层。

B 可怕的遭遇

我是最后一个穿好无尘服的人。在手忙脚乱中勉强跟上了工友进了淋吹间。这是进入无尘车间最后的一道除尘工序。20 秒，人立在那里，任四面八方吹来的强劲巨风淋透，轰鸣震耳，我们不能把一粒尘埃带进车间。一时间，好奇心顿起，心想，这么好玩的东西，如果是裸体接受淋吹，那肉体会不会被吹得皮肉开绽？

师傅已经擦好工作台，准备工作了，她见我姗姗来迟，轻声地说，以后尽量提前五分钟到。这句话是不能够容她说第二遍的，我深感它的分量，尽管那是一种非常轻柔的声音。

上午积压的产品没有扫尘，她为我做了示范之后，就把活扔给了我。扫尘的动作很像是画符，横三下竖三下，连起来一气呵成，一版就扫好了。可是，铜管枪是有点重量的，一趟活，要扫半个小时。幸好，扫尘的地方刚好在拉长视线之外的角落里，无论张淑云在头顶怎么旋转，她也看不到我。发现这一点后，我立即把口罩扯到鼻子下面，清新的空气瞬间灌进鼻孔，我感到每一个毛孔都振奋了一下。

扫尘可以机械地凭借惯性去操作。这意味着，我的内心世界可以神游。解除了神经的紧绷咒，这种释放妙不可言，仿佛肉身轻灵起来，有一种欢快的旋律在血液里流动。

那个身躯轮廓臃肿的清洁工蹭到了我的身边。她来接水洗拖把，水龙头就在墙角。她跟我们一样每天要在车间工作 12 小时，不停地用宽幅的湿拖把拖地。在这近一千平方米的车间，她的活漫无边际，没有尽头。她动作迟缓，从这里到那里，没有人留意到她的存在。

这日复一日的枯燥生涯足以磨灭一个人所有的尖锐与激奋。我看到，她的每一个动作，仅仅只是推着时间缓缓地挪动。那种慢，放大了生命的荒谬。

她把拖把巾拆下扔进桶里。我的目光一直停留在她身上，这时，她把目光迎向我，仿佛在说，啊，我总算可以歇会了。

你哪里人啊？她问。

湖北人。我应道。同时我瞬间意识到她很清楚，这个地方是拉长视线的盲区。她还知道我是新来的。

许晶晶让你扫这么多啊？她可真够坏的，欺负新来的。她瞥了一眼推车上的产品，足足有一千版。原来我的师傅叫许晶晶。我笑了，跟她说，我倒是愿意扫尘呢。这角落里自由很多。

她把眼睛睁得老大，充满着惊异和不解：你说什么？自由？这里哪里还有什么自由，扫尘比看版累多了，你还真是傻，我好心提醒你，以后有你受的。说完一副好心没好报的懊恼表情，扭过脸，不再想跟我聊下去了。

这笨拙滞重的躯体原来藏有如此活络且斗气充盈的灵魂。她的眼睛是往里抠的，有深黑的潭，此刻它处在一种她是唯一正确的坚定认知里：你觉得在这个角落自由放松可以偷懒吗？不，你所有产品必须在规定的时间范围内扫完，你偷不了这个懒。她看透了我对角落自由的肤浅理解，并且在内心嘲笑了我。

我呼吸的自由，我内心飞翔的自由她怎么会知道呢。但我不想放弃跟她聊下去的机会。当我们屏蔽了整张脸，我第一次发现，一个人的声音也是有表情的，用眼睛交流已经足够了，甚至意会得更准确。

我还是应该做一下妥协，让这个天聊下去。

哎，你知道吧，这个地方张淑云监视不到，我可以边扫边哼着小曲儿，还可以跟你聊会天呢。我近乎是赔笑的表情了。

她眯着眼看着我，一副“你就这点出息”的不屑表情。然后问我是正式工还是中介工。我回答说，我是自己应聘过来的正式工。在这里，我简单说一下中介工。

中介工是劳动力中介公司输送给工厂的工人。他们的工资由工厂转包给中介代发，钱一旦经了中间环节，那少不得要拔毛的，所以说，中介工的工资比正式工要少，还有，他们的身份证全部扣在中介那里，也就是说，你混熟了，翅膀硬了，也没有办法转成正式工。中介公司也不给他们买社保。这里面有多少猫腻和肮脏的勾当暂且不表。

这位清洁工告诉我，整条线，绝大部分都是中介工。

你凡事都要顺从一点，许晶晶她们都是中介工，你工资比她高，要是哪儿刺激到她了，那你少不了要吃闷亏。

她的谆谆劝导我报以频频点头以示受教。她看上去十分满足。最后我们聊了一些私话。她江西赣州人，是正式工。姓沈，两个孩子在家乡读书，跟老公一起在东莞打工十五年。由于她劈头问我有几个孩子，老公在何处，我一时间蒙住了，考虑到如果回答至今未婚，恐怕会显得更加古怪，甚至可能引发不必要的舆论枝蔓。于是，我选择了最普遍最安全的那一类答复：老公在虎门一家模具厂打工，儿子在读大学。她不再说什么，推着拖把走了。我觉得，我跟这位沈女士，仅用半个多小时，几乎说完了一生所有的话。

整个对话里，她多次提到我的师傅许晶晶，那个善于耍滑藏奸的女人，让我务必要有所戒备，因为我看上去是个老实人。作为正式工的她，即使是个清洁工，面对许晶晶，她有明显的优越感。在这样一个世界里，我看到了熟悉的人与人之间那种咬啮性的烦恼，一股子酸臭味。这一点跟我先前认知的精英阶层没有不同。

终于扫完了，手臂酸麻。我把口罩拉上来，推着手推车经过师傅的身边，她抬起头，看了看墙上的挂钟，然后叫住我，柔声说我足足慢了十分钟。我抱歉地笑了笑，诚恳地表示下一趟一定会加快速度的。我看到她的眼睛流露出一种欲言又止的表情。显然，我诚恳认错，及时止住了她正要进一步指责我的意愿。沉默片刻，她淡淡地说了一句，我第一天扫这么多产品只用了半个多小时。

一瞬间，我感受到这个女人的锋利。

我回到位置上看版。我的师傅许晶晶推着满满一车产品走向扫尘处。拉长已从高处的旋椅上下来了，此时她趴在工作台上写着什么。我终于发现了一个废品，像是收获的第一枚战利品，好生兴奋，是膜贴倒了。按照要求，我将它交给拉长张淑云处理。

她把结构件拿到手上正反两面看了看，确认这的确是一个废品。

“你去把刘倩叫过来，”她说，“第三排倒数第二个线位的女孩。”我依言走过去，把那个叫刘倩的女孩带到张淑云的跟前。

我永远也无法忘记那个场景。公然出卖、侮辱、霸凌，傲慢这种粗暴的人性足足上演了五分钟。这个叫刘倩的女孩子一直低着头默默忍受。我也是。

“又是你，你已经瞎了为什么不给我早点滚，你这粒老鼠屎要祸害我到什么时候？你长记性了吗，你要脸吗，这里不养猪，再出错就给我滚蛋，见不得你这样的蠢货，碍眼……”

这可怕的声音持续了五分钟。那语调、那利刃般的谩骂足以成为一个人的噩梦。它形成一种暴力的场，扼住你的喉管，令人恐惧、窒息。我从来没有见过这么赤裸的当众羞辱。

更可怕的是，我被当成了一个告密的功臣，当着刘倩的面，她这么表扬我：你看看人家，才第一天上班就这么用心，要不是她发现得及时，这废品流到下游，被质检投诉，我的脸就被你丢光了。可是，这刀锋般的侮辱，打得人脸生疼，我一样是一字不落地受了。我不明白的是，张淑云处罚刘倩，完全没有必要暴露我，她为什么要用这么下作的手段？太无耻了。整整五分钟，我全部的思想、全部的意志、全部的身心，每一根毛发都在愧疚，对刘倩深深地愧疚。

她的声音很大，有一两句像炸雷一般在空气中炸开，整条线的人都听见了。奇怪的是，没有一个人感到讶异。人们都在忙着各自手中的活。这是司空见惯的场景吗？

终于放我们回线位，我避开拉长张淑云，追上刘倩跟她道歉。她扭过脸来，居然是笑着的：没什么的，你第一天来吧，让她骂骂就完了，只当她放屁，又不扣钱。她再次笑笑，还拍了拍我的肩膀。她眼里的笑意很温柔，流溢着明媚的光，完全是一副没有受到过伤害的样子。

我僵住了。我不相信有人面对刚才那地狱般的五分钟会毫不动容。

下午的时光好像要慢一些。一阵浓浓的倦意袭来，我想打哈欠，可是口罩蒙住了嘴。无休止地重复同一个动作加重了困意。我想上洗手间，可是瞥了一眼挂在工作台边上的白色墙板，离岗证还没有归还。墙板上最早显示 10 分钟前，一个叫伍唯唯的人签的动态，她还没有回来。无尘车间只能同时允许三个人离岗上厕所。

终于轮到我了。伍唯唯在墙板上写了她回来的时间，我看着墙板，上面写满了工人们离岗的时间动态，歪歪扭扭的字，用粗黑的水笔写的。我拿过离岗证，迅速写上自己的名字和离岗时间，15 分钟，我必须返回，超时以迟到论处。迟到一次扣除全勤奖 70 元。

火急火燎地脱无尘衣。偌大的更衣室只有我一个人，臭鞋的气味依然浓烈，但此刻我如此雀跃，迫不及待想要冲出那致密压抑、束缚身心的无尘车间。洗手间在走廊的尽头，蹲式的，关好门，马上给记者朋友打电话。

我迫不及待地讲了刚才的那一幕，语气很夸张地说，如果我是刘倩肯定第二天就辞工。电话那边先是劝我不要激动，关于拉长骂人，最近几年普遍收敛了很多，就是害怕有人辞工。以前都是雷霆之势，绝对压制。小姑娘小伙子被拉长用手指戳额头，直戳得人往后打趔趄，现在至少不敢动手了。最后，她反复叮嘱我，你是女工黄红艳，千万，身份不可僭越。不要做奇怪的事情。

聊完。时间很紧，我翻看了一下微信的留言，基本来不及回复。我突然感觉到，原来，有太多的事情在人生中并不是必要的。就像这些可以不必回复的留言。如果面对的是生与死，我想，可以删除的还会更多。

返回车间，我的师傅许晶晶已经扫尘归来。有一个问题我必须要请教她。

如果您发现了不良品，把它交给张淑云处理，那要如何避免背负告密当面被戳穿的尴尬？

师傅的眼里是盈盈的笑意，显然她已经知道了我历经了那场劫难。

本来我想明天再告诉你的。她说，这也是我必须要交代你的东西。你听好。

我从来不会把不良品交给张淑云。一旦发现了我自己会修好它。

如果难度大，我就把它交给拉长助理小莫。她眼里依旧是笑，但是，你刚来，你得要让她知道你掌握了这个技能，而且是认真地对待工作。明天或者后天，张淑云会安排人故意做出废品流到你手里，如果你没有看出来，那才叫真正的恐怖。所以，你最近几天看到的废品必须拿给她。

背脊一阵凉意。我对故意做出废品来试探我感到震怒。这手段好下作。

如果我没有看出来，她会炒掉我吗？我问。

不会，现在缺人得紧，哪能炒人啊。这么简单的工作你都不会，她就在每天早会上当众羞辱你。

明白了。我领教过，非常可怕。仿佛是，有人用言语在脱你的衣服。当众。

许晶晶幽幽说道，你习惯就好，其实她再怎么羞辱人也只是徒劳，又不会扣钱。时间长了，你会知道，没有拉长是不骂人的。你做了拉长，也会是那个样子。

我很震惊，对于这种当面羞辱居然可以做到毫不上心。这是徒劳的。我反复琢磨着这句话，有这么多人活在这世上，被迫丢弃了伪饰的尊严，仅保留着最后的价值底线。扣钱才是天大的事，分厘必争。我看到人性的强大、坚韧，那种紧紧握实命脉永不撒手的力量。我抬眼看着整个车间，一大片低伏沉默的头颅，我看到了真正的尊严。劳动兑换金钱，这种事情不容一丝让步的尊严。

不同的是，我做拉长，绝不会是那个样子。

我要成为那样的人，活着只坚守自己认定的价值，不受干扰。其他的可以全部删除。而事实是，在我生活的世界里，太多人为鸡毛蒜皮大打出手，一言不合就翻脸。想来，那都是太闲的缘故。之后我在无奈的慨叹和更为熟练的操作中迎来了下班的钟声。

C 致命的试探

晚餐在饭堂我看见了拉长助理，他有一张白净的刮骨脸，瘦削，眉眼小巧，却长着个直挺的大鼻子。只是眼神活泼了很多，大抵是年轻人。无尘服敛了他的性情，他很爱笑，说“我 ×”的时候声音依然温柔。说话间，正看见他招呼另一个同伴前来与我和师傅同席。出于礼数，我在小炒部给师傅许晶晶点了爆炒猪肚、牛肉炒蒜苗、红烧福寿鱼和一盘饺子作为答谢，她喊来了拉长助理一起分享。助理姓莫，他说，以后就叫他小莫就好。师傅许晶晶说，小莫，这是新来的黄姐姐请你的，有什么事你多担待些。那边一连声说好，也不抬头，正用筷子大把大把地夹肉吃。末了，小莫突然跟我说，我提醒你一下，你把口罩拉到鼻子下面千万别让张淑云发现了。

我也吃了一大碗饭。明显有了吃肉的欲望，这是一个特别好的感觉。

打完卡，正往车间走。许晶晶从后面追上来告诉我，明天和后天留意一个叫梁维栋的人送过来的产品，试探我的废品就出自他手。她诡异一笑，不再多言。啊，我才回过神来，这是小莫的人情啊！我被一种善意的温暖挟裹，它汩汩地在心底涌动。我并不认为这是一顿饭买来的。

晚班开始了。一切与白天并无不同。唯一的敌人依然只是时间，唯有忘掉它，专注手中的活它才不会静止。我已经很熟练了，甚至找到了属于自己的经验。我让眼睛在视觉上习惯一整版有九个白点，扫一眼，只要缺一个，它就会特别醒目地自己跳出来。

晚班，我扫了两次尘，数量比师傅许晶晶要多得多。我是徒弟，多做一点是应该的。只是连连的哈欠让我的手越来越疲软。清洁工小沈从我身边走过，我耳边飘过这样一句话：扫尘这个活，别那么认真，即使没扫的也没有人能查得出来……啊，所有取巧的、偷懒的、懈怠的智慧，我相信，早已被人摸了个透。即使高空有旋转椅的鹰眼，依然阻止不了那些暗地里的种种小把戏。张淑云的气急败坏，缘于她深知这一点却苦于无法彻底获悉，一旦被她发现，那种狂怒，那种被噎住且无处发泄的愤懑就找到了闸口……

在昏昏欲睡的倦怠中听到张淑云拍了拍手掌，说是下班了，要开始清洁桌面。我听见对面师傅许晶晶轻微的叹息，我听见整个车间如潮的叹息，仿佛如释重负，一直紧绷的弦终于可以松弛了。有人开始捶肩膀，人群的嘈杂声起，助理小莫拿来蘸了酒精的湿巾，我们要把桌面、椅子，包括桌腿、椅子的扶手，每一个背面都要擦到。压缩空气的阀门和壁上的一圈大灯关掉了，空间陷入巨大的寂静，夜，涌了进来。

打最后的一道卡，指纹显示在绿色的指示屏上，滴的一声。一天，我要打六次卡。

回宿舍。工业园区的路灯如同白昼一般。宵夜的摊子占满了整整一条街，我闻到了烤鱿鱼的香味。姑娘小伙子结伴走向那里，吃烤串或者麻辣烫。小超市都还没有关门，里面贩卖着大量的伪劣产品。做促销活动的司仪往路人手上塞着广告传单，拿话筒的主持人站在临时搭的小舞台上声嘶力竭地喊着抽奖。穿着超短裙、涂着口红和眼影的厂妹像鱼群一般穿梭在这明黄的街边，她们把欢笑洒了一地。这个时候的园区仿佛刚刚醒来，在夜色中，蓝紫的霓虹灯招牌交替闪烁、劣质的街边音响鼓噪着低档生活区的审美。

四万多人的工业区，他们生活的全部都在这里。你在其他地方见不到这个群体。严格来说，真正属于他们的时间，每一天，也就只有三个小时左右。就像现在，九点多了，我回宿舍，要洗澡洗衣服，如果十二点上床睡觉，每一天，我只有三个小时真正属于自己。

这意味着……我没有机会走出园区。我是一个隐身人。这里的每一个人，都是隐身人。他们活在另一个世界。三个小时，没有人能够想象这里面的巨大深渊。它包含着太多的关于人的欲望、孤独和放纵。混乱的出租屋，地下麻将室，三无小门诊，女人和酒，彩票，老虎机，人群伴随着震天的叫嚣。有一些漂亮的厂妹兼职卖淫，还有一些人，那种铁打的人，居然骑摩托车去外面拉客赚外快，他们干到午夜时分才回宿舍。所有这一切，全部充塞在这短短的三小时里。

宿舍又搬来了一个女工。她睡我上铺，我进去的时候她已经睡了，和衣，没有盖被子。现在有五个人了，有两个上夜班，要早上才回宿舍睡觉。这是我在宿舍的第一个夜晚。疲惫。此时我渴望家里那张柔软、舒适有熏衣草香气的大床。想在浴缸里泡澡。想喝冰箱里的柚子茶。如果步行回家，只要十分钟。

我上铺的女人在咳嗽，她没有盖被子。下过雨的春夜，还是有些寒凉的。

她醒了，翻身坐起来跟我说话。她告诉我今天晚上才来报到，没有想到今年都三月中旬了，晚上还这么冷。然后她问我是否有手机充电器，我从包里拿给了她。女工不到四十岁，看上去憔悴，一脸的黑斑，这黑斑连嘴唇上都是。贵州人，姓王。她从上铺跳下来，一阵风，我闻到她腋下刺鼻的馊臭味。她的床只垫了一大张打开的纸板。这应该是一个走投无路的人。她床尾的那个帆布大黑包就是她全部的家当了吧。听她说话的语气，潜台词有这样的意思：兜来兜去地，最终还是这里好啊。伟达厂有一个特别有意思的地方，即使你三番五次地离开过这里，只要你再来，它依然欢迎你。武英姿肯定对她不陌生。

我庆幸，工厂一定收留了很多这样的人。一个食宿有着的落脚点，一个可以让人喘息的安身地。工厂，它也许是你最坏的选择，但是，你可以在这里缓过来。这里有充沛的热水，饭菜管饱。不依靠任何人，以小时取酬，人人平等。你可以身无分文地来到这里，过往所有的失败、落魄都归零。你的人生，在这里可以从头再来。

我忽然觉得有了一种底气，我畏惧什么呢？即使遭遇再大的厄运与失败，我最后依然有一个去处。我不会流落街头，更不会乞人脸色过活。当我置身于几万人的工业园，当我的人生以每小时 10 块钱的价格出售，我却有一种无边的安宁与自在，在没有人认识我的地方，过着安静、简单，近似于零的生活。就像刚才回宿舍的路上，一个人在内心盘算着：啊，今天，我这 140 块钱就这样到手了呀。那种瓷实的成就感是可以触摸的实物。它清澈、纯净，也特别久违。

我大可不必同情上铺的舍友。明天，她就会好起来的。只是，我如何能够绕过那一声一声的咳嗽，去装聋作哑？我得回家一趟，为她取一床毛毯。

一回到家我就后悔了。我面临那诛心的选择，巴西花梨木的大板桌上，晓芳窑茶器，养得玲珑可爱的小薄胎朱泥紫砂壶，20 年的冰岛生普，水沉香暗浮，炫酷的电脑游戏桌面闪着光影，玩家向我发出邀请的信息在右下角汩汩地涌出来，还有，我柔软舒适的大床，它们，都向我伸出魅惑的钩子，紧紧地攫住我。再次走向那脏乱粗陋的宿舍是一件多么艰难的事情。我想喝一杯红酒，听一曲爵士乐再走。我的手停在空中，忽然一阵难过。这就是我吗，看看，多么可怜，这生命之轻，沉溺于此，已然感受不到痛感的人生，已经脆弱到经不起任何试探了吗？把心一横，我决然地拿着毛毯走出家门。

我对面的宿友也回到了宿舍。两个女人在说着话。姓王的贵州女人说起她春节前的一次旅行，第一次坐飞机去的云南大理，说到飞机起飞时的眩晕和耳鸣。语气很是兴奋。我看着她，一个连铺盖都没有、落魄到几天没有洗澡的女人，她的谈笑风生是在演戏吗？不，完全不是，人的笑是无法掩饰的。这正是我要弄懂的地方。也许，你觉得落魄的境况在别人那里恰恰是一种常态。四十岁才第一次坐飞机，谁又可以说，她的快乐就会比别人的廉价？

她推辞我的毛毯，说是明天就去超市买。可我很坚持。她最后接受了，很隆重地说了声谢谢。我对面的女人来自四川古蔺，姓邹。南方人发音不太讲究卷舌，她怕我不认得这个“邹”字，反复跟我强调不是周总理的周，还拿出工卡给我看。我笑了。她的床拉了布幔，遮得严严实实。三十几岁的年纪，体格健壮，滚圆的腰腹，长着一张扁平的宽脸，厚嘴唇特别惹眼。她从床底的纸箱里拿出一件旧棉袄递给我上铺的女人当枕头。她们，即使在年轻的时候都没什么姿色。正因为如此，她们的经历才真正具有代表性，而非戏剧性。

我加入了聊天。两个女人皆有孩子在老家读书，私事没有聊太多。但她们说起以前待过的工厂，居然还在同一家工厂干过。工厂太大，人多，如果不在同一个车间那有可能完全不认识。听她们说的这些，有一个共识，加班越多越好，低于四千块的工厂现在不好招人。我插话，钱少，人没那么累啊。结果我被反击：出门在外，你图轻松有个啥子用嘛？在车间日不晒雨不淋的，还有空调，累啥？我赶紧一迭声地应和：那倒是，那倒是。显而易见，她们热络得非常快，跟我，似乎总有一丝隔阂。关于我私人的那部分，我说的全是谎言。

洗完澡上床快十二点了。手机，整整一天，我几乎快忘了它。上面的所有信息对我来说，其实都没那么重要。这是一个惊人的发现。我曾经沉迷于它不能自拔，一刻都不能离身的。连王者荣耀这样的毒品都可以彻底戒掉。作为女工黄红艳，哪会有那么多外面的信息通向你呢？一天就这样过去了。这是一个模板。以后的每一天都将跟今天一样。这么多人都是这样活着的，我一定也可以做到。那么，塞壬，加油吧。

五、我和拉长张淑云吵了一架

她是矮壮的，而行动敏捷、迅猛，然而更快的是她从远处就劈面而来的声音。她那一连串的叫嚣停止后，余音依然在很长一段时间盘旋在每个人的头顶。它制造了恐怖的场，压抑，令人窒息。我不知道人们是如何习惯了它，并无视了它。对我来说，那种语言的当众羞辱是一场噩梦，我要跨越怎样可怕的内心地狱才能做到去无视它？人说这叫佛系，但一个群体的佛系是如何炼成的？

她的眼睛露骨地表现出这样的意思：你们这些人每时每刻都在想着偷懒，在混工时，被我逮到那就死定了。她在高空旋转着鹰眼，高度戒备。我必须要在一种变态的心理中去理解这种快感：迫切等待一个倒霉蛋撞进她的视野，然后享受一场豪华的语言暴力。

每天开工前都有近十分钟的训话。几十个人站成六排剪着手站在进门的小黑板前，她用左手掀开口罩的一角，好让声音更有效地散发出去。但那只手一直架在那里，这个姿势怪异极了，脖子扯在一边，梗着，让人觉得她说出的每一个字都加重了偏执的力量。

先是通报昨天个人产品完成的情况。鸦雀无声。一片阒寂。紧接着十分钟是暴风骤雨般的雷霆之怒。拉长张淑云似乎没有对谁感到满意过，即使产量超过预计目标的人也依然在她的怒骂中。理由是，比二楼的差远了，比她当年差远了。

没有完成的，她会挨个拎出来一一上演她的语言狂怒表演。我们每一个人都身穿着只露双眼的无尘衣，然而，我却感受到最赤裸的语言暴力。每一个人都没有面具，无法伪饰。我非常震惊，在我认知的人际交往里，即使想用语言打人耳光，那也只能是在心里，而面上，我们彬彬有礼，握手，甚至谈笑风生。真正的野兽，我们都会把它摁死在灵魂的深处。文明和教养，它需要虚伪的体面。

不想干了都给老子滚，想混工钱，门都没有。你们这样跟小偷有什么区别?

食堂的饭倒是喂饱了你们，这个月比二楼差得太多，你们丢我的脸，让我抬不起头，那谁都别想好过。

×××，叫你滚蛋你还厚着脸皮赖在这里，连续几个月拖后腿，我要是你早就一头撞死在墙上。

×××，别以为我看不出你偷偷化了妆，在这里你化妆给谁看啊，你想勾引谁啊，就你返修得最多，你这样的效率还得专门配个人给你擦屁股，你以为你谁啊，你趁早给老子滚蛋。

×××，小聪明耍多了以为我是傻子?哪一次上厕所你没超时?给你宽容你还蹬鼻子上脸，这半年你都掉在后面你还有脸?别以为你低着头发呆偷懒我不知道，像你这样的小混混到哪里都让人厌恶，不要脸。

这是地狱般的十分钟。问题是，这在流水线是一个普遍现象。我师傅许晶晶曾说，你要是当了拉长也是一样的。言下之意，她当了拉长也不会有任何不同。这是一种传承已久的丑陋文化。即使我真当了拉长，也无法凭一己之力去改变。我印象中，在很多年前，一所乡村小学，有一位女老师也是这样在课堂上咆哮。她时常蹭到一个调皮学生跟前揪着他的耳朵，把他提拉出来，站定后，又让孩子卷起裤管露出小腿肚，然后她用竹条教鞭用力往上刷，一道道血印子赫然在目。这么多年了，过往的人事纷繁，但我依然清晰地记得她那张丑脸。

现在，我再一次看到了这张丑脸。每一天。

我曾经问过许晶晶，张淑云有没有将这些汇报给办公室，然后工厂就扣了谁的钱？许晶晶怪异地看着我：那当然没有，都是血汗钱，扣钱人家找她拼命。

那也就是说——

一瞬间，我似乎懂了。这仅仅是一个人的脱口秀，自我高潮，狂怒表演，以及因俯视众生的幻觉所产生的高烧式口嗨。因为一切都未涉及根本。

我跟她的正面交锋出现在上班的第三天，也就是测试我能否合格的那一天。虽然我提前已经得到信息，但我对这种方式的测试并不认可。它有一种上不了台面的卑劣气息。我不喜欢这样的阴谋。要测试，大可明着来，为什么要用钓鱼的手段？但这其中有一个小小意外令我震惊。那天上午十点钟的光景，那个叫梁维栋的小伙子把他做好的产品送到我手上，他说，你新来的吧，我今天做的产品你可要看仔细了，千万千万。他的眼睛始终没有看我，话说完就速速转身回到了线位。

我师傅许晶晶也轻轻扔过来一句，你看完我复查一遍吧。我回她，不用了，复查的话今天上午完不成任务。

最终，我查到三个废品，把它交到张淑云手中。她确认后看着我笑了，她笑的时候眼睛有一丝挑衅的成分：不错，你还可以啊。可是，我忍不住了。因为我知道如果没有查出来我将要受到什么样的羞辱。

“这三个废品出自梁维栋之手，我去把他叫来。”我失控了。可是已经来不及，我身体里，塞壬这个人在这个时候跳了出来。

“不用了，这次不用。”

“为什么，上次发现废品你不是让我叫人了吗？”我不依不饶。

“我说不用了，你没听明白？”她显然有点恼怒了。

“那为什么梁维栋出三个废品就可以不用挨骂？”我准备死磕到底。因为在我看来，那种当众揭穿告密的丑陋行径，那种钓鱼测试新员工的下作伎俩都让我无法沉默。

她一听这话有所指，腾地站了起来。用一种极轻蔑的眼神看着我说，是我让梁维栋故意出的废品来测试你，你满意吗？

我毫无畏惧地直视她的眼睛，一字一句地跟她说，因为你这丑陋的规则，上次我成了揭发刘倩的小丑，这个规则在挑拨工友的关系，非常恶劣。张淑云，你要测试我，就该光明正大地来，背后搞小动作，我瞧不起。还有，早上的训话，你像一个泼妇！我拂袖而去。

回到线位，我的师傅许晶晶都吓傻了：你疯了吗，你搞什么幺蛾子？顶撞她有你好果子吃……我不想理她。我知道我对抗的是什么，这种由来已久的流水线文化，不会因为我的一两句顶撞就会改变。我甚至作好了跟张淑云在车间打一架的准备，用女人的方式。撕咬，扯头发。在地上扭滚。

然而没有。我所想象的那种更为恶劣的激烈后续都没有发生。只是第二天早上的训话加了这么一句，有的人自命清高嫌弃这里的规矩，适应不了就给老子滚蛋。然后眼角余光扫到我脸上，仿佛在得意地说，在这里你必须服我管，有本事你去告我啊。她连续贬损了我五个早上。这气也算是出够了。

那么，塞壬的这次灵魂出离并没有起到任何效果。各种制度依旧。我依然是女工黄红艳。但是，做与不做我必须要有选择。我要有态度，这很重要。

此后，她当然没那么便宜就放过我。比如我把口罩拉下来露出鼻孔透气，比如扫尘的时候我替换左手，再比如上厕所超时了一点点，归还离岗证，在小黑板前写动态作假被她逮个正着……她的反应都异常激烈，那白眼都横破了，说话直接打脸毫不留情。羞辱完了之后还会来这么一句：我就是一个没有文化的人，您看，您不照样在我手上打工吗？这话是附在我耳后根说的，阴森得可怕。看来，关于文化素质这个点，的确是刺激到她了。

我终于练成了不怕烫的死猪。而她，渐觉无趣，也不再死啄我。只是，我们相看两厌。

在这样的环境中是鲜有人迟到的。因为，你就没有离开过工作的环境，你没有机会迟到。我师傅许晶晶说，车间有超过一半人五年下来从来没有迟到和缺勤，除了年假（也叫探亲假）这些人生活在工业园，每天生活只有三个点，车间、饭堂和宿舍。每个月全勤奖是 70 块。绝大部分人都拿到手了。用他们的话说，这个钱简直就是白给的。

然而，经历了懒散的办公室制度的职业生涯，零迟到、全勤，于我，相当于就是地狱了。此刻，我的定力、我的意志、我全部的身心都被要求遵守这严苛的纪律，我发现，真正去做到却并没有想象中那么难。当我的人生减至零，切断过去和未来，只是保留活着的状态：吃饭，在于饱；衣，在于蔽体；屋，在于栖身。那么，太多的所谓难，皆是一个伪命题。

难道我从这里出去后不是一样可以这样活着吗？如果这算是人生困境的底线，那么，此刻我已经触到了。这一个接一个的工业园，成千上万的人都是这么活着的。你的难、你的困境，是他们人生的常态。他们隐身在此，却是这人间最为坚实的底部力量。

有一天中午，我在手机上看一篇文章入了神，碰巧那天上班的铃坏了，没响，打卡迟到了七分钟。走进车间的时候，我觉得所有人都抬起来头来看着我。仿佛我是一个异类。

我师傅许晶晶眼神全是焦灼：你 70 块钱没了。她看着我，仿佛这是一个天大的灾难。我耸耸肩，觉得小事一桩。她跑到另一个女工那里，两人嘀咕着什么。整整一个下午，跟我在工作上有接触的人，全都是那句话：你 70 块钱就这么没了？尤其清洁工小沈，她露出一副仿佛剜了一块心头肉的剧痛表情：70 块钱就这么没了，这本来就是白捡的钱呀。

一时间，仿佛整个世界都在窃窃私语：你 70 块钱没了，你怎么就弄丢了这 70 块钱呢？这怎么可能？我不知所措起来，区区 70 块钱至于这样吗？看到所有人都在痛惜白白丢掉的 70 块钱，我如果再表现得无所谓，那更像是一个异类。

是的呀，太可惜了，有什么办法呢？我只好一一赔笑着。

拉长助理小莫来到我身边，他四处看了看，然后压低嗓门悄悄地跟我说，拉长张淑云有一个权限，她可以出一个证明——证明你的迟到是因工。那么这个钱就不会扣掉。所以……

“你让我去求她？我才不去，扣就扣吧。”一想到我跟她的相处，一点就着的僵局，近乎白热化。真开口求她，那难免是劈头一阵羞辱和嘲讽。不要说 70 块，就算是 7 万块，我也绝不会开口求她。

“被她说几句有什么关系呢，拿到钱才是最重要的。她说一万句无非是废话，又不会让你有真正的损失，你计较这个有什么用？”小莫都跟我急了。

真正的实处是钱。钱才是最紧要的事。唯有钱才是一个人的尊严和底线。在这里，唯有钱才是绝不能妥协的正经事。扣钱，是多大的事啊。工友们在窃窃议论的应该就是拉长张淑云有权限免单的事。

见我毫不动容。他摇摇头走了。我看见我师傅许晶晶也对我摇摇头。

后来，那些窃窃私语都消失了。我周遭，也都安静了。在快下班的时候，张淑云把我叫到她跟前，递给我一张便笺条，她说，你把这个条子交给人力处的武英姿，迟到的事她会处理的。

我一时蒙了。

“再怎么着，我也不能看着你被扣钱啊，要不然，你不恨死我？”她这回居然用一种恳切的眼神注视着我。对，是恳切。

这到底是个什么鬼人啊？啊，真是的。不过，我可是不会轻易跟她和好的。

然而，撇开那些遮蔽的枝蔓，我似乎看到了一些事物的本质意义，一块肉、70块钱、一盒牛奶、一个烧饼，它们都在自己的位置上有着沉甸甸的分量，它们对应着工时、人力，凝结着你实打实的付出。它们厚重而庄严，不容轻视和鄙薄。现在，如果再加上一样，我愿意它是一个人——拉长张淑云。我感受到她灵魂的质地。

六、工油子阿坚和他的爱情

23岁的阿坚是唯一给车间带来阵阵快活空气的人，他哼着歌子，在车间摇头晃脑，有时走个路，剪着双手，并腿一蹦一蹦，还时常蹭到姑娘们面前作轻薄状，用手托人家下巴：来，给爷笑一个。要不就把口袋里的备用橡胶手套拿一只出来，吹满气，然后摁折四个手指头，只保留竖起的中指，他拿这个中指到处戳人。因为大家都懂得那个竖起的中指意指什么，都笑得直摇头，小姑娘们害羞，缩颈拼命躲它。啊，大家都是那么喜欢他的，连拉长张淑云也很喜欢他。他喜欢不停地说话，笑得很大声。有时来料太多，张淑云也得来帮忙撕产品的外包装，这个时候的张淑云也扎进工人堆里，阿坚就挤到她身边贴近她的脸：淑云姐姐，听说你女儿满十八岁了吧，要不介绍给我得了。滚蛋。张淑云嗔他，把他从身边推开，然而他又像牛皮糖一样粘过来，继续嬉皮笑脸。她时常也笑得喘不过气，捶着胸口，指着阿坚，嘴里不停地骂着，你个臭小子，该死的臭小子。阿坚还经常做些恶作剧，比如突然大声宣布大家安静，然后用尽全身力气放一个长长的响屁。趁姑娘们举拳过来打他的时候，他就抱着头大声说，哎呀，刚才不小心崩出屎糊裤子了。说完，也不拿离岗证，径直往厕所里跑。

也只有他犯些小错张淑云不计较。仿佛是理所当然的事。当然，每天的早会上，未完成任务的名单里从来就不会有他。他活干得漂亮，只是从不肯多干。

我是在饭堂见到他的脸。他有一张好看的脸，眉目清朗，有少年气，眼波灵动，心思活络，倔强的唇角，隐约透着讥讽，他头发茂盛，大鬈大鬈的，有一大撮旋成一个钩子垂向额头。漂亮的厂妹们围着他，争着要跟他坐一桌。阿坚可不像那些勒着裤腰带过活的人，他频繁光顾小炒部，餐盘时常有烧鸡翅、牛肉，还会有大肘子。人说，这小子大概是不存钱的。还有人压低声音悄悄地说，阿坚的饭票是有女人倒贴给他的。

我后来也变得嗜肉，常在小炒的窗口碰到他。他对我露出不可思议的笑容。因为，像我这个年纪的人，应该上有老下有小，时常额外花钱吃肉太不寻常，尤其是中年女人。从他的笑容里，我突然意识到自己应该收敛。

我是说，他有一种不属于这个空间的外部眼光。他的意识应该探到了厂区的外部世界。他把做好的产品交到我手上，小声跟我说，我做的东西几乎是免检的，绝对不会出废品，这样你就可以看得快一些了。他做的货，先前一直都是我师傅许晶晶亲自去交接，没让我碰。我后来才知道，许晶晶留给我的都是新手做的，废品率相对较高。

这个举动，他后来跟我解释说，我是第一个敢正面开罪张淑云的人，而且我那天说的每一句话都让他震惊。他说，你不像是这里的人。你谁也不怕，而且你不在乎扣钱。

我吓得不敢跟他太接近。只是沉默。他后来要求加我微信，我拒绝了。

我的师傅许晶晶比我快，跟我搭伙干活，她总是觉得吃亏。但她从不明着抱怨，只是试探性地跟我提出，任务平分，各干各的。我同意了。阿坚把他的货转到我手里，是当着我师傅许晶晶的面交给我的。后来阿坚像往常那样去“轻薄”我师傅，去挠她的脸，她不再像过去那样娇嗔一句别闹了，这回她突然黑脸，翻着白眼：滚开，一边去。只有我知道，她是真生气了。

这一定会迁怒到我身上的。我后来知道，我师傅许晶晶对我，对这件事有一种非常肮脏的判断。她似乎带有一种淡淡的……醋意。

阿坚是第三次进伟达厂。这个工业园区，但凡大一点的工厂都有一个福利，第一次进厂干满三个月的员工有一千块钱的奖励，据说，阿坚把这附近有这个福利的工厂全都干遍了，他待过的工厂有鞋厂、五金模具厂、玩具厂、制衣厂，最多的还是电子厂。他经常做三四个月就辞工，然后消失一段时间，当人们快要忘了他的时候，他又带着他流里流气的笑容出现在车间。

我们管他这样的人叫工油子。他说，还是伟达好啊，漂亮的姑娘最多了，食堂的菜不错。阿坚不住宿舍，在工业园附近租了房。23 岁，出来工作快五年了。我觉得，他在车间制造的种种欢快的气氛里，有一种对抗无聊人生的荒诞味道——无奈，嘲讽，无力又有点悲伤。

成为一个麻木的机器，这一事实在年轻的生命中太过醒目了。他不愿意用沉默去放大、去刺痛自己，所以才选择做一个跳梁的活宝来消解吧。至少在一个短暂的时刻会忘记它，不去面对它。他跟我说，他一直在寻找离开的机会，几次尝试，都失败了，最终还是回到工厂。

有一天晚上八点的光景，因来料不足，我们提前下了班。打完卡，时间尚早，我跟阿坚说想请他吃个消夜，理由是感谢他在工作上帮助了我。他一听就乐了，搓着手说太好了太好了。我们沿着园区的小吃街走着，最后他选了一家烧烤摊，我们正要坐下，忽然听见身后拉长助理小莫在喊阿坚，你们吃消夜也不叫我吗？

三人坐定。我往后面看了看，寻思着，如果看见梁维栋也一并叫过来。那个叫梁维栋的小伙子曾经在测试的那天暗示过我。作为一个陌生人，他的善意让我觉得温暖。人群都散了，我没有看见他。

两个男孩子不太好意思多点，我站起身，点了碳烧生蚝、脆骨、秋刀鱼、鸡翅、鱿鱼须、串串虾、烤茄子、玉米还有炒田螺和水煮毛豆，满满一桌，然后我又叫了六瓶啤酒。才吃一会工夫，忽然头顶有隆隆的雷声滚过，瞬间就下起雨来，起初不大，我们是坐在露天的帆布篷里，小雨飘着倒无妨，可是雨越来越大，篷下坐不住了。阿坚说，打包吧，去他的宿舍吃。

三个人冒着雨，提着打好的包一路快跑，几分钟，就到了一栋出租屋的楼下。工厂的附近，全是当地农民盖的出租屋，密密麻麻，楼间距很窄，房子不采光，有的没有阳台，头顶是乱七八糟的电线，墙上、路边电线柱全是性病门诊、夜店服务、工厂招工、赌博秘笈的牛皮癣广告，它们贴得一层压一层。地上有流过的脏水迹，阴暗墙角的潮湿处长着青苔和不知名的蕨类，肥硕的老鼠在人眼皮底下蹿进蹿出。我太熟悉这样的出租屋了，17 年前，广州的石牌，我在那里的城中村住了两年。因为淋了雨，头发湿了，样子有点狼狈，小莫对阿坚说，要借他的热水器顺便洗个头。工厂的宿舍是没有淋浴的。

那是一间十来平方米的单房。有小小的厨房和洗手间。房间非常简陋，床就是一张旧席梦思，没有床架，床头贴着几张女明星露胸的旧海报。一个简易的塑料折叠衣柜。一张玻璃矮几，上面摆着一台旧的三星显示器和油腻肮脏的黑键盘，半包香烟、两桶方便面、水杯，还有几个不知名的小药瓶子。没有凳子，地上只有一个圆形的棉垫。我环视了一下，总体来说，这样的房间看不出主人有什么样的兴趣和偏好，一片空白。就是一个睡觉的私人空间。阿坚说，这房子每月三百块钱的租金。

我忽然发现墙上的挂衣钩有一件红色的灯芯绒外套，很是眼熟。没错，这是赵妮的外套。很自然地，我把目光投向那张床，虽然被子没有叠，但的确有两个枕头。然而，房间却并没有女性留下的任何信息，没有化妆品，连女式拖鞋也没有。只有一件红外套。正出神，阿坚喊我吃东西。他们已经把电脑移开，将烧烤全摆在玻璃茶几上，地上垫好了报纸。

有意思，这里面藏着一个剪不断、理还乱的故事。

酒喝开了，他们全都说到了家乡和少年的记忆，在他们的述说里，我居然感受到一种朴素的文学气息。小莫是广西贺州人，初中毕业，18 岁就来东莞打工，已经七年了。今年春节回家，父母催着相亲。因为喝了酒，他的脸很红，低头讪笑着说，我一直觉得相亲很土，不愿意去，可是，被我妈逼着去了，没想到我居然相中了那个姑娘。说完他抬头，抿嘴，但完全憋不住笑，最后放开，笑得毫无教养，一脸痴相。他还说到家乡，那里的山是别处没有的，平地而起，一座挨着一座，雨后如同仙境，无数的小尖峰在雾气里若隐若现。阳朔算什么，桂林算什么，它们都比不了我们的黄姚古镇。

你们一定要去我的家乡贺州看看。

我读懂了这些话的深情。同是漂泊在外的人，故乡是一碰就会痛、就会让人内心充满深情的一个词。

阿坚在一旁追问他相中的姑娘漂不漂亮，性不性感。小莫喝着酒，带着醉意说，他在东莞见过很多漂亮的厂妹，没有一个能比得上她。只是赚钱太难了，他叹了一口气说，我在东莞打了七年工，只存到一点钱，可是回家乡，我根本找不到一份一个月能挣四五千块钱的工作。种地不赚钱。在家乡贩菜、跑摩托车拉客、做建筑小工，都不如在东莞打工。小莫还说，因为自己在东莞打工，家里才没有被列入村里的精准扶贫对象。那多丢脸啊。他笑了笑。

话题沉重起来。这个大男孩的话传递出太多的信息，他尝试过很多的工作，最终却留在了东莞的流水线。我听出这些话里居然有一丝暗自庆幸的成分，即使是在只有工号没有名字的无尘车间，即使是每天工作 12 个小时，即使是稍微犯错就会遭到劈头盖脸的辱骂，相比在家乡尝试过的种种可能，那还是要强上许多倍。在相中了一个姑娘后，他开始有了对未来人生的憧憬，带着他的傻傻的醉意。

我陷入质疑中。在我以往读过的那么多的打工文学里，极少有作家提到，选择流水线并不是一种最坏的人生。那些铺天盖地的文字里满是愤怒、屈辱、受虐、怨恨、不公和不甘。我深信，这些苦难是真实的。但是，它同样安抚了太多的人，它有卑微的甜蜜和心安的自足。明码标价的薪酬，无欺，无诈，精确到每一个工时。永远对你敞开怀抱，你可以吃饱饭也可以睡得安稳，你永远不会走投无路。它是一碗干净的饭。而且，理直气壮。

在流水线待久了，最可怕的是，人会对它产生依赖感，养成惰性，害怕去外面发展。你只要在外面稍微一遇挫就会迫不及待地回到这里。阿坚说，他快要撑不住了，这些年，他从来不敢在工厂作更多的逗留，就是害怕失去离开它的勇气。他不断地离开，不断地回来，但最终，好像也只能留在这里。

这是一句非常伤感的话。离开工厂，阿坚尝试过去夜总会当跑堂小弟，去家具城当导购，去做销售，他还替别人开过黑出租车，甚至差一点卷进了传销的黑窝。然而，一次次地，他最终还是回到了流水线。

“我真害怕最后离不开工厂，再也走不出去了。”这句话，让我们三个人黯然。这个工油子，这个宝器，小小年纪，每一次铆足力气振翅，想往高处飞，最终都折翅跌落了。他还会尝试多少次？他会不会累了，倦了，最后成为了一个沉默的、规规矩矩的打工者？

“在工厂外面做事，稍有不慎，你很容易迷失自己，去变成一个坏人。成为一个坏人，你就有可能赚到钱。但——我不愿意。”

他的家乡在徐闻。他也谈起了那个地方，产菠萝，整个徐闻就是菠萝的海呀。他双手比画着，土地是红的，种了很多香蕉和木瓜，还有大片大片的盐田。有时台风来了，雨横着打，白天秒变黑夜。徐闻的海是最漂亮的海，我从来没有在别处见过比那儿更蓝的天空。只是——它能给我的机会太少了。“我的同学家里托关系走后门去镇政府当个小职员，每个月不到三千块钱。他们也只是混日子。我瞧不起他们。”

玻璃几上已是一片狼藉，酒也残了。小莫去卫生间洗澡去了，我指着墙上的红外套问阿坚，这是你女朋友的吗?

他没有回避这个话题。我跟她分手了。我这么不靠谱的人，现在都无法安定下来，今天都不知道明天会在哪里，什么都不能给她。还是别误了人家。这种话，如果是别的人说，我会觉得有一种很重的外交腔，面上的敷衍。但是，从他嘴里说出来，我能感受到一种无奈和凄凉。

我后来留意了一下，想看看这分手的两个人在同一屋檐下如何自处，直觉是，他们并没有彻底了断。有一天中午，赵妮跟一个女孩子在饭堂打了起来，看热闹的里三层外三层，都在起哄。她们嘴角都撕开了血口子，头发蓬乱，衣衫不整，两个女孩都凶相毕露，彼此咒骂着最恶毒的话。臭婊子、狐狸精、骚货、贱人……你来我往，满天飞。

阿坚茫然地站在她们中间，他劝架无果，那些拳头、飞踢没少落在他身上。我听得旁人八卦，一字不落：听说最近这一楼的肖盈盈跟阿坚睡了，前任小赵捉了奸，两个姑娘开撕，够狠，阿坚这小子有的受了。

保安进来止住了这场架。我陪着赵妮吃饭，她什么都没有吃，只是泪水涟涟：我其实不计较他有钱没钱，也不计较他将来有没有出息。我只要能够跟着他就足够了。他去年说分手，我就辞了工，可是我忘不了他，只好又进了这家工厂。我们明明就要和好了，就快要和好了呀……

她自顾自地说着，可是，听的人却一阵心酸，这分明是爱情的裸露，竟带着贞洁的气息。那个工油子，那个浪子，那个多次离开工厂想要寻找机会却最终失败的男孩，赵妮竟如此深爱着他。我先前以为赵妮肤浅、轻佻、拜金，我其实……挺看不起她的。我没有想到她竟珍藏着如此深沉的爱情。

七、逃离的尴尬

一个月的假期很快就要到了。我必须离开。原本，我可以不跟任何人打招呼，换掉手机，然后凭空消失。如果不告别，就这样猥琐地离开，那样更坐实我只是一个骗子，这个感觉特别地糟糕。还有，我在无尘车间跟一些人相处的那些时光，那些——无法归类的交情（我们也许只是工友，彼此都不算是朋友），不告别，会显得有点失礼，或者说，会让人匪夷所思。造成种种猜测。

我得口头告个别。

我先跟师傅许晶晶说，两天后我要辞工，家里出了急事，必须走。她震惊得一把拉下口罩，环顾了一下四周，压低声音：辞工？两天后走？你知道这样走就一分钱拿不到吗？

我不要钱了。不不，是来不及了，我只能走。

你说什么？你不要钱？她的眼睛由于过于震惊瞪得老大，僵在那里，一眨不眨。我心里一阵打鼓，完蛋了，我原以为只是告别一下，完全没有料到这一层。上次因为要扣 70 元钱引起的小小风暴，此刻历历在目。

她缓过来，拉着我的手，不要着急，让我想想。不，你可以请假，你可以请假的，不用辞工，这样你的工资就可以保住。

可是请假超过三天也会视作自动离职。

三天都不能把事情办完吗，你家里到底出了什么事情啊。

是——是，我支吾着，我家里有老人病危了，要回家护理。（此处，我亲爱的爸爸妈妈，很对不起，在这种情况下，我只能如此撒谎，我希望你们永远健康。）我非常清楚，当你撒了第一个谎的时候，你就需要后面无数个谎去圆它。

许晶晶不作声了，显然她的脑子也一片空白。原本，我跟她在工作上还有一些磕磕绊绊，一些小疙瘩还未解开。然而此刻，它们全都烟消云散了。忽然间，我有点感动。

我犯了一个极大的错误，接近五千块钱，我竟然不在意，我轻描淡写，我无所谓。我的这个态度嘲讽了每天十二个小时的劳动，它看轻了每一分每一秒的付出，它无视了每小时10块钱这个价格的重量，不，它贬低我自己，也贬低了这里的每一个人。

这关乎劳动的尊严。我太傲慢无理了。我应该对属于我的报酬据理力争。

我跟张淑云讲了这件事。问她有什么办法可以拿到那份薪酬。她沉默了一会，说，像你这个情况以前从来就没有发生过。一般情况下，辞工要提前半个月申请，即使家里有突发事件，三天假回来，到人力资源部销假单，你就可以正常拿到工资。除非……

除非你是被工厂解雇的。被解雇的人可以拿到工资。

那要如何做才能被工厂解雇呢？我问。

一般是做小偷、从事色情活动、传销……总之是一些违纪犯法的事儿吧。她摇摇头，这个不行啊。不对，你明明工作了一个月，干了活就要给钱，这是硬道理啊，到哪儿都得要讲这个道理啊。为什么现在讲不通了呢？

她陷入了沉思中，显然没有前例可参考。

阿坚蹦出来，黄姐，我有办法，我向上面去告发你性骚扰我。这个一定行。我白了他一眼，一回头，原来线上很多工友都知道了。他们开始了窃窃私语。

黄姐，你从现在开始就消极怠工，在车间闲逛，什么都不干，或者恶意旷工。助理小莫也发话了，这个一定行的。我和淑云姐马上向上面反映，让工厂开除你。

我双手交叉，做了一个抗拒的动作。这奇技淫巧的伎俩，我怎么能去做呢。

最后，张淑云跟我说，可以先去找人力资源部的武英姿，看她什么意见。她忽然露出一个不可思议的笑，你态度要好一点，那个女人——她顿了顿，然后说道，是出了名的难缠。

我这是真的要走了吗？怎么就这么突然呢？我换下无尘衣，穿过空无一人的长廊，下楼，四处静悄悄的，这是上班时间，从外面看，整栋楼像是空的，它吸走了所有的声音，一片死寂。篮球场，冷冷清清，建筑倾倒的阴影把阳光切成两截。从现在开始，这里的一切将不再跟我有关系，我从未来过这里。我只是一个陌生的过客。从来没有想过，离开会让我觉得伤感。我以为我会心无挂碍地离开。

外面车水马龙，人声喧嚣，没有人注意到这里面有四千个人。他们隐身在这里，他们有情感，有爱，他们，懂得每一分钱的分量。而现在，我也成为了这样的一个人。关于劳动的尊严，关于那些最朴素的真实人性。

再次见到武英姿。这是多么有意味的会面啊，她是带我进门的人，又是送我离开的人。她听完我的陈述，还没有等我开口请求她就直接打断了我，黄女士，按照厂里的制度，你没有在半月前提出辞工申请，我们只能按自动离职处理。

武姐，您其实可以开除我的。您完全有权限这么做。而且……

而且什么？她突然暴躁起来，显得很不耐烦，我为什么要开除你？你一走了之，我一时半会去哪儿招人填坑？

我一连声地说抱歉，向她说对不起。但我还是怯怯地说出，我是实打实地工作了一个月，按道理，工作了就要付薪酬不是吗？

她果然被我激怒了。因为这是最硬核、最令她无法反驳的一个点。她更加强硬地重申了自己的态度。我知道跟她再无沟通下去的可能。我想，一定有很多人吃过她的苦头。我极力劝说自己相信，她只是按工厂的规矩办事，而不是故意不通融，使绊子。

我万万没想到的是，这件事，张淑云当成一件重大事件去办了。她向日本管理层的渡边课长反映了情况。她告诉我，武英姿不松口是意料中的事。但是，今时不同往日，东莞早就没有黑工厂了，这类事件只要找东莞劳动部门，你最终也会赢回权益。日本管理层也非常清楚。只是有一件事，她非常郑重地拜托我，千万别去网络上吐槽武英姿这个人。因为，最终还是工厂的声誉跟着受牵连。

我转念一想，武英姿——似乎也没有什么值得吐槽的吧。

没有跟他们一一告别，太多的假话，我说不出口。要走的事已经传播开了，至少，已经不能算作是不告而别，凭空消失。

从宿舍搬走的那一天晚上，放行单需要宿友签字，证明我的确只是拿走了自己的东西。邹女士和王女士很快就签了，她们没有问我的去向，甚至都没有问我离开的原因。我历经了太多这样的告别，在广州、在深圳，漂泊在外的人，萍水相逢，告别只是人生的常态。

这一场逃离，本质上是一个骗子在配合着表演。然而，这个曲折的过程却让我无比羞愧。这些隐身的人，他们把活着这件事看得如此有尊严，不容一点渣子，生命之重，缘于一种昂扬的精神内质。他们并不卑微。

后记

外面的世界依然在轰轰烈烈地对抗新冠病毒。我出来之后觉得恍若隔世。那真是一个雷打不动的世界啊，它在暗处永不停歇地运转，它为国家某些数据的稳定提供着我们看不见的保障。我在五月中旬收到了一笔款子，那是我的工资，4700 元。当我走在街道上，我没有看见他们的身影。他们活在城市的另一面，然而，直到今天，我才意识到，正是这成千上万的人隐身在那一面，才稳稳地托住了这个城市，这庞大的底座根系，它源源不断地向上、向四面八方输送着经济能量和永不枯竭的活力。这隐在暗处的传送门，这些城市的隐身人，他们是中国大地上最坚不可摧的一种力量。中国有近三亿农民工，我们的父老乡亲身在其中，我也身在其中。一个多月的流水线生涯，我像一个偷拍者那样描摹出原生的流水线场景，还原他们的生活状态，这种记录是否有意义，我说不好。然而，作为亲历者，我感受到我的精神仿佛掺进了一种异样的东西，它厚重、热烈、激昂，它让我更加强大、开阔。我看到人生的上限有了更多的可能，下限，有了稳当的托底。对于我以后要走的路，要选择的活，我似乎可以无所畏惧，我害怕什么呢，即使是失败，我还有最后的归属地，无尘车间的门永远向我敞开。